戦士の賦

土方歳三の生と死　上

三好　徹

集英社文庫

目次

戦士の賦

土方歳三の生と死　上

梅一輪

1

二十坪ほどの小さな中庭の片隅に、梅が花をつけている。ほかに庭樹といえば、植えかえて二年ほどの山紅葉《やまもみじ》と、あとは真竹《まだけ》が三、四十本ほどもあるだろうか。石灯籠《いしどうろう》も、小ぶりのものが一基。庭というには、あまりにも貧弱であった。

母屋《おもや》から道場へ通ずる廊下のわきに、細長い部屋がある。もとは六畳間だったらしいが、あとで畳一枚をつけ足し、残った三尺四方は板の間になっているという、奇妙な造りの部屋だった。

さっ、と風が吹いてきて、花びらが散った。

土方歳三《ひじかたとしぞう》は、寝転んだまま、その状景を眺めていた。

先刻から、一句つくれそうな気がしていた。

(梅一輪……)

それはすぐに心にうかんだのだが、あとが続かないのである。

（梅の花……）

というのはどうか。

これならあとが続きそうである。

（梅の花　一輪咲きて……）

そのあとを、どうやって締めるかである。

庭の梅が、このちっぽけな庭では何かしら場違いなもののような気がしているのだ。植えられている位置そのものも、どうもちぐはぐな感じである。

（おれに似てはいまいか）

と日ごろから歳三は感じている。

この小石川小日向町《こいしかわこびなたちょう》の試衛館《しえいかん》道場の主《あるじ》である近藤勇《こんどういさみ》や歳三にとっては弟のような沖田《おきた》総司《そうじ》が山紅葉の類で、居候をしている原田左之助《はらださのすけ》、藤堂平助《とうどうへいすけ》、山南敬介《やまなみけいすけ》らが真竹の類だ、というのではない。

近藤は、天然理心流《てんねんりしん》四代目である。そのことに誇りを抱いている。近藤の望みは、講武《こうぶ》所《しょ》の教授方になることだった。

講武所は、安政《あんせい》元年の十二月二日に開設された。総裁は久貝因幡守《くがいいなばのかみ》および池田甲斐守《いけだかいのかみ》、目付《めつけ》は土屋佐渡守《つちやさどのかみ》および鵜殿十郎左衛門《うどのじゅうろうざえもん》、教授方の筆頭は男谷精一郎《おたにせいいちろう》だった。

教授方は、お目見《めみえ》以下の軽格のものであっても、武芸に卓《すぐ》れていれば、採用されることになっていた。そして、採用されれば、幕臣ということになる。現に男谷は、文久《ぶんきゅう》二年には講武所奉行となり、三千石の旗本に昇格していた。近藤に限らず、多くの武術家が、第二の男谷になることを夢みたとしても、不思議ではなかった。

(それはそれでいい)

と歳三は思っている。

が、教授方に採用してもらいたいなら、それなりの手段があるのに、近藤のやり方は武骨だった。願書を提出し、おのれの武技を試してみてくれ、というだけである。

(そんな手は通用するものか)

と歳三は思っているが、あえていわなかった。

では、どうすればいいのか。

江戸には、三大道場がある。北辰一刀流《ほくしんいっとう》千葉周作《ちばしゅうさく》の玄武館《げんぶかん》、神道無念流《しんとうむねん》斎藤弥九郎《さいとうやくろう》の練兵館《れんぺいかん》、鏡心明智流《きょうしんめいち》桃井春蔵《もものいしゅんぞう》の士学館《しがくかん》である。それに比べれば、天然理心流などは、物の数ではなかった。

かりに江戸へ出てきた田舎《いなか》侍が、玄武館へはどう行けばよいか、と道行く人にたずねれば、誰からでもすぐに教えてもらえる。他の二道場も同じである。町方《まちかた》の者でさえ、どこにあるかを知っている。しかし、試衛館のありかを知っているものはいない。この小石川においてさえ、そんな道場はあったたか、と首をかしげるのがオチであろう。

その程度の道場の主が教授方に採用してもらうとなれば、尋常一様の手段では不可能なのである。

苦労人の原田あたりは、その間の機微を心得ていて、

「見てはおれんな」

と歳三にいったことがある。

「どうすればいい？」

答えはわかっているが、歳三はあえてたずねた。

「歳《とし》さんならわかっているだろうに」

「ああ」

歳三は微笑した。幕府要路のものに袖の下を使わなければ、とうてい無理であることは、百も承知であった。

「どうしていわねえ？　こちらは居候の身だからいえねえが、歳さんならいえるだろう」

「無駄さ」

と歳三はぶっきらぼうにいった。

そんなことを進言すれば、近藤は怒り出すに決っているのだ。

幕府において、ある種の役を得ようとするならば、関係のあるものに金品を贈るのは、ごくふつうのことであった。それを、後世の「賄賂」と同じに考えるものは、このころにはいない。だから、並のものならば、

「おお、それはうっかりしていた。さっそく手配をいたそう」

ということですむ。現に、男谷などは、数千両を使ったという噂《うわさ》もあるのだ。

しかし近藤には通用しそうにない。

講武所が設けられたのは、門閥をやめて、実力本位で指南役を登用しようという狙いなのである。実力のないものがその役に就いたところで、つとまるはずはない、故に情実はない、と近藤は信じこんでいる。

さらにいうなら、剣の道は神聖だ、と近藤は考えている。金品や情実を割りこませることは、剣をけがすことにもなるのだ。もし歳三がそんなことを進言すれば、

「このたわけ！」

とどなって拳骨をくれるに違いない。あるいは、

「そういう性根を叩《たた》き直してやる。道場へ出ろ」

というかもしれない。

そいつだけはご免蒙《こうむ》りたい、と歳三は思っている。近藤は、多摩《たま》の在所へ行って教えるときは、丁寧だったし上手でもあった。天然理心流は、木刀を用い、型を教えるのが本来のものだったが、近ごろは防具と竹刀《しない》を用いるのが流行である。千葉周作の発明したこの教授法が一般に受けたのだ。

試衛館もそれを無視することはできなかった。型だけを教えていたのでは、入門するものがいないのである。

近藤は、木刀による型と竹刀による稽古とを併用した。竹刀の場合には、時によっては相手に打込ませて、

「そうだ、その呼吸だ」

とほめたりした。

だが、それは在所の門人に稽古をつける場合に限られていた。歳三らに稽古をつけるときは、わずかな隙をついて容赦なく打込んだ。用具をつけるといっても、内弟子の歳三らは、胴だけが許された。面には鉢巻を用いたが、小手《こて》には何もない。竹刀とはいっても、近藤の打込みをまともに受けると、目がくらんだ。

歳三も、ひところは熱心に稽古にはげんだ。上手になりたかった。

しかし、近ごろはその熱も冷めかけている。

(どうもおれには剣の才能がないらしい)

と思うようになったのだ。

才能、ということになれば、試衛館道場には、飛び抜けたものが一人いる。沖田総司である。近藤が正式に四代目を継いでからは、沖田に稽古をつけることはしなくなったが、もし稽古をつけたとしても、いまでは、三本のうち二本は沖田のものだろう、と歳三は思っている。将来、天然理心流を継ぐものがあるとすれば、それは沖田を措《お》いてほかにはいなかった。

歳三が稽古に熱意を失いはじめたのは、何も沖田のせいではない。

近藤は、天然理心流を興そうとしている。そのことに使命感をもっている。そして、道《どう》統《とう》を継ぐものとして沖田を念頭に置いているに違いない。

歳三としては、それはそれでいいのだ。自分が五代目になれるかなどと考えたことは、一度もない。また、なりたいとも思っていない。

剣の道に前ほどの熱意をもてなくなったのは、別の理由からであった。

そのことについて、歳三は他のものに語ったことはなかった。もし語るとすれば、沖田しかいないが、沖田に対しても、わかってもらえるように話せるという自信はなかった。

つい数日前も、近藤が外出しているときに沖田と稽古をした。

それが終って井戸端でからだを拭いているとき、沖田が遠慮がちにいった。

「土方さん、どうしたんですか」

「何が？」

「きょう、というよりも、近ごろの土方さんは何かおかしいなア」

「どこがおかしい？」

「何といえばよいのか、気合いがこもっていないというのか、前は下手《へた》は下手なりに剣さばきに土方さんらしい鋭さがあったのに」

「こいつ」

歳三は苦笑した。ほかのものが、下手は下手なりに、といえば、角が立つところだが、沖田の口から出ると、不思議と和やかに聞けるのである。

「いったい、どうしたんです？」

と沖田はなおもいった。真剣に案じている口調だった。

「おれにもわからん」

と歳三は答えた。沖田にいえば、近藤の耳に入ることは間違いなかった。それが面倒だからというわけではなかった。わかってもらえる自信をもてないからだった。

じっさい、どう説明すれば、いまの心境をわかってもらえるのか。

「この庭の梅みたいなものさ」

といえば、歳三自身にはぴったりした説明になるのだが、それでは納得するものは誰一人としていそうにない。

2

歳三はむっくりと起き上がった。道場の方から廊下へ出てきた足音が聞こえたからだ。もし近藤ならば、だらしなく寝そべっている姿を見て、

「歳、そのぶざまな姿は何だ！」

と叱言《こごと》をいうに決っていた。

足音は沖田のものだった。この若者の足音は、奇妙なくらいに軽やかである。

歳三は再び寝そべった。

（梅の花　一輪咲いて……）

やはり、下《しも》の句が出てこない。

「土方さん」

沖田がきちんと膝をついて声をかけた。

「総司か、どうした?」

「先生がお呼びです」

「誰か客がきて、話しているんじゃなかったか」

「福地《ふくち》先生がお見えになっております。土方さんもいっしょにお話をうかがうように、とのことで」

と沖田はいった。

「総司、いやにかしこまった言い方をするじゃないか」

「先生のいいつけですから」

「それはわかったよ。だが、行きたくないな」

「それでは、わたしが困ります」

「わかっている。それにしても、あの通辞《つうじ》、何しにきたんだろう?」

と歳三は首をかしげた。

福地というのは、外国奉行に属する通辞方(通訳)の一人である。近くの小石川金剛寺《こんごうじ》坂下《ざかした》に住み、名を源一郎《げんいちろう》という。元来は、長崎の医師の息子だったが、語学に特別な才能があり、蘭《らん》語、英語、仏語をよくした。五十俵三人扶持《ぶち》のほか役職手当として十人扶持を受けている。れっきとした幕臣である。

福地は文久元年十二月に、訪欧使節の竹内下野守《たけのうちしもつけのかみ》、松平石見守《まつだいらいわみのかみ》らの通辞として日本を出発し、文久二年十二月に帰国した。

それ以前、福地は試衛館をたずねてきて、近藤に面会を求め、入門したい、といった。

近藤は、福地の身分を聞いて、わが耳を疑った。

天然理心流の門人の大半は、多摩の農民たちである。近藤にしても土方にしても、その出身なのだ。農民が武技を習得することは、一般には禁じられていたが、多摩は、幕府の直轄領であるために、大目にみられた。習うものは、日ごろは農民の姿をしているが、稽古をうけるときだけは、羽織袴《はかま》を身につけ、大小を帯びることが許された。

それが目当てで、入門するものもいたのである。近藤らが入門を誘うときに、それを強調したこともあった。

ただ、多摩に道場を構えることは認められなかった。武技の習得を認めているのは、あくまでも非公式であり、道場を認めることは公式なものにすることになる。もっとも、道場らしきものは、あることにはあった。日野《ひの》のお大尽《だいじん》と呼ばれた佐藤彦五郎《さとうひこごろう》のところには、立派な道場があった。といっても、表向きは納屋ということになっている。

近藤らは、月に一回、佐藤の納屋へ江戸から出稽古に赴いた。佐藤は歳三の義兄にあたる。

要するに、天然理心流は、そういう農民たちのための流儀といってもいい。福地のような幕臣は、このころ桃井の士学館に入るものが多かった。玄武館は水戸《みと》藩士が多く、練兵館は長州《ちょうしゅう》や大村《おおむら》藩が多かった。

「なぜ試衛館を選ばれたか」

と近藤は感激しながらたずねた。

「別に深い理由はありません。しいていえば、家に近いことでしょうか」

と福地は答えた。

「しからば、どなたからお聞きになりましたか」

「聞いたわけではない。通りがかりに、こんなところに道場があるな、と思いましてね」

近藤はがっかりしたが、気をとりなおして、通辞方でありながら、どうして剣を学ぶ気になったかを問うた。

両刀を帯びてはいるが、通辞方がそれを用いるなどということは、じっさいにはありえないのである。また、幕府の方でも、その必要を認めていない。

現に、福地自身、幕臣となっても、剣を学ぶ気は、はじめのうちは、まったく持っていなかった。

「ところが、思いもかけぬ騒ぎに出くわして……」

と福地はいった。

万延《まんえん》元年五月、高輪《たかなわ》の東禅寺《とうぜんじ》に置かれたイギリス公使館を攘夷《じょうい》派の浪士が襲った。

福地はそのとき、イギリス担当で、泊りこんでいた。

午後十時ごろ、福地は多人数の叫び声を聞いて、外へ出てみた。すぐに、浪士の討入りだとわかった。

公使館は二百名の兵で守られている。浪士たちは、オールコック公使の居室近くまで侵入したが、公使は逃れ、モリソン領事、オリファント書記官が軽傷を負った。浪士側は、三人が即死し、三人が重傷、一人がその場で捕縛された。

そのとき、浪士を仆《たお》した警備の武士が、その首を討ち落し、

「ご検分を願います」

といって、福地の前に差し出した。

福地は、生首を前にして、卒倒しそうになった。

検分するからには、この手柄を立てた武士の名前を聞き、書きとめるべきだったが、そういう作法は知らず、ようやく、

「お見事な働き、殊勝に存ずる」

とだけいった。

そんなことがあったので、福地は、剣を習いたいという気になったのだ、と説明した。少しは度胸がつくかもしれぬ、と考えたのであろう。

「前に、どなたかに学ばれたことがございますか」

と近藤はたずねた。

「ありませんよ。じつは、こうして刀を帯びているが、抜いたこともない」

と福地はいった。

近藤は茫然《ぼうぜん》とした。刀を一度も抜いたことのないものに教えたところで、どうにもならない、と思った。

それどころか、福地が、

「天然理心流を学んでおります」

などと、よそでいったとすれば、天然理心流の名前に傷がつく、と思った。多少とも、江戸の事情に通じているものが聞けば、それほどの流儀ではあるまい、と冷笑したろうが、近藤は大真面目《おおまじめ》であった。

「入門は許されませぬ」

とことわってしまった。

「さようか」

福地の方は少しもこだわらなかった。かえって、近藤の糞《くそ》真面目なところが気に入ったとみえ、

「あんた、いっぷう変っているね」

といった。

束脩《げっしゃ》をとるだけとって、形だけ教えたとしてもよかったのである。ほかの町道場ならば、おそらくそうしたであろう。

「これから遊びにきてもいいかい？」

と福地はいった。

「どうぞご遠慮なく」

近藤は喜んでいった。彼にとって、福地源一郎は、初めて知合いになれた幕臣だったのである。

以来、福地は遊びにくるようになっていた。ときには、永倉新八《ながくらしんぱち》、藤堂平助らを連れて吉原《よしわら》へくり出すこともある。福地の妻は、吉原江戸町《えどまち》の大きな菓子商で、彼は俸給のほとんどを遊びに使っていた。このころから、福地は、

——桜痴《おうち》
という雅号を使いはじめたが、その由来は吉原の桜路《おうじ》という遊女に入れあげたことによる。桜路に惚《ほ》れこんだ愚かもの、という自嘲をこめて、そのように称したのだ。

永倉や藤堂だけではなく、ときには、原田も福地に連れられて吉原で遊んだ。沖田は、誘われたが、

「わたしは先生に叱られますから」

とことわった。

だが、歳三は一度も誘われたことがない。

3

沖田に急《せ》かされて、歳三は立ち上がった。

近藤の部屋は、道場のわきにある。ほかに奥に寝室があり、道場のわきの部屋は、いわ

ば応接間であった。

歳三はそこへ入ると、

「これは福地先生、お久しぶりにお目にかかります」

とバカ丁寧にいって頭を下げた。

福地は、いやな顔をし、

「土方君、あんたも元気のようだな。あいかわらず、よい男っぷりで、羨ましい限りだよ」

と皮肉をいった。

近藤は二人のやりとりの底に流れているものに気がつかず、

「歳も総司もよく聞いてくれ。いま福地先生から耳よりの話をうかがった」

といった。

「近藤さん、そういわれると困るな。わたしは何もそんなつもりで話したわけではない。ただ、そういうことを聞いた、というだけのことで、あんたたちが採用されたって本当に直参《じきさん》になれるかどうか、わたしは知らないよ」

「むろん、それは承知です」

「それならいい。じゃ、あんたたちは話があるだろうから、わたしは帰らせてもらうよ」

「福地先生、まだよろしいではありませんか。せっかくの機会ですから、えげれすやめりけんのことなど、後学のためにお聞かせいただこうと思っておりましたのに」

と歳三はいった。

しかし、福地は彼を無視して席を立った。

沖田が玄関まで見送りに行き、近藤と歳三は居残った。

「歳、お前は福地先生に対して失礼だぞ」

と近藤が気難しい表情でいった。

「おれは、そうは思わないね」

と歳三はいった。

道場の中では、歳三は、近藤に対しては、

「先生」

と呼んだが、いったん道場を出ると、くだけた調子で喋《しゃべ》った。歳三が近藤を呼ぶときには、

「勇さん」

であった。年齢は、歳三が一つ下である。

「まア、いい」

と近藤は諦めたように呟《つぶや》いた。

そこへ沖田が戻ってきた。

「二人とも聞いてくれ。福地先生のお話によると、こんど公方《くぼう》様がご上洛《じょうらく》遊ばされるにつき、その警護にあたる士《もの》を、広く人材をつのって新規にお召抱えになるそうだ」

近藤はそういい、

（どうだ）

といわんばかりに二人を見た。

（嘘《うそ》だろう）

と歳三は思った。

だから、近藤はお人よしだ、といわれるのだ。将軍の警護のためには、旗本という立派な集団があるのである。えたいの知れない浪人者をどうして召抱える必要があるだろうか。そんな必要は、少しもないはずだった。

「信じないのか」

と近藤は、じれったそうにいった。

「信じろという方が無理さ。あんたは、あの口から生れたような男にだまされているんだよ」

「土方さんは、よほどあの先生とは気が合わないようですね」

と沖田が朗らかにいった。

「総司、お前はどう思う？」

と近藤がたずねた。

「わたしですか。わたしは、ありそうにない話だから、もしかすると、本当かもしれないと思います」

歳三は思わず沖田を見た。

この若者は、生《き》っすいの試衛館育ちのなかでは珍しく武家の出である。父親は沖田勝次《かつじ》郎《ろう》といい、奥州白河藩《おうしゅうしらかわ》に仕えていたが、故あって浪人した。二歳のときに勝次郎は病死し、沖田は九歳のころ近藤の養父の周助《しゅうすけ》に引き取られて内弟子となった。沖田の姉の光《みつ》が、試衛館一門にゆかりの深い井上《いのうえ》家の林太郎《りんたろう》と結婚していたという縁による。林太郎のいとこの源三郎《げんざぶろう》は、歳三らと同じように、この道場で起居している。

歳三の目からみると、沖田は、剣をとらせれば天下一品だが、剣技以外のことになったら、まだまだ子供だった。じじつ、沖田は無類の子供好きだった。歳三のように兄弟の多い育ちとは違い、幼児のころから孤独だったせいかもしれない。暇があると、近所の子供を相手に遊んでいた。もう二十歳になるが、子供といっしょに石けりなどをして飽きることがない。

だが、いま沖田のいった言葉に、歳三は目の洗われるような思いをした。

ありそうにない話だから、ありうる、というのは、童心をもったものでなければ持ちえない発想である。

(いいことをいう。総司は、知らぬ間に成長している)

と歳三は感じた。

が、近藤には、それが理解できなかったらしい。

「お前のいっていることは、よくわからん。ありそうにない話だからありうる、などというのは、筋が通らんではないか」

「はア、たしかに筋が通りません」

と沖田は頭をかいた。そのくせ、口もとは微笑をたたえている。

「そんなことはない。筋はちゃんと通っているさ」

と歳三はいった。

「どうして？」

「総司の言葉は、兵法の真髄にかなっている。孫子《そんし》ではないが、兵は奇なり、だ。伏兵のいそうにないところに伏兵がいる。つまりはそれと同じさ」

「うむ」

近藤は神妙な顔になった。兵法の話になると、相手が誰であろうと、すなおに耳を傾ける。

沖田にもそれがわかっているのか、うつむいた。どうやら、笑いを抑えているらしい。

歳三は続けた。

「黒船騒ぎ以来、一口にいえば、いまは乱世だ。それなのに旗本衆ときたら、腰抜けばかりときている。泰平に狎《な》れてしまったんだな。だから、公方様の警護にしても、連中ではまるで役に立たねえ。江戸に置いておいたら、何をするかわからん連中を集めて京へ送りこみ、公方様のなさるご政道に異をとなえるやからを抑えこませる。いわば、一石二鳥というやつで、誰が考え出したか知らねえが、世の中には相当の知恵者がいるということだ」

「福地先生は、そうはおっしゃらなかったぞ。旗本衆の代りに公方様をお守りするのだ、と」

「だから直参になれるっていうのかい？」

「江戸開府以来、それは旗本の役目ではないか。いまもそれは変っていないはずだ」

「あんたは人がいい」

　と歳三は言葉を投げつけるようにいった。

　近藤が口もとを引きしめた。もともとが、顎のえらの張った面相である。そういうときは、いっそう四角い顔になる。歳三はつけ加えた。

「それがあんたの偉いところでもある。おれは、ときとして、あんたが羨ましくなるよ」

「歳、皮肉《あてこすり》はよせ」

「いや皮肉じゃない。これは持って生れたものだ。おれは童《わっぱ》のころから行商なんぞして歩いたものだから、世の中の裏が見えてしまう。それがいいこともあるが、悪いこともあるんだ。その点、あんたは、人のいうことをすなおに聞く。これは大事なことだよ。だから、いざというときには人もあんたのいうことを聞く。左之助や新八が、何のかのといいながらここにごろごろしているのは、その人徳のせいだ。おれじゃ、そうはいかぬ」

　近藤の表情がゆるんだ。

（これだからなア）

歳三は胸の中で嘆息をもらした。

いま彼がいったことは、まさしく近藤の美質なのだが、同時にそれは欠点にも通じているのだ。

そして、近藤本人には、そのことがまるでわかっていない。

「ともあれ、福地先生のお話が真実《まこと》ならば、腕をこまねいて見ていることはないと思う。ぜひとも加盟したいが、お前たちはどうする？」

歳三の心はすでに決っていたが、

「そうだな」

と、考えるふりをして腕を組んだ。

「反対か」

「あんた、この道場はどうする気だ？　ご隠居が許して下さるかどうか……」

「じつは、それが気がかりなのだ。しかし、このままでは天然理心流の名を興すことも難しい。それを思えば、京へ上り、諸国の志士とも交わって、一門の名を高めたいのだ。きっとお許し下さるだろう」

「総司はどうする？」

と歳三は聞いた。

「土方さんらしいなア」

と沖田はにやりと笑った。

「何のことだ？」

「もう決心はしているんでしょう？　それなのに、自分のことは一言もいわない。それにわたしがどうするか、わかりきったことではありませんか」

「お前、おとなになったな」

「そうですかね」

沖田は天井を仰いだ。

4

福地のもたらした情報は、間もなく事実に近いことが判明した。

文久三年一月七日、政事総裁松平春嶽《しゅんがく》、老中板倉周防守《いたくらすおうのかみ》（のち伊賀守《いがのかみ》）が、松平主税介《ちからのすけ》に、新徴《しんちょう》の浪士取締役を命じた。

「お政治向き、おいおいご改革遊ばされ候については、浪士どものうち、有志の輩《やから》をお集めに相成り、一方の固め仰せつけらるべく候。もっとも、とくと探索とげ、いったん過失あり候わんか、または遊情にふけり候とも、改心の上、尽力報国の志厚き輩、既往の忌憚《きたん》に拘《かか》わらず、出格の訣《わけ》をもってお免《ゆる》しの儀もあるべき候間、その心得にて名前取調べ、早々申し聞かさるべく候事」

というのである。

松平主税介は、家康《いえやす》の六男忠輝《ただてる》の血をつぐ人物である。この辞令をうけると、講武所教授方の山岡鉄太郎《やまおかてつたろう》、松岡萬《まつおかよろず》を相談役にして、浪士の新徴にとりかかった。

とりあえず、人数は五十名。一人につき五十両の仕度金を与えることで、二千五百両が板倉から渡された。

もともと、この企ての筋書きをこしらえたのは、羽州《うしゅう》浪人清河八郎《きよかわはちろう》であった。本名は斎藤元司《さいとうもとじ》といい、天保《てんぽう》元年の生れだから、五年生れの、近藤より四歳の年長である。生家は大庄屋で、八郎は長男だった。

十八歳のとき、江戸へ出て、東条一堂《とうじょういちどう》、安積艮斎《あさかごんさい》らに学問を学び、剣は千葉の玄武館に学んだ。ふつうは三年かかる目録をわずか一年で受けた。一カ月で十日も道場へ通えば、かなり熱心に稽古したとされた時代に、清河は二十日から二十五日は通った。

万延元年八月、清河は、周作のあとを継いだ千葉栄次郎《えいじろう》から免許を得た。そこで神田《かんだ》に道場をひらき、

「文章・経学・兵法教授」

の看板を掲げた。

要するに、文武両道を教えることができる、と宣伝したのである。道場にしろ塾にしろ、多くは、文か武のどちらかである。それを一つところで学べるのだから、清河の道場はにぎわった。

とはいえ、清河の志は、町道場の主として名をなすことではない。

——尊王《そんのう》攘夷、であった。

　この言葉のもつ思想的な政治的背景をここで説明することは、必ずしも容易ではない。それはいずれ述べるとして、当時の日本における事実上の主権者である徳川《とくがわ》将軍や、その政権の執行機関である幕府の政策は、尊王攘夷の対極にあった。いいかえれば、尊王攘夷は危険思想であった。

　それを、政権の膝元である江戸において実行しようというのだから、大胆不敵というしかなかった。

　ただ、清河には彼なりの計算があった。

　攘夷思想というのは、当時の日本では、ごく一般的なものであった。

「外夷《がいい》を追い払え」

　と叫ぶことは、開国政策をとろうとしている幕府に反対することであるが、といって、そのことだけで罪になるわけではない。もしそれを罪とするならば、武士の大半は罪になってしまう。

　もともと、徳川政権の基本的な方策は、鎖国だったのである。

　国を鎖《とざ》す、というのは、外夷を追い払えというほど積極的ではないにしても、基本的には、同じ岸に立っている。

　その鎖国が、黒船という外圧によって崩されつつあった。怪《け》しからぬ、追い払え、というのは、いわば憂国の至情にあり、幕府としては取り締まりにくい。

　一方、尊王というのは、徳川政権の上にもう一つの権威を認めることであり、これは幕府にとっては許し難いものであった。だが、幕府自体がそれを認めるような過失を犯した。実力をもって開国を迫る諸外国に対して、一時のがれの言いわけとして、条約が発効するには、勅許が必要である、といったのである。

朝廷、というのは、天子が政治を執り行うところ、の意だが、この時代に至るまで数百年の間、実体としてそのようなものは存在しなかった。

京に天子がおわす、などということを知っている日本人は、百人に一人もいなかったであろう。

幕府としては、外国と条約を結んだのちは、手続き的には将軍が署名すれば、それでよかったのだが、少しでも発効の時期をのばしたくて、長い間、倉の中に放りっぱなしにしておいた帝《みかど》なるものを持ち出してきた。

結果的に、みずから、自分たちの上に、もう一つの権威を認めたことになった。その上、徳川ご三家のうち、水戸藩においては、尊王思想は必ずしも悪ではなかった。安政の大獄《たいごく》までは、藩主の水戸斉昭《なりあき》が尊王攘夷派だった。水戸の武士たちが、井伊《いい》大老を暗殺したのは、実質的には、主君の仇《かたき》をとったにひとしいのである。水戸浪士というが、藩に迷惑をかけないために、浪人していたといっていい。

むろん、この時期、幕府の力は強大である。みずからは、帝を持ち出したが、それを尊ぶものを弾圧することはできる。つまり、攘夷は大目にみるが、尊王は取締りの対象になる。

清河は、その間の機微を心得ていた。彼は、攘夷を前面にうち出しはしたが、尊王はうしろに隠しておいた。

学問があり、弁舌がたち、しかも剣の名人というのであれば、人気が出るのも当然であった。しかも、郷里の豊かな財力に支えられて、食客が何人いても困らないのだから、人びとが彼のもとに集まっても不思議はなかった。

そのなかには、清河のところへ行けば、酒や食事にありつけるという程度のものもいたろうが、彼の人柄や思想に心酔したものも少なくなかった。

清河邸の裏庭には、大きな土蔵があった。彼はそこを信頼できるものたちに開放した。十数名ほどである。

主だった名前をあげれば、伊牟田尚平《いむたしようへい》（薩摩《さつま》脱藩）、樋渡八兵衛《ひわたりはちべえ》（同）、益満新八郎《ますみつしんぱちろう》（同）、池田徳太郎《いけだとくたろう》（芸州《げいしゆう》脱藩）、村上俊五郎《むらかみしゆんごろう》（徳島出身、下総佐原《しもうささわら》で町道場を開く）、石坂周造《いしざかしゆうぞう》（彦根《ひこね》浪人）。

伊牟田と樋渡は、オランダの通訳官ヒュースケン殺しの下手人である。

この顔ぶれだけならば、ぶっそうな連中の集まり、というだけのことだが、ほかにも意外な人物がいる。

講武所教授方の山岡鉄太郎と、松岡萬である。この両名も、土蔵に案内される常連だった。

清河は、これらのものや、門下生の安積五郎《あさかごろう》、笠井伊織《かさいいおり》、弟の斎藤熊三郎《くまさぶろう》らを誘って、会をつくった。

その名前を「虎尾《こび》の会」とした。虎の尾を踏む、というのは、古来から危険をあえておかす意味に使われているが、それは「易経《えききよう》」の、

「虎ノ尾ヲ履《フ》ム、人ヲ咥《クラ》ワズ、亨《トオ》ル」

からきている。

会則は清河が書いた。

「およそ醜虜《しゆうりよ》の内地にある者は一時ことごとくこれを攘《はら》う」

というのが冒頭の一節である。

こうして、人が集まってくれば、当然のことながら幕府の監視するところになる。幕臣の山岡が入っているとはいえ、山岡自身、このころは、

「乱暴鉄」

という仇名《あだな》をつけられていた。山岡その人が危険分子とみなされていたのである。

文久元年五月二十日、清河、山岡らは、両国《りようごく》の万八楼《まんぱちろう》で開かれた書画の会に出た。書画の会というのは名目で、じっさいには、水戸浪士との会合だった。水戸浪士たちは、井伊の政策を継承する老中安藤対馬守《あんどうつしまのかみ》の暗殺を計画していた。

その帰り道、日本橋《にほんばし》の甚左衛門町《じんざえもんちよう》にさしかかったときだった。

並んで歩く清河、山岡の行く手に、一人の町人が立ちふさがった。

江戸の下町の道はせまい。二人並んで歩けばいっぱいになる。すれ違うためには、軒下によけなければならない。

町人ならば武士をよけるべきか、というと、必ずしもそうではなかった。

「何だってんだ。こんなせまい道を二人並んで歩くたア」

と威勢よくいった。

町人は酔っているらしい。

「これは気がつかなんだな」

山岡は逆らわず、うしろに退《さが》った。

清河は、その町人が何者であるかを知っていた。道場の近くに、信濃屋《しなのや》というそば屋があり、そこの店のものだった。信濃屋の主人宇兵衛《うへえ》は、じつは十手を貰《もら》っている岡っ引きであり、奉行所から清河を監視するようにいいつけられている。

清河はそれをわずらわしく感じていた。万八楼で酒をのんでいたせいもあり、日ごろの冷静さをこのときは失っていた。

「町人、どけ」

と清河はいった。

「何だと？　偉そうなことをいいやがって。どけってエなら、どかしてみやがれ」

と相手は毒づいた。

「よかろう」

その言葉の終らぬうちに、清河の腰の業物《わざもの》が夕闇をつらぬいて閃光《せんこう》のように走った。町人の首がとび、一間《けん》ほど離れた瀬戸物屋の皿の上に落ちた。うしろに退っていた山岡にも、何が起こったのか一瞬わからなかったほどの早わざであった。

5

清河は、タカが町人の無礼討ちと思っていたのだが、奉行所の方はそうはみなさなかった。

清河は要注意人物なのである。これを奇貨として、彼を捕えようとした。

「清河さん、ここはひとまず身を隠したほうがいい」

と山岡がいった。

五月二十八日、清河は村上らを連れて江戸を出奔し、水戸、会津《あいづ》、庄内《しょうない》、越後《えちご》、伊勢《いせ》と回って京へ入った。

京で、清河は、中山大納言《なかやまだいなごん》の家令だった田中河内介《たなかこうちのすけ》と知り合った。田中は、尊攘派浪士の信頼を一身に集めていた。

田中の仕えていた中山家には、幼いころの明治帝《めいじ》がいた。田中はもとより尊王の志が厚い。

清河は田中と意気投合した。しばしば語らいあい、一つの策を立てた。来年三月を期して、尊王倒幕の義軍を起こそうというのである。

考えることは壮大だったが、悲しいことに、田中にも清河にも、藩という組織がない。そのためには、どこかの藩を動かすか、さもなければ、それに代る兵力をかき集めてこなければ、兵を挙げることは不可能である。

「わたしが九州を遊説してこよう」

と清河はいい、田中を通じて青蓮院宮《しょうれんいんのみや》の密旨をうけた。宮は伏見宮邦家親王《ふしみのみやくにいえしんのう》の第四子で、仁孝帝《にんこうてい》の養子になった。

清河は、肥後《ひご》の松村大成《まつむらたいせい》、河上彦斎《かわかみげんさい》、豊後《ぶんご》の小河一敏《おごうかずとし》、筑前《ちくぜん》の平野国臣《ひらのくにおみ》らに会い、挙兵に参加を求めた。

それが時勢というものであったろう。一笑に付されると思いきや、賛同を得た。小河などは、

「藩をあげて参加する」

といったのである。

また、平野は薩摩へ行き、大久保一蔵《おおくぼいちぞう》（利通《としみち》）に会った。大久保は、

「わが藩もそのころには久光《ひさみつ》公が精兵を率いて上洛されるであろう」

といった。

清河の遊説は大成功であった。

三月になると、小河らをはじめとして、九州の志士たちが続々と上洛してきた。しかし京都では、所司代《しょしだい》の目がきびしい。田中が薩摩藩に働きかけて、その大坂《おおさか》屋敷を開放して

もらった。

清河も大坂に移った。

彼としては、自分がこの一団の首領のつもりであった。

だが、志士たちは必ずしもそうは思っていない。むしろ首領を選ぶとすれば、田中ということになる。

田中自身もその気でいる。年齢的にも、清河よりも十数歳の年長である。

清河にしてみれば、兵を集めてきたのは自分なのである。田中は京にあって、議論をしていたにすぎない。

両雄並び立たず、である。清河は薩摩屋敷を追ん出た。

結果的に、これが幸いした。

島津《しまづ》久光はたしかに兵を率いて上洛してきたものの、それは義軍の盟主となるためではなかった。

もっとも、大久保も平野に対して、そのようなことはいっていない。そのころに上洛する、といったにすぎない。平野の方が、自分に都合よく解釈したまでのことである。

久光は、薩摩藩のものが挙兵に加わることを禁じ、それに従わぬ有馬新七《ありましんしち》らを誅殺《ちゆうさつ》した。世にいう寺田屋《てらだや》事件である。そして、田中は薩摩に送られる途中、大久保の手によって殺された。清河がもしとどまっていたなら、同じ目にあっていたろう。

清河は江戸に潜入し、山岡と会ってから、一書をたくして、水戸に入った。

その一書というのは、松平春嶽への建白書である。

その建白の内容は、三点あった。第一は攘夷の断行である。そして第二が大赦令を下すこと、第三が英才登用のすすめである。第一、第三はともかく、第二は我田引水の観があるものの、堂々たる文章だった。

山岡はこの文章を春嶽へ奉った。また、春嶽とは仲のいい土佐《とさ》藩主山内容堂《やまうちようどう》の家臣、間崎哲馬《まさきてつま》も奔走した。

春嶽はそれを受け入れて、大赦令を発した。清河の江戸出奔後に捕えられていた池田徳太郎、石坂周造、弟の熊三郎らもこの恩典に浴した。

こうして清河は、行動の自由を回復した。もっとも、指名手配されていながら、京都、九州と飛びまわっていたくらいだから、さしたる痛痒《つうよう》は感じていなかったかもしれない。むしろ、大赦令は獄中の同志と、内妻おれんのためのものだったともいえる。

おれんは鶴岡《つるおか》で酌婦をしていた女である。清河のような地方の名家の息子の妻になれる身分ではなかったが、清河は本気で彼女に惚れこみ、身うけして正妻同然に扱っていた。おれんは、清河の身代りに捕えられたようなものだったが、よく耐えた。そして、ようやく釈放と決り、庄内藩邸内の揚り屋に移されたが、その翌朝に死んだ。どうやら毒殺されたらしい。

清河はその死を知って心底から悲しみ、郷里の母親あてに、次のような情のこもった手紙を書いている。

「なにとぞ私の本妻とおぼしめし、朝夕の回向《えこうおん》御たむけ、子供とひとしく思召《おぼしめ》し下されたく、くれことにも願い上げ申し候。私ひそかに、

清林院貞栄香花信女

とおくり名いたし候ゆえ、くりことにも私の本妻同然におぼしめし、御たむけのほど、ひとへに願い上げ申し候」

そして、おれんの実家に、金十両を送っておいてくれるように、と依頼している。

清河の次なる狙いは、寺田屋事件によって挫折した京都義挙のやりなおしであった。藩を背景にもっていない一浪士の身としては、ある程度は策略を用いても致し方ない。そこで再び山岡を通じて幕府を説き、浪士新徴を立案したのだ。

こういう清河の胸の内を知るものは、一人もいなかった。山岡さえも、そこまでは聞いていなかった。

まして、試衛館一門のものには、清河の企《たくら》みはわかっていない。仕度金五十両をもらえる上に、ひょっとすれば幕臣になれるかもしれぬとあっては、江戸でじっとしていろというう方が無理である。

近藤は養父周助に、京都へ行きたい、と願い出た。

周助は許した。このままの状態では、天然理心流が尻すぼみになることがわかっていたからである。

文久三年二月四日、浪士たちは、小石川の伝通院《でんづういん》に集まってきた。試衛館からは、近藤、

土方、沖田、井上、藤堂、山南、永倉、原田の八名である。ほかに沖田の義兄の林太郎も加わった。

ところが一同が行ってみると、驚いたことに、三百人以上もの浪士がきている。

その上、責任者だった松平主税介の姿もなかった。

「どうなっているのだろう？」

近藤が不安げにいった。五十人しか採用しないとなれば、二百五十人以上も余ることになるのだ。

「どうもこうもあるまい。八名がいっしょでなければ、行っても仕方がない」

と歳三はいった。

ほぼ揃《そろ》ったころに、鵜殿鳩翁《うどのきゅうおう》が挨拶した。

尽忠報国の志をもってかくも多くの士が集まってきたことに、自分はことのほか感激している。

だが、残念なことに、予算は二千五百両しかない。各人は一人五十両と聞いているだろうが、それだけ支給することはできなくなった。

といって、誰を選び、誰を列外にすることは忍びない。だから、希望者はすべて採用するが、仕度金は頭割りになる。それに不服のものは、遠慮なく帰ってもらいたい。

一同、ざわめいた。

全員が希望すると、一人に八両なのである。

「どうする?」

と近藤が小耳でいった。

「行くさ。それしかない」

と歳三はいった。

見ていると、列外に出るものは、きわめて少数だった。

(やはりな)

と歳三は思った。

試衛館一門の八名をふくめて、大半のものは動こうとしない。そして、そのものたちの服装はどれもこれも見栄えのしないものである。

(たった十両足らずの金で、下手をすると、命がけの仕事になりかねないのに)

と歳三は心の中で呟いた。

何かしら情けない気がしないでもなかった。

だが、江戸に残っていても、何か新しいことがあるとも思えなかった。

年があけて、歳三は三十歳になっている。いまもって妻を迎えることさえもできないでいるのだ。

(梅の花　一輪咲いても……)

そのとき、下の句が自然にうかんできた。

梅の花　一輪咲くも　梅は梅

（下らねえ）

歳三は自嘲した。ひどく切なかった。

京へ

1

浪士の新徴《しんちょう》に応じたのは、結局二百三十四名であった。一人五十両の仕度金に釣られたものは大半が脱落した。

二百三十四名のものは、二月六日にあらためて伝通院に集まり、隊割りを行った。取締には、山岡鉄太郎、松岡萬《よろず》が就任した。いずれも、清河の同志である。

隊は一番から七番までで、各隊は三十名。そして各隊に三名の伍長《ごちょう》が任命された。試衛館一門は、井上源三郎を除いて、近藤以下すべて六番隊に属した。井上だけが三番隊であった。井上は、近藤らと同じ六番隊へ入れてくれるように頼んだが、許されなかった。

六番隊の伍長の筆頭は、清河の同志である村上俊五郎だった。村上は、下総佐原の町道場の主《あるじ》であるが、生れは阿波《あわ》の徳島だった。身長は六尺に近く、体重は三十貫もあった。現代ふうにいうと百八十センチの百十二キロである。当時としては、ひときわ目につく巨漢だった。清河の開いていた神田の塾に出入りし、清河の尊王攘夷論《じょうい》に心服していた。

各隊士のほかに、取締付が任命された。山岡、松岡の手勢ということになる。池田徳太郎、芹沢鴨《せりざわかも》、斎藤熊三郎ら二十三名。

池田は安芸《あき》の出身で、医師の倅《せがれ》である。十五歳のころから九州で遊学し、のち江戸へ出て、清河と知り合った。清河が町人を無礼討ちにして幕吏《ばくり》に追われたとき、清河の一味として投獄され、この年の一月に赦《ゆる》されたばかりだった。人あたりのやわらかな男で、のちに広島藩士に登用され、船越衛《ふなこしまもる》らといっしょに国事に奔走した。維新のさいは軍務官権判事として大村益次郎《おおむらますじろう》の補佐役をつとめ、最後は青森県知事で明治七年に死亡した。

斎藤は、清河の実弟である。彼も池田と共に投獄された。

芹沢は、本名は木村継次《きむらつぐじ》。水戸天狗党《てんぐとう》の生き残りであった。神道無念流免許である。

取締付は、二十三名。七隊の二百十名を加えると、二百三十三名。

残る一人が清河であった。清河はいずれの隊にも属さなかった。それでいて、彼のまわりにはつねに人が集まり、山岡や松岡も、

「清河先生」

と呼んだ。二百三十三名は、山岡、松岡の支配下にありながら、実態は清河に支配されているという感じになった。

山岡以下、全員が徒歩だったが、清河だけは、馬をやとって騎乗し、隊の先に立ったり、後からきたりした。組織外という立場を利用し、自由に振舞ったのである。実家は豪農で、

清河は金に不自由しなかった。宿屋も自費でとり、朝の出発もゆっくりであった。馬をもっているので、すぐに追いつけるのだ。

「どうも気に入らねえ」

と歳三は沖田にいった。

「何がです？」

「あの清河というやつだ。隊長でも何でもないくせに、隊長面《づら》をしていやがる」

聞いていた山南が、

「土方君、きみは事情を知らぬから、そういうことをいうのだ。この浪士組は、もともとは清河さんの肝煎りで結成されたようなものだからね。ぼくは、千葉先生の下での修行ぶりをよく知っているが、立派なご仁だよ」

といった。

「立派なご仁かどうかは知らんが、ついこの間までは、お尋ね者だったというじゃないか。立派なご仁が、どうして捕吏《ほり》に追われていたんだ？」

歳三は鋭くいいかえした。

清河八郎の名は、多少とも国事に志をもつものの間では、ひろく知られていた。いわば有名人であった。

歳三も知らぬわけではなかった。

（だが、それがどうだというのだ！）

と彼はいいたかった。

山南は、歳三のいい方に反感を覚えたらしく、いくらかむきになっていった。

「清河さんは、盗み火つけといった悪事をはたらいて追われたわけではない。攘夷をとなえたために、それを行動にうつそうとしたために、追われる身となったのだ。たしかに町人を無礼討ちにしたが、それは名目にされたにすぎぬ。その攘夷は、土方君も知っていようが、すでに天下の公論となっている。大樹公《たいじゅ》が上洛《じょうらく》されるのも、攘夷の勅旨を拝受するためと聞いている。だからこそ清河さんも赦されたんだ」

歳三は横を向いた。

理窟では、山南にかなわなかった。

山南には、学問があった。仙台《せんだい》藩士の息子で、千葉周作の北辰一刀流を学んだが、近藤に太刀《たち》筋をなおされてから、試衛館に出入りするようになった。しかし、彼の志は、剣よりも天下の動向にあるらしい。暇さえあれば、本を読んでおり、ときには沖田をつかまえて、宇内《うだい》の動静を論じたりした。

沖田はそんなときでも、にこにこしながらおとなしく山南の話に耳を傾けた。前に歳三がたしかめたことがある。

「総司、お前は山南のいっていることに心を惹《ひ》かれているのか」

「山南さんの話は難しくて、よくわかりませんがね」

「それなのに、どうしておとなしく聞いてる？」

「どうしてといわれても困るな。せっかく山南さんが話してくれているのだから、聞いてあげなければ悪いじゃないですか」

といって総司は微笑した。

沖田が山南に共感しているのではないと知って、歳三は安堵《あんど》したが、山南が目ざわりであることには変りなかった。

歳三自身は、山南のように政治の動きについて、さほど関心をもっていなかった。その点では、近藤とも違っていた。

このさき天下がどうなるか。

歳三は、そういうことをほとんど考えたことがない。

（天下どころか、おれ自身がどうなるか、それさえもわかっていないのに、天下の動向も宇内の形勢もあるものか）

と思っている。

試衛館天然理心流の道統《どうとう》を継ぐのは、おそらく沖田である。

そのことについては、歳三も異論がなかった。沖田の剣の冴《さ》えは、誰しも認めるところであった。もしかすると、師匠の近藤よりもその技は上ではないか、と歳三は見ている。ことに、沖田の突きは芸術的でさえあった。気合いもろとも三度、剣を突いては引き、突いては引きするのだが、見た目には、ただ一度の突きのように見えた。

ただ、近藤は、沖田のその突き技を、あまり買っていなかった。近藤自身の突き技は、一度であった。

「総司の突きは、あれはあれでいいとしても、何も三度も突く必要はない。突きは一度でよい。総司のような早わざでなくても、確実に相手を倒せれば、それでよい」

というのである。

歳三には、沖田のような必殺の技術はなかった。近藤は、

「お前の剣は、型がないな。よくいえば融通無碍《むげ》だが、どちらかといえば、やくざ剣法だな」

というのである。

「やくざ剣法とはひどいことをいうな」

「別段くさしているわけではない。要するに肉を斬らして骨を斬るという戦法だ。それも剣の極意の一つ。そのことに徹すればそれでよい」

と近藤は評したことがあった。

ともあれ、誰が見ても、天然理心流の五代目は、沖田に決りであった。

もっとも、沖田がそれを喜んでいるふうは少しもなかった。といって、流派を継ぐことをいやがっているわけではない。

そのあたりの沖田の心境は、歳三にもよくわかっていない。

（あいつはつかみどころがない）

と思っている。

歳三自身は、そういう自分の身のまわりのことを考えると、不意に切なくなることがある。

試衛館の五代目の主になれそうにないことを悲しんでいるわけではない。他人がどう思うかわからないが、彼は、そんなものに未練はなかった。天然理心流、などといっても、知る人は少ないのである。また、近藤のように、天下に知らしめたいという欲もなかった。といって、試衛館を離れて生きて行くこともできそうになかった。

山南のように政治の動向に興味をもち、国事に奔走したいという気持もなかった。金銭の面でいえば、やってやれないことはなかった。日野の実家に頼めば、それくらいの金は出してくれるだろう。

だが、攘夷であれ開国であれ、歳三は、人に問われれば、

「どっちでもよい。おれにはさして興味のないことだ」

と答えるだろう。

浪士組に応募したのも、さしたる目的があったわけではなかった。

旗本に取り立てられる、と大まじめに信じこんでいる者もいるようだったが、歳三はまったく期待していない。近藤が加わり、沖田らも行を共にするというから、彼も加わったのだ。

あえていうなら、京都へ行くことに、いくらか魅力を感じていた。

京都の女はいい、という。

京都にいたことのある原田左之助にいわせると、

「京女ってのは魔ものみてえなものよ。身も心もとろけたようになって、最後には食われてしまう。京女に比べれば、江戸の女なんていうのは可憐《かれん》なものさ」

というのだ。

歳三が京へ行くにあたって唯一の期待といえば、

「京女を抱ける」

ことかもしれなかった。

2

本庄宿《ほんじょう》で一騒動あった。

近藤は池田といっしょに、先乗りしていた。隊のものよりも先に宿場へ行き、宿屋の手配をしたり、部屋割りをしたりするのである。

村上が、池田から、人を出してくれ、といわれて、近藤を指名した。

歳三の見るところでは、近藤はそういうことに不器用であった。一門のなかでいえば、そういうことにもっとも適《む》いているのは、ほかならぬ歳三自身だった。

「その仕事はおれがやる」

と歳三はいったが、村上は、

「いや、近藤君にやってもらう」

とかたくなにいった。

「この人には適かない仕事だよ」

「土方君、適く適かないを決めるのは、きみではない」

「何だと？」

歳三は、自然に低い声になった。

いつだったか、歳三は沖田にひやかされたことがある。

「土方さんの剣は、性格がよく出ていますね。ここ一番という勝負のときは、必ず下段の構えになる。中段でもないし、ましてや上段ではない。低く構え、じりじりと間合いを詰めていく。何か気に入らないことがあって相手を咎《とが》めるときの、低い声のやりとりとよく似ていますよ」

「何をいいやがる」

と歳三はいったものの、沖田に指摘されるまでは気がつかなかったが、たしかに、その傾向があるようだった。意識するわけではないが、自然にそうなった。

相手の村上は、そのことを知らない。

「伍長はわたしなのだ。わたしの指示に従ってもらわねば困る」

と威丈高《いたけだか》にいった。

歳三の片頬がひきつるように歪《ゆが》んだ。

「土方君、やめたまえ」

と近藤がいった。

一門のものだけになると、近藤は、

「歳」

と呼んでいたが、他のものがいる席では、君呼びをしていた。

近藤が制止したので、その場はおさまった。近藤は池田といっしょに先乗りした。

歳三らが割当てられた虎屋《とらや》という宿屋で夕食をとっていると、表の方がにわかに騒がしくなった。

原田が障子をあけた。

「おい、火事だぜ」

じじつ、空が朱《あか》く染められていた。

「こいつはきれいだ」

と原田はいった。

「原田君、そういうことをいってはいかんよ」

山南がたしなめた。

火事と喧嘩《けんか》は江戸の華《はな》、などといわれていたが、じっさいには、江戸の市民たちは、火事をもっとも恐れた。火つけは、人殺し以上の重罪だった。殺人を犯しても死刑にならないこともあったが、火つけはつねに極刑であった。

そこへ、足音を立てて飛びこんできたものがあった。近藤といっしょに先乗りしていた池田だった。

「諸君、ちょっときてくれたまえ」

「どうした？」

「近藤君だけの落度ではなく、ぼくにも責任はあるのだが、芹沢さんの部屋割りをうっかり落してしまったのだ。それで芹沢さんが、本陣前の広場で火をたいている。近藤君が詫《わ》びているのだが、手がつけられない」

と池田がいった。

「よろしい」

歳三が低い声で応じた。

原田は早くも剣をつかんでいた。

最後に、沖田がゆっくりと立ち上がった。

歳三を先頭に、試衛館一門のものが本陣前へ急行してみると、芹沢や一門の新見《にいみ》、野口《のぐち》といった男たちが、大きなたき火を背に立っていた。

その前に、近藤がいて、しきりと頭を下げている。それを遠巻きにして、町の者たちが不安そうに見物していた。

「近藤君、気にせんでもよろしい。おれは野宿することを、何とも思っておらんのだ。きみに詫びてもらいたくて、こんなことをしているわけではない。今夜は妙に冷えるから、煖《だん》をとっているにすぎん」

「芹沢先生、わたしの手落ちです。いま部屋をとりましたから、どうか火を消して、お引きとり下さい」

と近藤は丁寧にいった。

「近藤君、気にせんでもよいぞ」

芹沢は横を向いた。

そのとき、見物人の輪を破って、歳三らが前へ出た。

「何ぞ用か」

芹沢は鉄扇を構えた。

〝尽忠報国之士芹沢鴨所持〟

と彫ってあるもので、かなり重いはずだが、芹沢はまるで鞭《むち》のように軽やかに使った。

「用があるからきた」

と歳三はいった。

「待ちたまえ。わたしがいう」

と山南が前へ出た。

「ほう、こいつはおもしろい」

「芹沢さん、わたしがいわんとすることは、もうおわかりでしょう。あなたの部屋割りをうっかり失念したのは、近藤さんの手落ちだったとしても、こうして頭を下げている。それなのに、このたき火はどういうことですか。危ないではありませんか。火の粉がワラ屋根に燃え移ったらどうします？　浪士隊は火つけと同じことをした、といわれますよ」

「おい、芹沢先生に対して、なまいきな口をきくな」

と野口が前に出た。

「静かにしたまえ。わたしは道理を説いている」

と山南がいった。

（こういうやりとりは、うまいものだ）

と歳三は思った。たしかに、歳三にはない才能を山南はもっている。

「道理が何だというのだ。先生の部屋割りを忘れて、申し訳ないの一言ですむと思っているのか」

と野口は毒づいた。

「しかし、近藤さんはすでに宿をとった、といわれているではないか。それなのに、きみたちは宿に入ろうとせずに、こうして火をたいて本庄宿の人たちに迷惑をかけている。浪士隊の名折れになるとは思わんのかね」

山南は強くいった。

そこへ山岡がかけつけてきた。

「芹沢君、引きたまえ」

と山岡は叱るようにいった。

「そうあっさりとは引けませんよ。近藤君が部屋割りを忘れたということは、わたしを軽くみているからだ。このままでは承服できませんぞ」

「芹沢先生、そのことについては重ねてお詫びしたい」

と近藤は再び頭を下げた。

「近藤君、詫びてもらわんでもよいのだ」

芹沢は肩をそびやかした。

山岡は鋭く芹沢を見つめた。

「芹沢君、わがままはそれくらいでよかろう。近藤君は自分の手落ちをちゃんと認めて、きみに頭を下げている。立派なものだ。なかなかできないことだよ。しかるに、きみはそれを認めようとしない。少し狭量にすぎるのではないかね」

「山岡先生、拙者を狭量といわれるのか」

芹沢の顔色が変った。

「いかにも」

「山岡先生のお言葉ながら、承服できませんな。狭量とは心外です。わたしは近藤君を責めているのではない」

「そういいながら責めている。もしこういうことが続くならば、わたしには取締はつとまらぬ。江戸に帰ることにするよ」

と山岡はいった。

「わかりました。たしかに、わたしが狭量だった。近藤君、気を悪くせんでくれ」

芹沢は何を思ったか、急に素直になっていった。

3

木曽路《きそじ》を通り、江戸を出て十六日目に、歳三らは、京都へ到着した。

一行は、壬生《みぶ》村の新徳寺《しんとくじ》を中心に、宿をとった。

部屋割りをしたのは、池田であった。近藤ら試衛館の八名と、芹沢らの仲間五名、合わせて十三名に、郷士八木《やぎ》源之丞《げんのじょう》の離れが割当てられた。

離れは、六畳、四畳半、三畳のほかに、板敷きの小部屋もあった。

芹沢らは、こんな狭いところに泊れるものか、と腹を立て、八木家に交渉して、母屋《おもや》の一部を強引に借りた。そのため、離れがそっくり試衛館一門のものとなった。

池田がどうして近藤らと芹沢らを一つの家に割りふったのか、その理由はよくわからない。両派が本庄宿の一件で、互いに含むところがあったのは事実だった。山岡が強い意思のもとに強引に引き分けなかったならば、両派は対立して、刀を抜いたかもしれないのである。

そういう状況のときは、対立する二派をなるべく引き離しておくのがふつうである。離しておけば、衝突することはない。

しかるに池田は二派を同宿させた。毒を制するに毒をもってする、という考え方なのかもしれなかった。

　壬生村に着くと、清河は山岡にいって、隊士一同を新徳寺の本堂に集めた。本堂は、仏間を中心に左右に十畳の部屋があり、門に面して広い廊下がついていた。襖《ふすま》をとりはらうと、二百数十名は楽に入った。

　清河が正面の座について、

「諸君、このたびの上洛は、単なる将軍家の警護ではなくて、尽忠報国の士として、尊王攘夷の先鋒《せんぽう》をつとめるのが本当の目的であり、一同のこうした志を天聴に達するために、上書を提出する」

　といって上書の内容を読みあげた。

　聞いていた一同は、騒然となった。将軍家の家来になるつもりだったのに、清河の主張によると、朝廷の家来になる、というのだ。

「話が違う！」

　とどなったのは、芹沢だった。

「拝聴いたそう」

　清河が静かに応じた。芹沢は、江戸ではそういうことを聞いていなかった、自分たちをだましたのではないか、と詰め寄った。

「攘夷はもはや天下の公論です。勅諚《ちょくじょう》を拝し、それを実行するために、将軍家は上洛された。われわれは、仕度金は貰《もら》ったが、徳川の禄《ろく》を食《は》む身ではない。自由に行動できる。しいていうなら、将軍家も朝廷の一朝臣であり、われわれも一人一人がそうである。その総意を上書するのは、当然ではないか」

と清河はいった。

わかったような、わからないような理窟である。とはいえ、清河の言葉には、借りものではなく、それまでの活動によって支えられた思想の裏付けがあった。その強さは、他の浪士たちにないものであった。近藤らに、異議を申し立てる余裕はなかった、といってもいい。

清河の気魄《きはく》に押されて、反対するものはいなかった。清河は、同志の草野剛三《くさのごうぞう》ら六名を選び、国事参政の詰めている学習院《がくしゅういん》に、上書を持参させた。そのさい清河は、

「朝廷も、こうした上書は幕府を経由しないと、受け取らないだろう。といって、幕府を通せば、握りつぶされてしまう。よって、諸君らは、もし受取りが拒否されたら、学習院の門前で割腹する覚悟で、よろしく事にあたるべきである」

と励ました。

二月二十四日、草野ら六名は、学習院へ行き、上書を提出したが、清河のいったように拒否された。

草野らは、

「では、門前を拝借して割腹いたします」

といった。

学習院の橋本実梁《はしもとさねやね》はこれを聞いて驚き、草野らを門内に入れて上書を受け取った。そし

て、二十九日には、改めて草野らを召して、勅諚を伝達し、御所《ごしょ》の拝観を許した。

幕府はこれに驚き、鷹司《たかつかさ》関白を動かして、山岡に次のような命令を出してもらった。

「今般横浜《よこはま》へ英吉利《イギリス》軍艦渡来、昨年八月武州生麦《なまむぎ》において薩人斬夷《さつじんざんい》の事件により三カ条申立て、いずれも難問につき、その旨応接に及び候間、兵端を開くやも計り難く、よってその方浪士どもを召し連れて東下し、粉身砕身、忠誠をつとめるべく候」

幕府としては、清河らの浪士隊は、厄介ものになっていたのだ。京都における不穏分子を取り締るどころか、逆にかれらと連絡をとりかねないのである。京都に置いておくよりも、江戸へ戻してしまえ、ということになったのだ。

出発は三月十三日と決定し、その前日に、宴会があった。

芹沢と近藤とが、会津藩邸に呼ばれたのはその数日前である。

二百三十余名の浪士全員が、清河の一味ではないことを幕府は承知していた。清河やその同志のものは、江戸へ追い払った方がいいが、他のものは、京都に残して所司代の下働きをさせることにしたのだ。

清河派を除くと、派としてまとまっているのは、芹沢派の五名と試衛館一門の八名だった。

たった十三名でも、いないよりはましである。また、かれらを軸にすれば、人を集めることができる、と幕府は計算したのだ。

近藤は、会津藩の重役からその内意を聞いて戻ってくると、歳三を呼んだ。

「どう思う？」

「そりゃ、残るに決っているようなものだが……」

「だが……どうした？」

「芹沢派といっしょというのがおもしろくない」

「国事に身をつくすのだ。私情をはさむべきではない」

と近藤は厳粛にいった。

歳三は、近藤の抱いている至極まっとうな感情に、異をとなえたい気がした。

いったい国事とは何なのか、と近藤に聞いてみたかった。近ごろは誰も口を開けば、国事とやらを論じている。

江戸からきた浪士のなかには、博徒上がりのものがいて、その頭目は伍長をつとめたのだ。身なりは武士だが、話す言葉は、渡世人のそれだった。

そういうものさえ、攘夷を論ずるのである。歳三にしてみれば、じつに奇妙だった。

近藤はむろん純粋な気持で国事に身をつくそうとしている。だが、近藤の頭の中にある国事とは、一言でいえば、幕府の御為《おんため》、ということではないのか。それとも、もっと広い視野に立っているのだろうか。

芹沢に至っては、国事などはどうでもいいのだ。〝尽忠報国之士〟と鉄扇に刻みこんでいるが、いったい芹沢は誰のために忠を尽くそうというのか。

歳三が黙っていると、近藤は、

「何か不服なのか」

と聞いた。

近藤には、強気な性格とひどく優しい一面とが同居していた。近藤自身はそのことに気がついていないようだが、歳三はそこに惹かれている。

芹沢とはいっしょにやれない、とあくまでも歳三がいいはることを、近藤は気にしているのだ。そして、歳三が自説を撤回しなければ、近藤は芹沢と訣別《けつべつ》することを承知するに違いない。

「不服はないさ」

と歳三はいった。

近藤はほっとしたように、

「数は少ないが、居残ったものは、みな一騎当千のつわもの揃《ぞろ》いだ」

「それはいいが、一つだけ、はっきりしておいてもらいたいことがある」

「何だ？」

「十三名は、京都守護職のお指図に従うことになるのだろうが、どういう身分になるのか、あんたは聞いているのか」

「会津藩お預り、ということだ」

「会津の藩士でもなければ、徳川の家来でもない。となると、どういうことになる？　おれたちは武士なのかね？」

「むろん武士さ」

「武士ならば必ず主君がいるものだが、誰がおれたちの主君になる？」

「うむ」

近藤は返答に窮したらしく、口をつぐんだ。歳三はなおもいった。

「そこのところを、はっきりしてもらいたい。国事に身をつくすのもいい。おそらく危ない目にも遭うだろう。場合によって、命を落すかもしれん。そのとき、誰のために命を落すのか、それがわかっていないのでは、張合いがない」

「歳、どうせよ、というのだ？」

近藤が困惑したように問いかえした。歳三は、

「正直にいうが、このさき人を集めるとなれば、どういう連中がくるか、わかったものじゃない。そいつらを武士なみに扱うからには、それなりの枠が必要だ。主君などはない方が気楽でいい、ともいえるが、武士らしく振舞ってもらわんことには、大した仕事はできぬよ」

「うむ」

「だから、一つの目安をこしらえようじゃないか」

「士規をつくるというのか」

「そんなに難しく考えなくたっていい。最小限の規則をつくって、それを皆が守ることにしようじゃないか」

いってみれば、そいつが主君の代りさ、と歳三はいいたかったが、あえていわずにいた。

「よかろう。どういうものにするか、考えてくれ」

と近藤はいった。

歳三はうなずいた。いくつかの箇条が胸にうかんでいる。

士道

1

歳三は寝転んで、片肘を枕にして庭を眺めていた。八木家の離れ屋の板敷きの小部屋である。四畳半を近藤が占め、井上と沖田が三畳間、残りの原田ら四人が六畳間に入った。板敷きの部屋は、はじめは物置代りに使う予定だったが、そうなると、六畳間に五人ということになる。近藤は、

「総司がおれといっしょになり、歳が源三郎さんといっしょになればよかろう」

といった。板敷きの小部屋には、誰も入りたがらないのを察しての言葉であり、近藤にはそういう優しさがあった。

「それは駄目だ」

と歳三はそくざにいった。

「なぜ?」

「あんたは大将だ。狭いから六畳間を一人占めというわけにはいかないが、三畳間でもお

かしい。やはり四畳半に一人、ということになる。おれは、あの板敷きで一人がいい」

「歳さん、わたしが六畳間に入るよ。あんたは総司といっしょに三畳間に入りなさい」

と井上がいった。

「勝手をいうようだが、おれのいうとおりにしてもらいたい」

と歳三はいった。

それで決りとなったのだ。

六畳間の、山南、永倉、藤堂、原田は、もともとが試衛館の食客だったのである。それが一団となるぶんには、文句は出ない。しかし、そこへ食客ではない井上が入れば、互いに何かと不都合なことも生ずるだろう。歳三の部屋割りは、その意味では、無理がなく理にかなっていた。

が、歳三には別の思惑があった。

総司と同居するのは、決して苦にはならない。江戸の道場では、現にそうだったのである。

（これからは、そうはいかぬ）

と歳三は、京に残ると決心したときから、思い定めていた。

十三名の浪士では、さしあたり、大した仕事はできないだろうが、会津侯のお声がかりで市中の警備にあたるとなれば、人数もふやすことになる。その組織をどう動かすか、その筋書きを書くのは、

（おれだ）

と歳三は考えている。

それには、一人になって考える場所が必要だった。総司は口数の少ない若者だが、そばにいられては、やはり何かと気が散るであろう。

清河らは二日前に、江戸へ帰って行った。

この日、近藤は芹沢、新見錦《にしき》と共に、会津藩邸へ出頭していた。

総司は、八木家の子供といっしょに遊んでいるらしく、子供らの歓声が風にのって流れてくる。残りの五人は、原田の案内で市中見物に出かけていた。原田は江戸へくる前に京都に滞在していたことがあり、市内の地理に通じていた。

歳三は生け垣ごしに見える空を眺めた。

（いい天気だなア）

何か一句ひねりたくもある。だが、そうしてもいられなかった。近藤らが出頭したのは、会津藩の重役らと、浪士組の手当その他について協議するためだった。協議というよりも、じっさいには歎願《たんがん》ということになるだろう。近藤らは、江戸を出るときに着替えを用意していたものの、公式の席に出る衣裳《いしょう》は持っていなかった。で、この日は、八木家の主人に頼みこんで、上下《かみしも》を借り着して出かけた始末だった。

要するに、行き当りばったりに、ここまでは事が進んできたといってもいい。会津藩にしても、浪士組がこのさきどうなるか、深く考えたことはないに違いなかった。清河の企《たくら》みにのせられた結果なのである。近藤らをどうするかはその後始末であり、もしかすると心の中では、厄介もの扱いしているかもしれないのだ。放っておいて、浪士組が瓦解したとしても、少しも痛痒《つうよう》を感じないはずである。

（そうはさせない）

と歳三は心に決めていた。

あえていうなら、二月初旬の伝通院の集まりから一カ月余りの見聞が、歳三の人生観を変えていた。

博徒上がりの男が武士の身なりをして、時世を論ずるのである。字も書けず、丁半の目しか読めないものが、である。滑稽といえばこんな滑稽なことはないのだが、そのことを誰もが滑稽に感じないことが異常であった。

歳三は、それが時世であり、時代の流れというものだ、と思っている。

（その流れに乗ってみようか）

と決心し、乗るからには、中途半端なことはしたくなかった。流れの行きつく果てまでも身を投じてみたかった。

歳三は、人には洩《も》らしたことはないが、ある意味では、清河を買っていた。元来は、庄内の豪農の倅《せがれ》だという。一時代前であれば、名字帯刀を許されているとはいえ、一介の郷士にすぎない身であり、江戸で文武教授などというご大層な看板を出すことなど、とうてい許されることではなかったのだ。

ところが、旗本の山岡あたりが、清河を呼ぶに、

「先生」

という敬称をもってしている。

そして清河本人は、それを当然のことのように振舞っている。

動機はともあれ、清河は、二百数十名の浪士をかき集めるだけの弁舌と実行力をもっていた。そのことだけは、大したものだ、と認めざるをえなかった。

ただ、歳三の見るところでは、清河の欠点は、策を弄しすぎることであった。

策士、策に溺る、という。いまにその揺り戻しが清河を襲うに違いない。

むろん、清河にも同情すべき点はある。郷士身分である清河には、武士ならば必ず持っている藩という後楯《うしろだて》がなかった。何か事をなそうとすれば、策を用いるしかなかったのだ。

似たような境遇の歳三にしてみれば、清河の気持が痛いほどにわかるのである。

歳三は、清河流のやり方を採るつもりはなかった。

俗に、ない袖は振れぬ、という。

清河は、ない袖を振ろうとして、策を用いた。その策は、一見いかにも成功したかのごとくであるが、策があったと人びとにわかったとき、人心は離れた。

歳三は、袖がなければ、袖をこしらえればいい、という考えである。つまり、藩という後楯がないならば、藩に相当するものを持てばいいのだ。

強大な藩を背後にもっていれば、人びとは、その人の言辞に耳を傾けるのである。現に、

京都で政局の中心にいるのは、薩摩、長州、会津といった藩の武士たちなのだ。

歳三は、いま藩に相当するものとして、一つの組織をつくろうとしている。

といって、彼は、自分がその組織の頭《かしら》になるつもりはなかった。

清河の過ちは、自分で頭になろうとしたことだ、と歳三は思っている。頭になるには、それなりに必要な条件がある。いいかえれば、徳がなければならない。清河には、それがなかった。同時に歳三は、

（おれにもない）

と自認している。

それがあるのは、彼の周囲の人間では、近藤であった。

近藤の長所は、人の言葉に耳を傾けることだった。むしろ、人を信ずることにかけては、お人よしといってもいいくらいである。

歳三には、人にだまされるという、いわば一種のかわいさがなかった。当然のことのように見えることでも、

（それは本当《まこと》かな？）

と疑ってみる。

周囲の人間にとっては、歳三のような男はおよそ小憎らしく感ずるに違いない。そういう男を頭にしたいとは思わないはずである。

原田左之助のような風に吹かれるままに生きてきた男や、山南敬介のような生真面目《きまじめ》を

絵にかいたような男が、いずれも試衛館を出て行こうとしなかったのは、一言でいえば、近藤の人徳のせいだ、と歳三は思っている。だから、近藤が新しい組織の頭になることについて、かれらが異をとなえることはありえない。

だが、近藤だけでは、組織を維持することは難しい。近藤は、名題《なだい》役者として一座を率いることはできるとしても、狂言を書くものがいなければ、観客にあきられてしまうのである。

藩という組織であれば、頭である藩主が凡庸であっても、維持することはできる。なぜなら、藩主と藩士の間には、絶対的な上下関係があるからだ。

いざというときに、

「死ね」

といえば、それですむ。君命に逆らうことはできない。命令が道理にかなっていようがいまいが、問題ではない。

だが、近藤は、浪士組の藩主ではない。あるいは、浪士組は藩ではない。

2

歳三はむっくりと起き上がり、筆をとった。ようやく、考えがまとまったのだ。

近藤が、死ね、といったところで、喜んで命令に従うものはいない。であるからには、君命に相当するものをこしらえておく必要があるのだ。

一、士道ニ背《そむ》キ間敷事《まじきこと》
と歳三は書いた。

士道を君命に置きかえてみれば、この言葉の意味は明らかになる。

(これだけでいいが……)

歳三は次に、
一、組ヲ脱スルヲ不許《ゆるさず》
と書いた。

せっかく士道というきわめて漠然としたもので制約を加えても、

「では、辞めさせてもらおう」

といわれては、組織を維持することはできない。だから、それができないようにしておかねばならない。

で、この一項も必要となる。

ただ、「組」という言葉はよろしくない。どうも重みがない。町人の組織のように感じられてしまう。

(もっと重みのある言葉はないか……)

歳三は考えたが、うかんでこなかった。

いずれにしても、この二項で足りるのだが、それだけでは、何かしらいかめしさに欠ける。この種の掟《おきて》は、三ないし五の方が整ってくる。

一、勝手ニ金策致不可《いたすべからず》

と歳三は書いた。

藩には、藩の財政があり、収入がある。だが、浪士組にはそれがない。会津藩が面倒をみてくれるだろうが、それほど多いとは考えられない。もし各人が勝手に金をつくったらどういうことになるか。組織を維持することは不可能になる。

しかし、金のことだけを定めたのでは、金のための組織のように思われてしまうかもしれない。市中の取締りにあたるとなれば、町奉行所の機能も果たすことになる。むしろ、それを正面に出した方がよい。

一、勝手ニ訴訟取扱不可《とりあつかうべからず》

も必要である。

これで四項になる。四という数は、その音のためもあって、日本人には好まれていない。で、あと一つ。

歳三はしばらく思案したのち、

一、私ノ闘争ヲ不許《ゆるさず》

と書いた。

浪士たちが江戸から京都へくるまでの旅中は、揉《も》め事の連続だった。あわや刀を抜きかける場面がいくつもあった。取締りの山岡や松岡がそのことで苦労したのを、歳三は見て

いる。もし山岡がかれらの藩主であれば、

「やめよ」

といえば、それですんでいた。しかし、それをいっても、争いがやまないために、山岡は苦労したのだ。

これで五項である。掟は多くても少なくてもよくない。五項は、ちょうど頃合いであった。

では、これを破ったものに対しては、どうするか。

藩ならば、違反の軽重に順じて、閉門だの家禄《かろく》の削減だのといろいろある。もっとも重いのは、切腹である。

切腹は、武士だけのものである。農、工、商には、切腹という刑はないし、武士にとって、切腹は刑ではない。場合によっては、名誉ともなりうる。

右条々相背候者切腹申付ベク候也

(よし、できた)

と歳三は心の中で呟《つぶや》いた。ほぼ満足していいが、多少ともひっかかるのは、二項目の「組」である。

(何かいい言葉はないものか……)

考えこんでいるとき、誰かが外から帰ってきた。

その足音で見当がつく。

「総司か」

と声をかけた。

「いたんですか」

沖田総司は廊下に立ったままである。総司には、そういう折り目正しいところがある。

これが原田ならば、声と同時に板戸をあけるだろう。

「入れよ」

と歳三はいった。

沖田は静かに板戸をあけた。

「お手紙ですか」

「いや」

歳三は書きつけを渡した。

沖田は黙読した。歳三が見ていると、その表情に驚きがある。

「どう思う？」

「これ、土方さんが考えたのですか」

「そうだ」

「では……」

沖田は居住いを正し、

「わたしは江戸に帰らしてもらいます」

「何だと！」

と叫んでから、歳三は、

「こいつ」

と唸《うな》るようにいった。沖田の目が笑っているのだ。

「でもね、土方さん。これではきびしすぎるのではありませんか。何が何でも切腹というのでは、命がいくつあっても足りませんよ」

「そうさ。命はいくつあっても足りないのだ。そういう大仕事をやろう、というのさ。これだけの覚悟がなければ、何もできんよ」

「それで加盟してきますかね」

「くるさ」

と歳三は断言した。

沖田は首をかしげた。

「わたしならご免蒙《こうむ》りますね」

「総司、お前がそう思うのは、武家の生れだからだ。つまり、お前は生れたときから武士だった。そういう人間にとっては、武士であることのありがたみがわからない。しかし、武士でないものにとっては、武士になれることは生きがいなのだ。命の一つや二つは惜しくないことなのだ」

「すると、土方さんは、この掟さえ守れるならば、町人であろうと博徒であろうと、武士にしてよい、というのですか」

「そうだ」

沖田は無言である。

「不満か」

「ええ、はっきりいって不満です。土方さんは、志があればよい、といいたいのでしょうが、これでは、真に志のあるものは入ってきませんよ」

「それは承知さ」

「でしたら、やめるべきです。こういうものがなくても、浪士組は役目を果たすことができます」

「そりゃ、できるだろうな。しかし、力をもつことはできぬ」

「力？」

「そうだ。力だ。天下を動かすに足る力だ。おれはな、江戸にいたころ、山南あたりが国事を論ずるのを見て、滑稽に思っていた。自分の身さえ養うことのできないやつが、何を大きなことをいいやがる、と考えていた。いまでも、それに変りはないがね」

「では、何が変ったのです？」

「おれが変ったのではない。時代が変っていたのだ。そのことに気がついたんだ。勇《いさみ》さんはどう思っているか知らないが、おれは、清河を偉いやつだとみなしている。正確にいえば、偉いところのあるやつだ」

「土方さんが、そんなことをいうとは、どういう風の吹きまわしです？」

「いまは、戦国時代なんだよ。元亀天正《げんきてんしょう》のころと同じなんだ。追剝ぎでも大名になれたし、生れもわからぬやつでも天下を取れた」

「土方さんは天下を取るつもりですか」

「おれが？」

歳三はカン高い声でいった。

「違いますか」

「違う。おれは、そうは考えていない。清河とおれとの違いは、おそらくそこにある。あいつは、本気で天下を取るつもりだろうが、そのために無理な策略を弄した。いずれ、失敗するさ」

「土方さんは……」

沖田は口ごもった。

「総司、いえよ」

「土方さんは恐ろしい人だ」

と沖田はいった。

3

近藤や芹沢は夜になって、上機嫌で戻ってきた。会津藩公用方の田中《たなか》土佐、横山主税《よこやまちから》がかれらを引見し、正式に京都残留を認めて、市中警備の役をあたえたというのである。

「われわれの志は認められた。まずもって祝杯をあげねばならん」

と芹沢はいい、

「酒だ」

とどなった。

すぐに平間重助《ひらまじゆうすけ》が立ち、八木家の母屋《おもや》へ行って、貰《もら》ってきた。

歳三はしばらくつきあってから、板敷きの部屋に戻った。芹沢といっしょには、大仕事はやれそうになかった。しかし、当座はかれらと別れることはできない。会津藩が認知してしまったのだ。

芹沢らの放歌高吟は夜中まで続いた。もっとも、周囲は畑である。道路一つへだてたところに、前川《まえかわ》という郷士の大きな屋敷があるが、そこまでは聞こえそうにない。

やがて、その声も静かになった。どうやら島原《しまばら》へくり出したらしい。

近藤が戻ってきた。一人である。

「歳、起きているか」

「眠ろうにも眠られやしない」

「入るぞ」

と近藤はいい、同時に板戸をあけた。が、すぐには入ってこない。歳三しかいないのを承知のくせに、部屋の中を一瞥《いちべつ》した。それが剣客たるものの心得だ、と固く信じているらしい。

「例のもの、できたか」

と近藤はいった。

「できた」

歳三は書きつけを見せた。

行灯《あんどん》にかざして読み終えると、近藤はいった。

「これでいいが、組という字を変えた方がいい」

「それは承知だが、どうもいい言葉が思いつかないんだ」

「局、にしよう」

と近藤がいった。

歳三は膝を打った。局には、部屋とかつぼねの意味のほかに、物事の区切りの意味がある。

「そいつはいい」

歳三は感心した。近藤にそういうひらめきがあるとは思っていなかったのだ。

「じつは、浪士組の名前も考えておいた」

「何と？」

「新しく選ばれた者の集まりだから、新選組《しんせんぐみ》としたい。新選隊でもいいが、ここは組にしたい。で、会津藩からの帰りに、芹沢にも相談しておいた。芹沢は、名前はどうでもいい、一任する、といっていたから、歳さえよければ、そう決めたい」

「おれさえよければ？」

と歳三は問いかえした。意外であった。

「そうとも。新選組を大きくするのも駄目にするのも、おれたちの働き一つだが、それだけではない。芹沢やわたしには、どうしてもできない役がある。それをやれるのは、歳、お前だけだ」

と近藤はいった。

歳三は心がしびれるのを感じた。近藤もまた、この一カ月余りで何かに目覚めたのだと思った。

翌日。

芹沢が八木家から檜《ひのき》の板をもらいうけ、近くの大工に削らせて、標札を書いた。

松平肥後守御預
新選組宿
達筆であった。

(うまいものだ)

歳三も感心せずにはいられなかった。

八木家では、迷惑顔であった。芹沢から、会津藩預りとなったと聞いたときは、

「それはおめでたいことで」

といったが、そのまま居坐《いすわ》るとは考えていなかったらしい。

こうして、新選組は発足した。

といっても、当面は何もすることがなかった。何かしたくても、わずか十三名では、どうにもならないのである。

「同志を集めねばなるまい」

と芹沢はいった。

「どうする？　江戸から呼ぶのか」

と新見が聞いた。芹沢は、

「いや、それは無理だろう。京、大坂から西にかけての者がいい。江戸者では、市中の様子がまるでわからん」

「しかし、どうやって集めるのだ？」

「おれに任せておけよ」

芹沢は自信ありげにいった。

どこをどうやって見つけてきたのか、数日してから、芹沢が一人の男を連れてきた。

「斎藤一《はじめ》君だ。明石《あかし》藩を飛び出してきた男でな、できるぞ」

といった。

中肉中背の、目の細い男である。できる、というのは、むろん剣のことである。

るのだ。

近藤はうなずいた。芹沢がそういうのは、おそらく天然理心流の実力を試そうとしてい

沖田は近藤を見た。芹沢に命令される筋合いはないのだ。

と芹沢がいった。

「沖田君、立ち合ってみろ」

しかし、沖田は立とうとしない。

「沖田君、どうした？　気怯《きおく》れしたか」

と新見がいった。

「そうではありません。先生のお許しがなければ立ち合うことはできません」

「近藤さん、いいだろう？」

と新見はあらためていった。

「もとより結構ですが、一つだけ確かめておきたい。以後も新規に加盟したいものがきたとき、必ず剣にしろ槍《やり》にしろ、それを確かめることにしたい」

「むろんだ」

と芹沢がどなった。

「では」

斎藤が立ち、庭に出た。

沖田は木刀を手にとった。斎藤の表情が緊《しま》った。斎藤は竹刀《しない》で立ち合うつもりだったら

しい。竹刀ならば、打たれても怪我《けが》はないが、木刀となると、もはや真剣に近い。打ちどころによっては不具になる。

「木刀ですか」

と斎藤はいった。落ち着いた声だった。

「え？」

と沖田が声をあげた。木刀かというその問いかけ自体が不思議だ、というような顔である。

「わかりました」

斎藤は竹刀をすてた。素振りをくれてから、細身の木刀を手にとった。

沖田の手にしている木刀は、試衛館のものである。太さは、一寸五分もある。反りはほとんどない。

「いざ」

斎藤は一礼して中段に構えた。

沖田は、三間《けん》の間合いをとった。

(できる！)

見ていた歳三は、背筋の硬《こわ》ばるような緊張を覚えた。

斎藤の木刀は、かすかに揺れている。相手の打込みを待っているのだ。もちろん、沖田の木刀をハネ返そうというのではない。それでは、細身の木刀は折れてしまう。斎藤の狙いは、打込みで動いたときに、後手の先を取ろうというのだ。沖田の木刀が動いた一瞬につけこみ、相手を仆《たお》す……。

沖田はじりッと前へ出た。三間が一尺ほどせばまる。

斎藤は動かない。沖田は再び歩を進めはじめた。

両者の間合いが、二間半から二間、一間半とせばまった。そして、ついには、切先が触れようとした瞬間、斎藤の身体《からだ》が低く地を這《は》うように跳ねた。

沖田の木刀は、それより早く手もとに引きこまれ、斎藤の手に向かって、目にもとまらぬ迅《はや》さでくり出された。

斎藤は身体をよじりながら、右手を放してかわした。と同時に、左手がしなって、沖田の胴に木刀が襲いかかった。いや、襲いかかろうとした瞬間、沖田の二度目の突きが斎藤の左手を逆襲した。

斎藤は左手を放した。

(信じられない)

といわんばかりに、沖田を見た。

音を発して、斎藤の木刀は地に落ちた。

沖田の三度突きは、二度で終っていた。

(さすがは総司、やるな)

歳三は胸のなかで唸った。

「参りました」

と斎藤がいった。が、なぜか沖田は首をかしげている。

「それまで」

と新見が不服そうにいった。

「まだだ！」

芹沢がどなった。

「芹沢さん、もういいでしょう」

と近藤がいった。

芹沢はものもいわずに席を立った。

沖田が木刀を拾い、斎藤に渡した。何かしら不服そうであった。

あとで沖田は歳三にいった。

「斎藤さんは、本当は負けたと思っていないでしょうね」

「どうして？」

「わかりませんか」

沖田は謎めいた笑みをうかべた。

4

沖田の見るところでは、斎藤の木刀は、沖田の二度目の突きにハネ飛ばされて、地に落ちたように見えるが、それはうわべだけのことであった。

「そう見せかけたところが、あの人の非凡な業《わざ》でしょうね」

と沖田はいった。

「お前がいうんだからそうなのだろうが、あいつは何だって、そんな細工をしたんだ？」

と歳三は問いかえした。

「わかりませんか」

「そうさな」

歳三は、じっさいには見当がついていたが、あえて、

「いや、わからん。教えてくれ」

といった。

沖田が微笑した。

「土方さんでさえわからないのだから、こっちにはなおのことわかりませんよ」

「こいつ、茶化すなよ。見当はついているはずだ」

「それじゃ、いいます。もし木刀をハネ飛ばされたように見せかけなかったならば、どうなるか。当然のことながら、こちらの三度突きが襲うことになる。ほかの者なら、それをかわすことは難しいかもしれないが、あの人ならできるでしょうね。それどころか、かわした上で反撃してくるはずです。もともとが後手の先を取ろうとする太刀《たち》筋のようですから」

「そのあたりまでは、おれたちにも見ていてわかったよ」

「その反撃の太刀筋を見せたくなかったんでしょうね」

と沖田はいった。

それは歳三の考えと一致していた。ただ、問題は、どうして斎藤がおのれの太刀筋を見せたくなかったか、であった。

「総司、斎藤は何流だと思う?」

「そう、いろいろ混じっているようだけれど、基《もと》は直心影流《じきしんかげ》じゃないかな」

「そうか」

歳三は、沖田の一言で、見えなかったものが見えてきたように思った。

斎藤は、明石浪人だと称しているが、その喋《しゃべ》り方に関西なまりがなかった。むしろ、江戸弁が強いのである。明石藩士であっても、江戸 定府《じょうふ》の家に生れて育てば、江戸弁になっても不思議はない。だが、剣の修行については、それぞれの藩情によって、系統が決っている。

西国の藩でも、長州は神道無念流が多かった。土佐は鏡心明智流が多く、心形刀流《しんぎょうとう》は幕臣が多かった。

直心影流といえば、男谷下総守である。門下生には、島田虎之助《しまだとらのすけ》、榊原鍵吉《さかきばらけんきち》といった剣の道では知らぬものとてない達人が揃《そろ》っている。島田は、九州の中津《なかつ》の出身だったが、これは例外で、島田が男谷のもとに入門したとき、すでに戸田《とだ》派一刀流で免許皆伝だった。

男谷の剣に遠く及ばないことを知って、門人となったのである。榊原もそうだが、直心影流は、幕臣や幕府に近い藩の藩士が多く学んでいた。

会津もその一つであった。近藤がその役になりたくてついになれなかった講武所の剣術教授に、つい近ごろ任命された佐々木唯三郎《ささきたださぶろう》は、会津藩士手代木直右衛門《てしろぎなおえもん》の実弟で、やはりこの流派の一人である。

「土方さん、ふと思ったんですがね、斎藤一というのは変名で本当は会津の人じゃないんですかね」

と沖田がいった。

「おれもいまそう感じたところさ。しかし、この話は誰にもいうなよ」

「師匠《せんせい》にもですか」

「そうとも」

と歳三はいった。

斎藤は、芹沢が連れてきた男なのである。もし斎藤が会津人であり、何らかの理由でその身元を秘匿しているのであれば、ここは大事をとって警戒しなければならない、と歳三は思った。斎藤は、会津藩がひそかに送りこんできた目付《めつけ》であり、さらに芹沢は会津藩に、歳三らが知らぬ橋渡し役をもっていることになるのだ。

近藤は、どこか人のいいところがある。何かの拍子に、その疑いを露出してしまうかもしれない、と歳三は考えたのだ。

斎藤が敵になるか味方になるか、それが明らかになるまでは、何も気がつかないふりをしている方がいい、というのが歳三の判断であった。

数日たって、会津藩から使いがきた。芹沢、近藤、新見、山南、土方ら五名に出頭せよ、というのである。

会津屋敷では、公用方の田中土佐が待っており、浪士の募集がどれほど進捗しているかをたずねた。

「すでに五十名を超えております」

と芹沢が答えた。

「まことか」

田中は驚いたようであった。

「もちろんです」

芹沢は悠揚といった。

(この男)

歳三は、心の中で唸っていた。五十名を超えているというのは嘘《うそ》なのである。まだ三十余名にすぎなかった。最初の十三名や、清河八郎に従わずに、やはり居残っていた道中一番隊の伍長《ごちょう》だった根岸友山《ねぎしゆうざん》らを含めても、やっと五十名というところなのだ。

それにしても、堂々たる嘘である。

「さようか。それは幸先《さいさき》よいことであるが、しからば、その人数に応じた形をととのえ、組頭《くみがしら》を選ばねばならぬ」

「ごもっともです。では、このさい公用方において、そのことにつき何かお考えがおありなら、お聞かせいただきたい」

と芹沢はいった。

会津藩が預かっているのである。藩を代表する公用方が、芹沢を指名すれば、誰も異議をとなえることはできない。芹沢はそれを見越しているのだ。

田中にも、それがわかっているらしい。

だが、浪士たちはこの時点においては、資格は同じなのである。人事に藩が介入しては面倒なことになると判断したのであろう。

「誰を組頭にするかは、おのおの方で話し合うのがよかろう」

と田中はいった。

いまの言葉でいえば、自主的に運営し、責任者を誰にするか、話し合って決めろ、というのである。

歳三はほっとした。芹沢を指名されたのでは、手も足も出せなくなるところだったのだ。

「では、次の間を拝借いたしまして話し合います」

「それには及ばぬ。わたしが席をはずす故、まとまったのちに届けられたい」

田中はそういって退席した。

「芹沢さんには驚いたな」

まっさきに口を切ったのは新見である。

「何が？」

「五十人を超えていると……」

「そのことか」

芹沢は高笑いした。

「あとで困りはしませんか」

と山南がいった。

「なに、すぐ五十人を超えるさ。心配することはない。もし旬日のうちに五十人を超えないようなら、この芹沢鴨が不始末の責めを負って割腹する。それでいいではないか」

と芹沢は昂然《こうぜん》たる口調でいった。

「むろん、そうしていただきますよ」

山南が憤然としていった。

（莫迦《ばか》な！）

歳三は舌打ちしたい心境だった。

責任をとって割腹する、というのは、責任者のすることなのだ。それを認めるのは、芹沢が組頭になることを承認することにひとしい。

「諸君、そういうことでよいかな？」

と芹沢は見回した。

「それはよろしくない」

歳三は静かにいった。芹沢を総大将にしたのでは、近藤以下は顎で使われてしまう。

「何だと？」

芹沢の目は、底光りのする険しさを帯びた。

「たしかに、五十人はすぐに超えるだろう。それどころか、百人にも二百人にもなる、とみていい。そのさい、組頭一人ですべてを見るのは難しい。だから複数の方がいい」

「おれと近藤君を組頭にしろ、というのかね」

「複数とはいったが、あなたと近藤さんの両名だとはいっていない」

「どういう心算《つもり》だ？」

「三名がいい。ついでにいうなら、組頭という役名は、われわれにふさわしくない。すでに定めた局中法度書の局を用いて、局長としたい。会津藩がこの五名を召し出したのも、つまりは、この五名が浪士組を率いるものとみなしているからだ」

「五名とも局長になろうというのか」

「違う。いまもいったように三名でいい」

「あとの一名は誰がいいというんだ？」

と新見が焦《じ》れたようにいった。

「それは、あんただよ」

「おれか」

「そうとも。局長は三名。局長筆頭は芹沢、次席近藤、三席新見」

「きみは？」

「山南君ともども副長をつとめさせていただこう」

「うむ」

芹沢は満足そうにいった。

血風

1

屯所へ戻ると、近藤が歳三を呼んだ。

「どうして新見を局長に推した？　二名でよかったではないか。芹沢も文句をいわなかったと思うが……」

「いや、そうじゃない」

「しかし、何か決めるとなると、つねに二名対わたしということになるぞ」

「しばらくは、それで構わない。それに、局長三名の評定《ひょうじょう》にあたって、その題目を前もって決めるのは副長の仕事ということになる。そうなれば当然のことながら、副長二名も評定に加わることになる」

「なるほど」

「そのほか、組が誕生したばかりで、手をつけなければならぬことは山ほどある。時と場合によっては、局長筆頭のあの押しの強さを利用したい」

「どういうことだ？」

「勘定さ」

と歳三はいった。いまでいう経理である。

近藤はうなずいた。

「うむ。そのことについては、わたしもじつは頭を痛めている。故郷《くに》へ手紙を出して無心しておいたが、みんな、ほとんど無一文になっている。いまもって、江戸を出て以来の袷《あわせ》だものなア」

江戸を出る前に渡された仕度金は、とっくに使い果たしていた。八木家にしろ前川屋敷にしろ、宿賃も払えずに借りっぱなしなのだ。

季節はそろそろ単衣《ひとえ》の時候になっていた。だが、浪士の多くは、買いかえるどころか、垢《あか》じみた袷なのである。

歳三もそのことを考えていた。

会津藩預りならば、会津藩の勘定方から運用金が支給されてしかるべきである。にもかかわらず、田中は、そのことについては一言も触れなかった。

「何か大事なことをお忘れではございませんか」

と歳三はきょうもいいたかったのだが、やはり口に出せなかった。

もはや多摩の郷士ではない。士道に殉じようという武士なのである。軽がるしく、金銭のことをいってはならないのであった。

だが、どこからか調達してこなければ、新選組は成り立たない。

その汚い仕事を、芹沢にやらせよう、と歳三は考えていた。

五月に入ると、歳三は、芹沢の部屋へ行った。

このころまでに、隊士の数は五十名を超えており、芹沢の自信たっぷりの予言が当った形だった。もっとも、その質が高いとはいえない。両刀を帯びていなければ、武士とは見えなかったろう。

「局長、この近くの町人たちは、われわれを何と呼んでいるか、ご存じですか」

と歳三はいった。

芹沢は渋い表情になった。

「壬生浪《みぶろ》、ですよ」

と歳三はいった。壬生村の浮浪である。

「らしいな」

芹沢はぶすりといった。歳三は、

「金が要《い》ります」

「それで？」

「京で調達するのは至難でしょうな。なにしろここの商人たちは、恐ろしくけちだ」

「土方君、同感だな。むしろ大坂商人の方がいい」

「そうです。ついては、ご足労ですが、大坂へ赴いて、金策していただきたい。いうまでもなく、これは私事ではなく公用です。わたしが行ってもいいが、ここはやはり局長筆頭にお出ましを願った方が、商人たちに対しても効果《ききめ》があるでしょう。七、八名を率いて乗りこんでくれませんか」

「よかろう。誰を連れて行こうか」

「副長として山南君、ほかに平山《ひらやま》、野口、平間、永倉、原田、井上」

と歳三はいった。芹沢派と近藤派と半々である。

芹沢らはその日のうちに京都を出て、翌日大坂へ着いた。

まず彼は、大坂きっての豪商鴻池善右衛門《こうのいけぜんえもん》のところへ乗りこんだ。鴻池の先祖は、戦国時代の英雄山中鹿之助《やまなかしかのすけ》である。本業は回船問屋であるが、このころは両替商も兼ねて、今橋《いまばし》の本店は、大名屋敷のようであった。

芹沢は、山南らを率いて玄関に立つと、

「会津藩お預り新選組の局長筆頭芹沢鴨である」

と大声でいった。

手代《てだい》の知らせで、番頭の徳助《とくすけ》が出てきた。

「新選組の御用である。主人善右衛門に急ぎ取り次ぐように」

徳助は、新選組などという名前を聞いたことがなかったが、会津藩お預りの一言があっては、追いかえすこともできなかった。そこで、玄関わきの小部屋に通して、

「ただいま主人は外出しております。わたくし、番頭でございますが、代りましてご用の

趣きをうかがいます」

「その方は、主人の代りか」

「へい」

「主人が来客に会うときには、このような小部屋は用いまい。代りというのは嘘《うそ》であろう!」

とどなりつけた。

その剣幕の凄《すさ》まじさに、徳助は身の縮む思いであった。

「恐れいります。しばしお待ちを」

と頭を下げ、奥の善右衛門にお伺いを立てる一方、町奉行所へ手代を送り、新選組とはいったい何なのかを問い合わせた。

さすがに町奉行所は、京都から連絡をうけて、新選組を知っていた。もともと幕府においては、情報収集と交換が、同時代のいかなる組織よりも発達していた。

会津はこのとき、藩主松平容保《かたもり》が「京都守護職」という新設された役職についており、京都の治安の責任者である。新選組はその指揮下にあるわけだから、

「丁重に扱った方がよかろう」

と回答した。もし実体を知っていれば、そうはいわなかったろうが、知らぬままに、事なかれ主義の回答をしたのだ。ついでながら、事なかれ主義は、幕府の伝統でもあった。

そこで、善右衛門が外出先から戻ったことにして芹沢らに客間で会った。芹沢は、名刺

を出し、

「金子《きんす》二百両を用立てしてもらいたい」

といった。

二百両の根拠は、不明である。

新選組は京都における五年間の活動期間を通じて、会津藩から支給された金額以外に、少なく見積もってもおよそ十万両を調達しているが、このときの二百両がその嚆矢《こうし》であった。

大坂の商人たちにとっては、迷惑極まることであったろうが、新選組の言い分は、

「お前たちが安穏に金儲《かねもう》けできるのも、われわれが不逞《ふてい》の輩《やから》を抑えつけているからである」

というものだった。

二百両は大金であった。ただし、芹沢にとっては、である。豪商の鴻池にとっては、端金《はしたがね》に近い。

「かしこまりました」

と鴻池側は、その場で二百両を差し出した。

結果的にはそうはならなかったものの、そのときは、これですめば安いものだ、と思ったであろう。

芹沢は大得意で、

「諸君、ついてきたまえ」

と新町《しんまち》の貸座敷吉田屋《よしだや》へ行った。料理を取り寄せ、芸者を呼んでの大騒ぎである。

あとで、歳三は井上から一部始終を聞いて、

（芹沢という男、思ったほどの器量ではないな）

と苦笑した。

大坂には、鴻池以外にも富商豪商は多いのである。歳三としては、鴻池相手ならば、一千両はふっかけ、他の商人にも、五百両程度の金策申入れをすることを予期していた。全額、望み通りに調達してもらえるとは考えられないが、少なくとも、二、三千両は集められたはずである。また、それくらいの金がなければ、どうにもならぬ。

ところが、芹沢はたった二百両で満足してしまったのだ。

会津藩公用方を相手に、集まってもいない人数をいい、その通りに隊士をふやしたときは、芹沢は相当の人物に見えた。だが、それは買いかぶりだったらしい。

2

芹沢が屯所へ持ち帰ってきた金は、百八十両に減っていた。芹沢は歳三に渡しながら、

「つい浮かれてな、みんなで飲んだ」

といった。

「やむを得ませんな。しかし、二百両は少なすぎた」

「何だと?」

芹沢はじろりと見た。歳三は後悔した。芹沢もそのことに気がつき、また出かけて金集めをするかもしれない、と予感したのだ。

「一千両でも鴻池ならば出せたはずですよ」

「うむ」

芹沢は、しまった、という表情である。歳三は釘《くぎ》をさした。

「いずれ折りをみて、わたしが掛合います。このたびは、これで満足するとして、その使い方だが……」

「どうする?」

「隊旗と隊服をこしらえたい」

「そんなもの、必要あるまい」

芹沢は、頭割りにしたそうだった。

「いや、必要です。新選組といったところで知るものは少ない。なにしろ浮浪まがいの身なりなのだから、侮られても致し方ない。全員に、着物を新調することはできないが、一目でそれとわかる羽織をつくり、市中巡察のさいに着用して行けば、隊旗と相まって新選組の名も上がるし、取締りにも効果がある」

と歳三はいった。

「まアいい。任せるよ」

芹沢は不承ぶしょうにいった。

歳三は、西陣《にしじん》の菱屋《ひしや》という呉服問屋に注文した。

隊旗は、赤地に白で「誠」の字を染めぬき、その下に波模様の山形をつけた。また、羽織は、浅黄《あさぎ》地に白のだんだら染めである。赤穂《あこう》義士が着用した火消し装束に似ている。そのほか、幹部用に、麻の羽織、単衣の紋付、小倉《こくら》の袴《はかま》を注文した。

それができ上がったとき、沖田が羽織を見ていった。

「土方さん、これを巡察のときに着用するんですか」

「不服かね？」

「何だか変ですよ」

「いいんだよ。目立つことが大事なんだ。いまに、この羽織を着用しているだけで、相手は逃げるようになる」

と歳三はいった。

その前に、田中土佐から使いがきた。局長および副長が出頭せよという。

田中は、出頭した五名に、大坂町奉行から連絡のあったことを告げ、

「諸君らの手当を失念していたのは当方の手落ちであった。二百両は支給する故、すぐ鴻池へ返却するように」

と申し渡した。

「ついでながらお伺いします」

と歳三は頭を上げた。

「何かの？」

「隊士の数もふえております。武器などもととのえねばなりません。あるいは賄いなどの費用もかかります」

「それは承知している。藩公も、配慮してつかわせというお言葉であった。追って沙汰するが、この金は必ず返却するように」

と田中はいった。

金は、歳三が受け取った。しかし、大坂へは行かずに、鴻池の京都出張所の者を屯所へ呼んで渡した。鴻池には、これから先も金策を依頼するつもりである。いちいち大坂へ行っていたのでは、急ぎのときには間に合わない。京都の出張所に顔をつないでおく必要があるのだ。

歳三の実家は、石田散薬《いしださんやく》という薬の製造販売を兼業している農家だった。六人兄弟の末ッ子で、早くに両親を失い、松坂屋《まつざかや》に丁稚《でっち》奉公に出たり、家伝の散薬の行商人をやったりした。だから、商人の金の動きというものを心得ている。新選組の幹部のなかで、商売とはどんなものかを、彼ほどに知っているものは、ほかにはいない。

会津藩から返却せよ、といわれても、そう急いで返す必要はないのである。鴻池の方だって、返してもらえることは当てにしてはいないであろう。

しかし、歳三は返した。本当は先にのばしてもよかったが、きれいに返すことによって得られる信用を重く見たのだ。

鴻池の方も、これは意外だった。新選組というのは信用できる集団であり、かつ、会津藩お預りということに偽りない、と認めた。

この時代、京都や大坂には、各地から志士と称するえたいの知れない連中が集まってきているが、政治の実権を握っているのは幕府であり、その威権はまだまだ強大であった。わずか数年後に瓦解する、と本気で考えたものは、ほとんどいない。

その幕府の警察権力を握っているのは、会津藩である。その下部組織につながりをもっておくことは、有力商人にとっては好都合だった。

じじつ、鴻池は、新選組には、多額の融資をしている。近藤などにも、盆暮のつけ届けを怠らなかった。

近藤は、武骨者である一方、女好きであった。江戸に、つねという妻がいるが、京都にいる間に、何人もの妾《めかけ》をもった。多くは芸妓《げいぎ》だったが、その身うけの金は、たいてい鴻池が用立てた。

もっとも、これは新選組の勢いがよかったころの話で、幕府の勢いが衰えてくると、ガラリと変った。

大政奉還後の慶応《けいおう》三年十二月八日に、新選組は四千両を借り出しているが、翌九日に王政復古の大号令が発せられ、京都守護職が廃止になると、鴻池は三千両を取り立てている。新選組の命運もこれまで、とみなしたのだ。

話を本筋に戻すと、新調の隊旗や羽織は、たしかに効果があった。新選組が巡察に出ると、諸国からまぎれこんできている自称志士の浪人たちはすぐに散った。

巡察は、沖田以下十四名のものを任命した助勤を指揮者に、隊士数名をつけて班を編成した。

隊士の多くは、前に何をしていたかわからないものである。記録に残っている限り、新選組の隊士となったのは、三百二名だが、このうち、前身の判明しているものは、百六名にすぎない。

この百六名のうち、武士（郷士身分をふくむ）は八十七名で、残りは、農民八名、商人三名、医師三名、僧侶三名などである。

前身の判明しない百九十六名は、おそらく武士ではなかったであろう。武士ならば浪人であれ脱藩者であれ、名のったはずである。何らかの事情によって、武士であることを秘匿したものもいるだろうが、その数はごく少数だったと思われる。

しかし、前身はどうあれ、入隊にさいしては武技の試験があってそれに合格していたから、剣、槍《やり》、柔術などに秀でていた。その上、局中法度を承知しての入隊だから、それなりの覚悟ができている。それが集団で行動するのだから、諸国の浮浪がかなうはずはなかった。

こうして、新選組の武名が高まると、大坂町奉行の小笠原大隅守《おがさわらおおすみのかみ》から、出張してもらいたいという依頼がきた。

西国方面の浪士たちは、上洛《じょうらく》する前に大坂に足をとめる。京都では取締りがきびしいと聞くと、滞在して様子をうかがうことになる。そのぶん、大坂の治安が悪くなり、町奉行所の手に負えなくなったのだ。

すぐに、局長三名と副長二名で人選した。

歳三は、

「近藤、新見の両局長、山南副長、助勤は沖田、永倉、平山、野口、原田、井上、斎藤、ほかに隊士二十名で行っていただく」

と提案した。新選組の現有勢力の約半数である。

「待てよ」

と芹沢はいった。

「何です?」

「こんどの大坂行きは、われわれの声名を決する一大事だ」

「だから、助勤にも腕ききを揃《そろ》えたんです」

「わかっている。それならば、局長も筆頭であるおれが行くべきじゃないかね。留守は、新見君とおぬしに守ってもらおう」

と芹沢はいった。

歳三には、芹沢の意図が読めた。大坂へ行ったついでに、鴻池らから金を集めてこようというのだ。

「土方君、それがよかろう」

と近藤が芹沢に賛成した。

「わかりました。では、隊士の人選は、山南副長と相談して決めておきます」

と歳三は答えた。芹沢の前で近藤と対立したくはなかった。

八木邸に引き揚げると、歳三は近藤にいった。

「大坂へ着いたら、すぐに鴻池をたずねてもらいたい」

「どうして？」

「芹沢が行く前に、あんたに顔を出してもらいたい。芹沢はおそらく金の無心に行くはずだ」

「先手をうって、借りてしまうのか」

「違う。主人に、誰かきたら、そういう件はすべて土方を通せと申し渡されている、と答えるように、と前もっていっておいてもらいたいんだ」

「なるほど」

近藤は大きくうなずいた。

そうすることによって、このさき鴻池は近藤派につくはずだ、と歳三が計算していることにようやく気がついたのだ。

3

近藤らが大坂へ出張した数日後、会津藩公用方の横山主税から新選組屯所へ使いがきて、翌日午前中に出頭せよ、と伝えた。壬生に居残っている幹部は、局長の新見と副長の歳三だけである。新見は不安げに、

「どうする？　すぐに大坂へ飛脚を出した方がよくはないか」

といった。

「いや、その必要はあるまい。あんたは局長、わたしは副長だ」

「それはそうだ」

新見はうなずいたが、自信なげであった。

この男、水戸天狗党《てんぐとう》の生き残りの一人で、剣は神道無念流岡田助右衛門《おかだすけえもん》に学んで免許を得ており、芹沢とは同郷の仲である。江戸から上洛してくるときは、三番隊の伍長《ごちょう》をつとめたほどだったが、芹沢に比べると、剣も人物も一段下だった。

それだからこそ、歳三は彼を局長に推したといってもいい。要するに、芹沢の影のような男であり、芹沢という本体がいなければ、ほとんど役に立たない。

翌朝、歳三は新見といっしょに会津藩邸へ赴いた。

横山は二人を引見し、意外な話をした。江戸の会津藩重役上田一学《うえだいちがく》から手紙がきて、新選組をそっくり召し抱えたいというところがある、というのである。

幕府は、京都の警備について頭を悩ませていた。清河八郎の策にのった形で、江戸から浪士組を送ったのも、その対策の一つであった。しかし、清河がこの浪士組を朝廷直属の勤王攘夷《じょうい》の先鋒《せんぽう》とする、と宣言したことに驚いて、大半を江戸に戻した。

新選組がそのあとを継いだ形だったが、江戸表《おもて》では、五十名程度の浪士で、京都の治安を確保できるとは考えていない。そこで、備中浅尾《びっちゅうあさお》藩主の蒔田相模守《まきたさがみのかみ》と、元大目付《おおめつけ》の松平因幡守に各二百名の新しい警備隊の編成を命じた。旗本や御家人の次男や三男で腕の立つものを集めろ、というのである。

蒔田の方は、気のきいた重役がいて、すぐさま講武所の剣術方で、清河らの結成した浪士組の取締出役となった佐々木唯三郎に話をもちこみ、彼を与頭《くみがしら》とすることで、二百名を集めることに成功した。

しかし、松平の方は、このとき寄合（非役）であったために、組織作りに遅れた。そこで知合いの上田に頼みこみ、新選組を世話してもらえないか、と申し入れてきた。もし、新選組が承知してくれるならば、同心《どうしん》格で召し抱える、というのである。

新見の表情が動いた。

「まことに結構なお話のように存じます」

といった。

間髪を入れず、歳三はいった。

「二、三、おたずねしたい儀がございますが……」

「何じゃ?」

「佐々木唯三郎殿は、われらも存じよりの方でござるが、佐々木殿はいかような格を仰せつけられたか、お聞かせいただけますでしょうか」

「佐々木は江戸で手柄を立てた故もあるが、与力格《よりき》だと聞いている」

「江戸で手柄を?」

「いかにも。例の清河をものの見事に始末したそうじゃ。つい数日前に新編成の隊、見廻組《みまわりぐみ》と命名されたが、それを率いて上洛している。黒谷《くろだに》の本陣にいるはずだから、会って話を聞いてみるとよい」

と横山はいった。

歳三は目をとじた。

(そうか。清河は佐々木に斬られたのか)

と、眉目秀麗だった清河の面影を心の中に思いうかべた。

清河の評判は決して良くはなかった。策を弄しすぎるというのである。また、その志も歳三をふくめた試衛館一門とは違っていた。かりに清河が京に残留したとしても、意見や行動は異にしていたであろう。

が、歳三は、彼を必ずしも嫌いではなかった。

何かにつけて、学問のあるところをひけらかすのは気に入らないが、いかなる権威にもたじろがない覚悟の良さがあり、その反面、弱者や貧者に対しては優しかった。強いものに阿《おもね》らず、いうべきことは堂々と主張し、一歩も退かなかった。幕藩体制の下にあって、それは稀有《けう》のことであった。長いものには巻かれるのが、身の安全を保つ何よりの便法であり、それが世を渡る上での最良の方策でもあった。京に着いて、われわれは幕府の家来ではない、といい放ったときの気魄《きはく》は、こきみよいくらいだったのである。それに、策を弄しすぎる、と人は彼を責めるが、一介の浪士が事を為そうとすれば、策を弄するのは当り前なのである。

しかも、清河は非凡の剣客だった。つきまとう岡っ引きを抜討ちに斬って、その首を一間《けん》余も飛ばしたというが、それは決して容易な業《わざ》ではない。また、最下級の捕吏《ほり》であるとはいえ、奉行所の手の者であることを承知で斬って捨てるという豪気は、誰にでも真似《まね》のできることではない。

その清河ほどの者を佐々木が斬った、というのである。

(おれや近藤にできただろうか)

と歳三はふと思った。

「松平因幡守様のお申し入れの儀……」

といった新見の言葉で、歳三は現実に戻った。すぐさま歳三は、その言葉を引き取った。

「大坂に出張しております近藤らと相談の上、ご返事つかまつります」

「それがよかろう」

横山はそういって席を立った。

会津藩邸を出ると、すぐに新見がいった。

「土方君、せっかくの話を、どうしてお受けしなかった？　芹沢さんや近藤君も、異存はあるまい、と思うが……」

「そりゃ、悪い話ではないかもしれない。しかし、同心と同じ格に扱われてはおもしろくない」

同心は、武士階級には違いないが、もっとも軽格である。与力ならば少なくとも、二、三百石の武士であり、同額の役料がつく。同心はその与力の下役で、せいぜい何人扶持《ぶち》といったところである。後年の軍隊にたとえれば、与力は将校だが、同心となると、下士官くらいのものであろう。

「佐々木との比較をいうのか」

と新見がいった。

「その通り」

「しかし、佐々木は、あの清河ほどの豪の者を始末したというではないか」

と新見は感服したようにいった。

この時代、価値判断の基準の一つは、強弱であった。新見は言外にそれをいっている。

「そうはいうが、その始末のつけ方によるさ。あの清河がまともに立ち合って佐々木にやられたとは思えない」

と歳三はいった。

そういったのは、別に根拠があってのことではなかった。いわば剣士としての直感であった。

この直感は適中していた。

清河の暗殺を佐々木に命じたのは、老中の板倉周防守である。

江戸に戻った清河は、山岡鉄太郎の家に寄宿し、攘夷実行の一計として、横浜の焼打ちを企てていた。

山岡の家はそのころ小石川鷹匠町《たかじょうまち》にあり、隣は義兄の高橋《たかはし》伊勢守（泥舟《でいしゅう》）だった。高橋は「槍の泥舟」として著名な人物である。江戸に戻った浪士の取締役でもあった。だから、清河がそこにいる限りは、佐々木は手を出せなかった。

佐々木は、もちろん一人ではない。講武所教授方の剣客速見又四郎《はやみまたしろう》、ほかに高久安次郎《たかくやすじろう》、窪田千太郎《くぼたせんたろう》、中山周助《しゅうすけ》が加わって、清河を仆《たお》す策をねった。

佐々木も速見も、講武所の教授方になったくらいだから、人並以上の剣客である。しかし、その二人も、正面から斬り合って勝てるという自信は持てなかった。

そこで、佐々木が目をつけたのは、清河の友人で、上之山《かみのやま》藩参政の金子与三郎《かねこよさぶろう》である。金子は安積艮斎《あさかごんさい》の門で、清河といっしょに学んだ友人だった。上之山は、清河の生国出羽《でわ》の清川村に近い。

金子の仕えている上之山藩の藩主は松平山城守《やましろのかみ》で、いうまでもなく佐幕派である。彼は、これはご老中の命令である、という佐々木の頼みをことわることができず、清河あてに手紙を書いた。内々に相談したいことがあるから、供を連れずに、きたる十三日におこし願いたい、というのである。それが四月十日のことで、清河が江戸に戻ったのが三月二十八日だったから、二旬とたっていなかった。

清河は、横浜焼打ちを四月十五日に計画していた。幕府はそれをかぎつけており、どうしても、その前に彼を始末する必要に迫られていたのだ。

十三日の朝、清河は近くの風呂屋へいって身を清め、帰りに高橋の家に寄った。高橋は登城するために仕度をしているところだったが、清河の顔色の悪いのに驚いて、どうしたのかを問うた。

「何でもありません。このところ、ちょっとかぜぎみでしたが、湯を使って、さっぱりしました。これから麻布《あざぶ》一《いち》ノ橋《はし》の上之山藩邸へ行くつもりです」

「おかぜなら、おやめになればよろしいではございませんか」

と高橋の妻のお澪《みお》がいった。

「いや、前からの約束ですので、行かねばなりません」

清河はそういってから、ふと思いついたように、白扇を求めた。さきほど入浴中に、歌ができたというのである。

お澪が白扇を出すと、清河はさらさらと達筆をふるった。この白扇は長く高橋家に残されたが、その歌はこうである。

魁《さきが》けてまたさきがけん死出の山
まよひはせまじ皇《すめらぎ》の道　　　　　　正明

白扇をのぞき見た高橋は、ぎょっとした。清河の蒼白《あおじろ》い顔は、まさに死相だ、と感じたのである。

彼はお澪に、

「酒など出して、八郎を行かせるな」

とひそかに命じて登城した。

お澪がしきりととめ、清河もいったんはその気になったが、そこへ金子から迎えの駕籠《かご》がきた。

七ツさがり、というから、午後四時すぎである。清河は、大いに酔って上之山藩邸の長屋門を出た。迎えには駕籠をよこした金子が、帰りの駕籠を用意しなかった。

清河は十番通りから古川《ふるかわ》にかかる一ノ橋を渡り、赤羽橋《あかばねばし》の方へ歩いた。

その道端に、よしず張りの茶店がある。

佐々木はこの茶店で待ち受けていた。

清河は陣笠《じんがさ》をかぶり、右手には鉄扇の紐《ひも》を手首にからげて持っている。これが清河の癖であり、佐々木はそれを心得ていた。

「これは清河先生ではありませんか」

と佐々木は声をかけた。佐々木もやはり陣笠を頭にしている。

清河は足をとめた。

「佐々木唯三郎です」

「やあ、きみか」

「お久しぶりで……」

佐々木はいいながら陣笠をとり、丁重に頭をさげた。

相手が陣笠をとって挨拶した以上、礼儀として、清河も陣笠をとり会釈を返さざるをえない。面倒ではあるが、それが武士たるものの嗜《たしな》みでもある。

清河は鉄扇を手首にからげたまま、陣笠の紐をほどこうとした。

その瞬間を、暗殺者たちは待っていた。背後にまわっていた速見が、いきなり斬りつけた。

清河は左肩の骨が飛び出すほどに斬られたが、

「おのれ！」

と叫びつつ、佩刀《はいとう》の備前兼光《びぜんかねみつ》に手をかけたが、鉄扇がからんで妨げた。

「！」

無言の気合いをこめて、佐々木が抜討ちに斬った。このとき佐々木は、意識して、右首筋から左へ刀をふるった。清河の首を飛ばそうとしたのである。

清河の首は、なかば斬られ、血を噴いて左へ倒れた。後刻、同志の石坂周造が駆けつけたときは、血の臭《にお》いよりも酒臭《くさ》さの方が強かった。

のちに歳三はこうした事情を知ると、むしょうに腹立たしかった。

(莫迦《ばか》な！)

と叫び声をあげたいくらいである。

何が莫迦なのか。

一つには、佐々木らのやり方のきたなさに対してであるが、それよりは、清河の莫迦正直さに対してである。佐々木が何か企《たくら》んでいることは、清河にもわかっていたはずなのだ。あの明敏な男がそれに気のつかなかったはずはない。だが、清河は、武士としての嗜みを重んじようとした。その気持はわかるのである。おそらくそれは、清河が郷士出身だったからであろう。

そんなことに拘泥せずに、陣笠をかぶったまま、

「おう、佐々木君か」

と軽く会釈するだけでよかったのである。それならば、暗殺も容易ではなかったはずである。

歳三は、新見と話し合い、大坂へ赴いて、横山の話を伝えた。

4

芹沢、近藤、山南の三人が聞いた。

近藤は、まんざらでもなさそうだった。もっとも、出身地の多摩の中心地である八王子《はちおうじ》は、千人同心《せんにんどうしん》の本拠である。千人同心というのは、東照宮《とうしょうぐう》の建立以後、将軍が参詣するさいの道中警護や東照宮の火消し番をつとめる役である。だから将軍家茂《いえもち》の上洛にさいしても動員され、現に井上源三郎の兄である千人同心の井上松五郎《まつごろう》は、京にきており、壬生村にも何度かたずねてきているのだ。十俵一人扶持、と禄《ろく》は低いが、士分であることは確かなのである。

歳三も知っているが、安政五年に、天然理心流の先代近藤周助が日野の鎮守社《ちんじゅやしろ》に奉納額を掲げたことがある。そのさい、周助に次ぐ名は、井上松五郎であり、二番目は、歳三の義兄の佐藤彦五郎になっているのだが、それはなにも松五郎が周助の第一の門弟だったからではない。むろん最年長者でもない。つまりは、士分の者は、名前をつらねた二十五名のうち、彼一人だったからである。

近藤は、いまもって、公式には士分ではない。芹沢も同じである。副長の山南にしても、仙台脱藩と称しているが、それも本当かどうかは怪しいのである。ただ、互いに詮索しないだけのことなのだ。

それを考えれば、近藤が心を動かしたとしても、不思議ではなかった。松平因幡守の手の者となり、れっきとした武士になれるのだ。

歳三はすでにどうするかを心に決めていたが、

「どうします？」

とあえて口に出した。

「どうするもこうするもない。知れたことではないか」

と芹沢が激しくいった。

近藤と山南が、その赤くなった顔を見つめた。

「同心格なんぞと、ふざけた話だ。諸君、そうであろうが！」

芹沢が手にしていた鉄扇で、茶卓を叩《たた》き据えた。

バシッ、と音がして、茶卓が割れた。

「その通りです」

すかさず歳三はいった。さすがに芹沢だ、と思った。歳三自身の考えと一致していたのである。

「芹沢局長、そうはいわれるが、せっかく会津藩を通してのお話、われわれに対する扱いが軽いという口実でことわるのは、角が立ちはしませんか」

と山南がいった。

「それも一理ある。せめて組を預かるものは与力格にお引立て相成らぬか否か、それくらいは申し入れてもよいのではないか」

と近藤が同調した。

「そんなことはできん」

芹沢はにべもなくやりかえした。

「なぜです」

山南が喰《く》い下がった。

「山南君、われわれは尽忠報国の志をもって連名したのだ。そうではないのか」

「いかにも」

「だったら、新選組でじゅうぶんではないか。いまさら見廻組の後塵《こうじん》を拝することはあるまい。それに同心だの与力だの、何だというのだ？　諸君は、そんなものになりたくて、結盟したのか。いやさ、与力や同心で、風雲急を告げる天下国家のことを考えられるのか。そんな、吹けば飛ぶような志の者なら、新選組にいることはない。局ヲ脱スルヲ許サズとあるが、この芹沢鴨が許す。去って、松平の手の者に加わるがよい」

と芹沢はいった。

山南はいい負かされたかたちで、不興げに沈黙した。

（この男、やはり一個の英雄である）

と歳三は思った。

近藤も同感したらしい。

「芹沢局長のいう通りだ。これで、この議は決した。土方君、京へ戻り、会津のご重役には、われわれの意のあるところを申し上げてくれ」

といった。

この時期、芹沢のいうように、国内外の政情は緊張をきわめていた。

五月十日、長州藩は攘夷令によって、馬関《ばかん》海峡を通過するアメリカの商船に砲撃を加えた。そして、二十三日にフランス船、二十六日にオランダ船を砲撃した。オランダのメデュサ号は、沈没は免れたものの、二十数発を被弾してほうほうの体《てい》で逃げた。

長州藩士たちは快哉《かいさい》を叫んだ。長州藩は、火を噴くような攘夷論の中心でもあった。

この攘夷令は、勅命によるものだった。というよりも、長州藩が朝廷を動かして、その命令を出させたといっていい。

幕府はすでに開国策を採っている。諸外国に対しては、日本を代表する政府として、開国を実行する責任を負っている。その幕府に対して攘夷令の出されたことは、幕府を苦境に追い込むものであった。

新選組誕生のきっかけとなった将軍家茂の上洛にしても、その策が実を結んだものだった。家茂は、天皇の攘夷祈願の賀茂《かも》の行幸に供奉《ぐぶ》せざるをえなかった。

だが、諸外国が黙ってこれを受け入れるはずはなかった。

六月一日、まずアメリカ軍艦ワイオミング号がやってきて、長州藩船三隻をあっさりと撃沈し、砲台に艦砲射撃を加えて、悠然と引き揚げた。

ついで五日、フランス軍艦セミラミス号とタンクレード号が来襲した。

かれらは、陸戦隊三百名を用意しており、前田《まえだ》砲台を沈黙させたあと上陸、長州軍本営の慈雲寺《じうんじ》を焼き払い、長州兵を蹴散らした。長州側の損害は甚大だったが、フランス側は、水兵一名がかすり傷を負っただけだった。長州の「奇兵隊《きへいたい》日記」によると、各人七、八十発を撃って応戦したことになっているが、まったく命中しなかったわけである。要するに、まるで戦争にならなかったのだ。

しかし、朝廷は、長州藩に対し、おほめの勅語を下賜《かし》した。よくやった、というのである。

七月二日、こんどはイギリスの東洋艦隊七隻が鹿児島湾へ入ってきた。名目は、生麦事件の談判のためである。

イギリス側は、はじめ二隻の藩船を捕獲した。このとき、二名の薩摩人が船に残っていて捕虜となったが、一人は五代友厚《ごだいともあつ》、一人は寺島宗則《てらじまむねのり》である。

間もなく風雨のなかで砲撃戦が開始された。

薩軍砲台の放った一弾は、旗艦ユーリアラス号に命中し、艦長ジョスリングと幕僚ウイルモット中佐を倒し、パーシュース号は錨《いかり》を切って逃げなければならなかった。しかし、イギリス艦隊はすぐに立ち直り、薩軍砲台の射程距離の外に出てから、鹿児島市街を砲撃して焼き払った。イギリス側は死者十一名、負傷三十九名だったが、薩摩の損害も、それを上回った。

薩摩はこのころ尊攘派の間では、評判が悪かった。

五月二十日、姉小路公知《あねがこうじきんとも》が御所の帰りに何者かに暗殺された。現場には、一振《ひとふり》の刀が残っていた。銘は和泉守忠重《いずみのかみただしげ》、鮫皮《さめがわ》のつかで、つか頭《がしら》は鉄という特徴のあるものだった。

その所持者は、薩摩の田中新兵衛《しんべえ》だった。田中は人斬り新兵衛とよばれたほどの男である。激派の志士の間では、ひろく知られていた。

姉小路は三条実美《さんじょうさねとみ》と並んで、尊攘派公卿《くぎょう》の筆頭であった。朝廷の打ち出した攘夷策は、この二人が長州と組んで実行したものだった。

奉行所は、田中をとらえて尋問した。田中は、

「身に覚えのないことだ」

といった。

じじつ、その夜、彼は蛸薬師《たこやくし》の下宿で寝ていた、と薩藩の同僚は証言した。

とはいえ、刀がある。奉行の永井主水正《ながいもんどのしょう》が、

「この刀に見覚えがあろう。現場に落ちていたものだぞ」

とつきつけた。

「どれ、拝見」

田中は手にとって眺め、いきなり、咽喉《のど》に突き立てて自害した。

そんなこともあって、薩摩は不評だったが、対英戦争によってすっかり人気を回復し、朝廷は、これに対しても、おほめの言葉を下された。

その間、幕府は五月十八日に、イギリス、フランス両国に対して守備兵の横浜駐屯を認めていた。攘夷令に反する行為である。そして、将軍家茂は、六月三日に東帰を申請し、十一日に京都を発して、十六日に江戸へ帰った。

幕府はすでに諸外国の実力を知っている。攘夷などは、言うは易《やす》く行うことの至難さをわかっているのである。

それは、当の長州さえも、馬関戦争によって身にしみて悟っていた。いや、それ以前にも、指導者たちは知っていた。この年の四月十八日に、井上聞多《もんた》(馨《かおる》)、山尾庸三《やまおようぞう》、伊藤《いとう》俊輔《しゅんすけ》(博文《ひろぶみ》)ら五名をイギリスにひそかに留学させたのである。

この企画の立案者は、周布政之助《すふまさのすけ》だった。周布は京都政界における名士であった。長州を代表する人物とみなされていた。

攘夷を首唱する長州が、じつは藩士をイギリスに送ったなどとわかったならば、どういうことになっていたであろう。ひっくりかえるような大騒ぎとなったに違いない。

屯所にいる歳三には、こうした政治の動きは皆目わかっていない。しかし、漠然とではあるが、

(このままではすむまい)

と予感している。

では、何が起こるのか。

（いまに血の雨が降るだろう）

と思うのである。

いや、現に洛内外に血腥《ちなまぐさ》い事件が頻発している。三条の河原には、過激派の浪士による天誅《てんちゅう》と称する暗殺の被害をうけた者の首が、三日にあげず放り出されているのだ。下手人はまったく捕縛されていない。所司代や奉行所に、それだけの力がないのだ。

治安の責任は、会津藩にある。が、藩兵だけでは足りない。そのために、新選組や見廻組を必要としている。

とはいえ、新選組は、まだ戦力とはいえない。いいかえれば、軍隊ではない。それだけの人員がない。

だが、警察力としては使える。会津藩としては使わざるをえないし、新選組としては使ってもらわねばならない。

そういう事態に備えて、すべきことはなにか。

答えは一つである。一たび事が起こって出動したら、絶対に怪しいやつを取り逃がさないこと、もし抵抗するものがあれば、必ず討ち果たすことである。そうすれば、治安は保たれ、新選組の威信と声望は高められるであろう。

歳三は、武技の稽古に、新しい方式をとり入れた。

それまでは、剣にしろ槍にしろ、もっぱら個人技の向上が目的だった。要するに、立合いを主としていた。一対一の勝負である。あるいは、一人で複数の敵を相手にして勝つくふうである。

歳三は、そうした個人技の向上よりも、集団戦の習得を第一に据えた。

一人ないしは複数の敵を、新選組がどうやって捕縛するか、あるいは倒すかの調練である。

相手が一人の場合、まず必ず二手に分け、一手は必ず背後に回って退路に立ちふさがる。要するに、街中での戦闘を想定している。個人技は二の次なのだ。

沖田がひそかに歳三に苦情をいった。

「土方さん、どうも稽古に身が入りませんよ。一人の敵を多人数で押し包んで討ち取る稽古なんて、さっぱりおもしろくない。何も、多人数で相手にかからなくたって、こちらの腕が上ならば、負けることはないじゃありませんか」

「みんながお前ほどに使えれば、一撃の下に相手を制することもできるだろうさ。しかし隊士の誰もが沖田総司じゃない」

「そんなことじゃないですよ。あえていうなら、剣の本道です」

「五分と五分、堂々と立ち合って勝つということかね?」

「剣とはそういうものでしょう」

「そうだ」

「だったら、なぜ集団戦を稽古するんですか」

「総司、もう武蔵と小次郎の時代は終っているんだ。一対一の果し合いはなくなっている。

そりゃ、剣の基本は、立ち合って勝つことだ。それは大切さ。でもな、おれたちが相手にするのは、何も一流の剣客じゃない。逃げるよりも命を棄《す》てることを選ぶ武芸者じゃないんだ。新選組がきたとわかれば、恥も外聞もなく逃げるやつらなんだ。そいつらを逃がしちゃならない。必ず討ち取らなければならない」

「わかりましたよ」

沖田が反撥《はんぱつ》を抑えていった。

「いやか」

「いわなくたってわかっているでしょう」

「総司、お前にはすまないと思っている。こんなことのために京都へきたんじゃない、と考えているだろうな。だが、そういう時代なのだ。あえていうなら、一対一で立ち合って堂々の勝ちを得ることはないんだ。うしろから斬りつけようが策を用いようが、相手を倒すことの方が大事なんだ」

「ぼくは……」

沖田は一呼吸置き、

「生れる時代を間違えたのかもしれませんね」

と寂しそうに呟《つぶや》いて出て行った。

芹沢鴨

1

歳三は、屯所の道場で一汗かいたのち、井戸端で身体《からだ》を洗ってから、道路をへだてた八木邸の離れに戻った。

そのとき、八木邸の玄関わきに、二十二、三歳の女が人待ち顔にひっそりと控えているのを見た。女は、歳三を見ると、かるく腰をかがめた。

歳三は会釈をかえして、そのまま離れの居室に入った。礼儀として会釈をかえしたものの、見知らぬ女である。しかし様子から判断すると、八木家をたずねてきた客であろう。

(それにしても、いい女だった)

と歳三は、色は白く、目もとのきれいな、それでいて艶《あで》やかな女の表情を思いうかべた。身なりは、堅気《かたぎ》だが、前身はおそらく左褄《ひだりづま》を取っていたに違いない。

歳三は、ごろりと横になると、夏雲の湧いている空を眺めた。京にきたのは、まだ肌寒い季節だったが、すでに炎暑の季節になっている。江戸や多摩の夏しか知らなかった歳三にしてみれば、京の夏は、俗にいう地獄の釜もかくやと思われるほどの暑さだった。

その初めて経験する暑さのせいにするわけにはいかないが、屯所内に何かしら弛《たる》みが生じはじめていた。隊士たちは、日課の稽古や調練をこなし、隊伍《たいご》を組んで市中の巡察に出かけて行くが、このところ、さしたる成果を挙げていない。近藤は、

「この暑さだ。歩いているだけで目まいがする。あまりうるさいことはいわぬ方がいい」

と、妙にものわかりのいいところを見せているが、歳三としては、放っておくわけにはいかなかった。何とかして、士気を引き緊《し》めなければならなかった。

士気の弛みには、はっきりとした原因があった。その原因を除去すればいいのだが、それが容易ではなかった。それだけに、歳三は頭を悩ましているのである。

原因は、局長筆頭の芹沢鴨にあった。芹沢の勝手気ままな行為を放置しておく限りは、隊士たちに何をいっても、さしたる効果は期待できないのである。上に立つ者が紊《みだ》れていては、個々の隊士にいかに注意をあたえても無駄であった。

芹沢の傍若無人の行為は、目にあまるものがあった。手はじめは、島原の角屋《すみや》における狼藉《ろうぜき》だった。水口《みなくち》藩の公用方が、会津藩にうっかり、

「壬生《みぶ》の浪士の乱暴ぶりには、わが藩でも迷惑しております」

といったことを聞き込み、水口藩にねじこんで謝罪させた。むろん、頭を下げさせるだけではすまずに、角屋に、隊士一同を招待させたのだ。

その宴席で、芹沢はとつぜん狂ったように暴れはじめた。自慢の鉄扇で、膳から容器ま

で叩《たた》きこわし、さらには台所にまで踏みこんで、酒樽《さかだる》を打ち割り、瀬戸物類を破壊した。あとで、芹沢自身は、

「宴席の取持ちを芸妓《げいぎ》に任せて、仲居どもは一人も座に出てこなかった。これは、主人徳《とく》右衛門《えもん》の指図に相違ない。徳右衛門めは、われわれが京を守っている恩を忘却し、それどころか、われわれの座敷を迷惑がっているとは、不届《ふとどき》千万な話ではないか。よって懲らしめたまでのことである」

といった。

角屋が、新選組の遊興を迷惑がっているのは、確かであったにしても、それは無理からぬことなのである。遊興代を借りにして、その支払いの方は滞る一方だった。もっとも借りている金額の大きいのは、おそらく芹沢本人であったろう。歳三としては、それをあえて口に出すわけにはいかない。

「それはいって聞かせればわかること、商売道具を叩きこわすというのは、いかにもおとなげない」

というのが限度だった。

酔いが醒《さ》めていたせいもあったろう。芹沢は、

「土方君のいうとおりだったな。以後、気をつけよう」

とからりとした口調でいった。

芹沢には、酒乱の癖がある。それも尋常一様のものではない。ふだん、酒の入っていな

いときの芹沢は、言葉や動作は荒々しいにしても、どこか憎めないところがあり、ときには親切でさえあった。

　間借りしている八木家の子供が病死したときなども、芹沢は、

「ご覧の通りの武骨者、さしてお役には立てないが、せめて受付なりともつとめさせていただきたい」

　といって玄関に坐《すわ》り、弔問者の応対を引き受けたものである。

　酒が入ると、とたんにガラリと変る。その振幅の大きいことは、たしかに異常であった。

（あれはどうしてであろう？）

　と歳三は考えずにはいられない。芹沢は、新選組の局長筆頭、つまり新選組の代表なのだ。新選組に運命を託したものとしては、考えざるをえない問題である。

　歳三は、酒好きではなかった。飲めば飲めるし、疲れたあとの一杯などは、うまいな、と感ずることもある。だが、それも二、三杯で足りる。それ以上は、別に欲しくはない。宴席では、酒がまわれば愉快になるし、気持も弾んでくる。

　酒は、そこまででいいのだ。それ以上、杯を重ねれば、息も乱れてくるし、足もともふらついてくる。

　酒飲みにも、それはわかっていることなのだ。にもかかわらず、どうしてかれらは、みずからを泥酔の淵《ふち》にゆだねるのであろう。前後不覚になりたがるのであろう。

　歳三の周囲には、そういう酒好きはいなかった。永倉や原田は、いける口であるが、か

なり飲んでも乱れない。まして、芹沢のように、人が一変するということはない。また、近藤や沖田は、歳三と似たようなものである。だから、歳三には、芹沢の酒については理解できなかった。

角屋の一件はまだしも、続いて起きた大坂力士との争闘は、歳三を困惑させた。

芹沢は、月に一度の割りで、大坂へ出張した。鴻池ら大坂の豪商たちは、歳三に強くいわれているので、芹沢に現金を用立てるようなことはしなかったが、芹沢に些細《ささい》なことでねじこまれるのを恐れて、接待することは怠りなかった。大金をタカられることを考えれば、接待にかかる費用などは安いものだったであろう。

芹沢はそのことに味をしめたらしい。といっても、芹沢には芹沢なりの計算があり、同行する隊士の顔ぶれに、試衛館派をぬかりなく加えていた。沖田や永倉がいっしょならば、歳三も文句をつけにくいのである。

七月十五日、芹沢は永倉、沖田をふくめ、八名で船涼みに出かけた。新選組の定宿は、天満《てんま》八軒家《はちけんや》の船宿京屋《きょうや》だった。亭主の忠兵衛《ちゅうべえ》に酒肴《しゅこう》の用意をさせ、船中で酒盛りをはじめた。

だが、男ばかりの酒は、芹沢としてはおもしろくない。

「船頭、北《きた》の新地《しんち》へ行くから、どこぞ近いところに着けろ」

と命じた。

船頭は、鍋島《なべしま》岸に船を着けた。鍋島藩の蔵屋敷があるので、この名がついている。

芹沢は岸に上がった。

せまい道をぬけて蜆橋《しじみばし》の方へ出ようとしたとき、前方に、二人の大きな男が立っている。外見からすると、力士らしい。

そのとたん、芹沢の目がすわった。このころ大坂相撲の中心は小野川秀五郎《おのがわひでごろう》という力士だったが、小野川は力士としてはいっぷう変った男で、国事に関心をもっていた。一朝事あるときは、力士たちを率いて天子様の御為《おんため》に役立ちたい、などと公言していた。本人が本当にそういっていたか否かは別として、少なくともそういう噂《うわさ》が立っていた。

そのことは、芹沢の耳にも入っていた。

(力士ごときが、何を小癪《こしやく》な!)

と芹沢は思っている。

「おい、そこの木偶《でく》の坊、目ざわりだ。どけ!」

と一喝した。

木偶の坊、といわれては、力士たちも腹を立てた。よけようとせずに、棒立ちになっている。

芹沢はそのまま歩を進めた。

当然のことながら、ぶつかりそうになる。が、そのせつな、芹沢の剣がひらめいて、力士を肩口から一刀のもとに斬った。

もう一人の力士は、へたへたとその場に坐りこんでしまった。

芹沢は血のりをぬぐい、パチンと鞘《さや》におさめると、

「諸君、参ろう」

と何事もなかったように再び歩き出した。

2

後日、沖田は歳三に報告した。沖田はその場に居残って、芹沢の斬り口を調べてみたのである。

「正直にいって、さむけがしましたよ。殺された力士には悪いが、見事というしかない太刀《たち》わざでした。肥えた肉や太い骨を両断して、ほとんど鳩尾《みぞおち》まで斬り下げているのです。余人に真似《まね》のできることではありません」

と沖田はいった。

そのあと、芹沢らは、北新地の住吉楼《すみよしろう》に上がった。そこへ、小野川部屋の力士たちが、角材や天びん棒をもって押し寄せてきた。残った一人が、一行のあとを尾《つ》け、住吉楼に上がったのを見届けて、仲間に急報したらしい。

そうなっては、沖田らも引くに引けない。芹沢の行為の是非はともあれ、新選組としての名誉に関わってくるのだ。

激しい争闘になった。が、十五分ほどで、ケリがついた。力士たちは、力あっても、斬合いとなれば、新選組の敵ではない。即死五名、重軽傷十六名。

新選組は、沖田、永倉、平山らが、かすり傷を負ったにすぎなかった。

芹沢は、一応は町奉行所に、

「新選組に対して乱暴をはたらいたものを無礼討ちにした」

と届けた。

これを受けた公事方与力《くじかたよりき》の内山彦次郎《うちやまひこじろう》が、

「乱暴をはたらいたというが、どのような乱暴をしたのか、承りたい」

と詰問した。内山は、すでに手先からくわしい報告を受けており、芹沢に非のあることを知っていた。

「そのようなことをいう必要はない。われらは、京都守護職会津中将お預りの身である。町奉行の差配は受けぬ」

芹沢はこういって、つっぱねた。

内山はなおも追及しようとしたが、芹沢の方は、文句があるなら会津藩へいってこい、の一点張りですませた。

歳三としても、この件を正面切って非難するわけにはいかなかった。乱闘には、沖田をはじめ、近藤派が何人も加わっているのである。芹沢の非を鳴らすことは、天に唾《つば》する結果になる。

芹沢は、その翌日に帰京した。大坂へ何しに行ったか、わからないことになった。彼自身、やはり気の鬱屈するところがあったのであろう。一カ月後の八月十三日に、またまた途方もないことをやってのけた。

会津藩から貸与されている大砲《おおづつ》がある。

芹沢は何を思ったか、

「これより大砲の調練をする」

といいだし、砲術方の隊士に出動を命じた。

局長命令だから、砲術方も否応《いやおう》はない。ガラガラと引いて、屯所をくり出した。

ふつうは、近くの原っぱで行うのだが、芹沢は、葭屋町《よしやまち》一条通りにある大和屋庄兵衛《やまとやしょうべえ》の店に向かわせた。大和屋は、京都きっての富商である。

知らせを聞いた歳三は、監察の島田魁《しまだだざきがけ》を呼んだ。島田は大垣《おおがき》脱藩、れっきとした武士の出である。入隊は三月下旬、一般加入の第一期生といっていい。

「島田君、芹沢局長が何を企《たくら》んでいるのか、調べてきたまえ」

「見当はついています。あの大砲で、大和屋をおどかそうというのでしょう」

「どうして?」

「大和屋が、不逞《ふてい》の浪士どもに一万両を献金したからです。といっても、噂ですが……」

「うむ」

歳三は唸《うな》った。

大和屋については、新選組も関係があった。というのは、七月二十日、三条大橋に、仏光寺高倉《ぶっこうじたかくら》の油商八幡屋卯兵衛《はちまんやうへえ》の首がさらされるという事件があった。

下手人は、のちに吉村寅太郎《よしむらとらたろう》、藤本鉄石《ふじもとてっせき》ら天誅《てんちゅう》組の仕わざとわかるのだが、このときは不明だった。吉村らは、首といっしょに、制札を残した。卯兵衛が、良民を苦しめる奸商《かんしょう》につき制裁を加えたこと、近く大和屋ら三名も、

「同罪たるべし」

と書きそえてあった。

仰天したのは大和屋である。すぐさま町奉行所に駆けこんで保護を訴えた。奉行所では、新選組に連絡してきた。新選組は、了承はしたものの、市中巡察のさいに大和屋周辺に念を入れる程度のことしかできなかった。隊士の数からいっても、特定の人員を送って、昼夜を分かたずに保護することは不可能であった。

大和屋としては、生きた心地がしなかったであろう。過激派の浪士に顔のきく醍醐《だいご》家の家令板倉筑前介に話をつけ、浪士たちに献金した。

むろん、秘密裡《り》に運んだ話だったが、その話はすぐにひろまった。

大和屋もうかつであった。それまでは、新選組が巡察に回ってくると、みずから出て、

「ご苦労さまでございます」

ともてなしていたのだが、板倉から、

「話はついた。もう心配することはない」

といわれると、以後は手代《てだい》に任せきりにしてしまったのである。

歳三は、不覚にも、それを知らなかった。

「山崎《やまざき》君、これからは、細大もらさずその種の話はおれの耳に入れてもらいたい」

といった。

それから彼は、近藤のところへ行き、どうするかを相談した。近藤は、頬杖《ほおづえ》をついて思案した。

この頬杖をつくしぐさは、近藤の癖であった。

「放っておくことだ。そもそも大和屋がよろしくない。こちらに物事を依頼しておきながら、浪士たちにもおべっかを使う。京の商人にはそういう輩《やから》が多い」

と近藤はいった。

歳三は、

(さすがだ。見ているところは、ちゃんと見ている)

と思った。

大砲を引っぱり出すという芹沢の行動は、好ましいものではないが、性根の卑しい商人たちに対する警告にはなる。

しかし、事態は、歳三の予測をこえたものになった。

大和屋に乗りこんだ芹沢は、

「庄兵衛、これへ出よ」

とどなった。

庄兵衛は奥にいたが、番頭を出した。番頭は、

「主人はただいま他出しておりまする故、ご用はわたくしが承ります」

「そうか。いつ戻る？」

と芹沢は問いかえした。

不思議なことに、目が笑っている。番頭はつい安心した。

「どこども申しませんでしたので、手前どもにもわかりませぬ」

と頭を下げた。

「では、留守の間の差配は、お前が任されているのか」

「へい」

「しからば、申しつける。その方どもが心を安んじて商売できるのも、市内巡察の任にある新選組があればこそである。大和屋もそのことはわかっているはずであろう。よって、一万両を用立てよ」

番頭は仰天した。

「主人が戻りましたら……」

「即刻である」

「しかし、そのようなことは主人にうかがいませんと、ご返事できかねます」

「黙れ。その方は、差配を任せられている、と申したではないか」

芹沢は奥にいる庄兵衛に聞こえるように大喝してから表へ出た。芹沢は夕刻まで待った。大和屋の方は、タカをくっていたらしい。大砲を引いてきたが、まさか使うとは夢にも思わなかった。

「火をたけ」

と芹沢は暗くなってから命じた。芹沢は、炎が好きであった。あかあかと天をこがすほどに炎がふき上げるさまを眺めると、体内の血が沸き立ってくるのだ。

彼は、大和屋の向かいの商店の屋根に上った。

この炎を見て、火消しが駆けつけてきたが、芹沢は、

「この家の主人は、良民を苦しめる奸商である。手を出すな」

とどなり、砲術方に、

「良民の血をしぼって不正の財をたくわえたあの土蔵を撃て」

と号令した。土蔵は砲撃をうけて燃えはじめた。

「愉快、じつに愉快」

と芹沢は、屋根の上から見物した。

3

この数日後、八月十八日の政変があった。薩摩と会津が手を握り、京都政界を牛耳っていた長州藩を追い出し、長州系の三条実美《さねとみ》ら七卿《しちきょう》を追放したのである。

長州藩は益田《ますだ》右衛門介《うえもんのすけ》が隊長となって、堺町門《さかいまちもん》に布陣した。

会津藩は新選組にも出動を命じた。新選組はこのとき五十二名。芹沢、近藤らは小具足《こぐそく》

烏帽子《えぼし》姿で先頭に立ち、蛤御門《はまぐりごもん》にさしかかった。

ここを固めたのは、会津藩だった。だが、藩士のなかには、まだ新選組を知らないものがいた。芹沢の鼻先に槍《やり》をつきつけて、

「何者か」

と詰問した。

芹沢の形相が一変した。

「新選組をご存知ないのか」

「そんなものは知らんな」

「お手前、会津藩のお身内でありながら、新選組を知らぬとはまことにもって、うかつな話だ。よくそれでお役目がつとまるな」

と芹沢はやりかえした。

相手の槍先が芹沢の鼻先にちかづいているのである。芹沢は平然としていた。

見ていた歳三でさえ、

(大したものだ)

と感心せずにはいられないほどの豪胆ぶりであった。一瞬のうちにかわす自信があるからにしても、誰にでもできることではなかった。

隊士たちは、緊張して成行きを見守った。

「こやつ!」

相手が動こうとしたとき、会津藩重役の西郷十郎右衛門《さいごうじゅうろうえもん》が走ってきて、

「待て。はやまるでないぞ」

と割って入った。

そのために、同士討ちという大事にならずにすんだが、芹沢の人気は、隊内でいっきょに回復した。

芹沢はそれをいいことに、ますます勝手気ままな振舞いを続けた。

それをいつまでも放置しておいたならば、新選組の士気は乱れてしまうであろう。歳三の悩みはそこにある。

(殺《や》るか)

と歳三は、夏雲を眺めながら自問してみた。同時にそれは、

(果たして殺れるものか)

という不安にもつながった。

芹沢の剣の冴《さ》えは、大坂力士との争いで見せつけられている。沖田でさえ、勝てる、とはいいきれない。

それに、始末するからには、隊士たちにわかってはならない。そのために使えるのは、試衛館育ちに限られる。近藤、山南、沖田、井上、それに歳三の五人である。原田、藤堂、永倉ら三人は、天然理心流ではないのだ。

それに、歳三としては、できることなら、近藤と山南は、はずしておきたかった。

万一、ということもあるのだ。この二人が加わっていたとわかった場合、責任を問われるかもしれない。

（泥をかぶるのは、おれ一人でいい）

と歳三は決心した。

そう覚悟を決めると、気が楽になった。あとは近藤の了解を得るだけである。歳三は起き上がり離れを出た。

玄関には、先刻の美女がまだ控えていた。

「どうなされた？」

と歳三は足をとめて声をかけた。

「恐れ入ります。菱屋のお梅《うめ》と申しまする。芹沢先生にご贔屓《ひいき》をいただいておりまして、そのことでお帰りをお待ちしております」

菱屋というのは、四条堀川《しじょうほりかわ》にある呉服屋である。主人は太兵衛《たへえ》といい、お梅は内妻だった。太兵衛はすでに五十をこえているが、正妻が病死し、茶屋に出ていたお梅を内に入れた。

歳三は、そういう事情を知らなかったが、芹沢が菱屋に衣裳《いしょう》をしきりと注文したことは知っていた。芹沢は、派手好みの性格であり、新選組局長筆頭とあれば、見苦しい服装はできないという理窟で、つぎつぎにこしらえたのである。

「代金の催促か」

と歳三はたずねた。

お梅は微笑した。歳三ほどの男が、どきッとしたほどに美しい。

「どうして手代がこない？」

「はい、何度か参上いたしましたが、芹沢先生に、無礼者とお叱りを蒙《こうむ》りまして……」

「なるほど」

歳三は納得した。芹沢は支払おうとしなかったのだ。そのため、菱屋は、芹沢でもどなりつけにくいお梅をよこしたのであろう。京の商人らしい、こざかしいやり口である。

歳三は、そのまま屯所へ戻った。

芹沢はいなかった。隊士に聞くと、珍しく巡察に出たという。

（あの男にも苦手があったか）

そう思うと、歳三はおかしかった。芹沢の知られざる一面を垣間《かいま》見たような気がした。

数日後、島田が歳三の部屋にやってきた。

「ご存知かもしれませんが、お耳に入れた方がいいと思いまして」

「何かね？」

「芹沢局長のところへ、毎日のように参っておりました女のことですが」

「お梅か」

「ご存知でしたか」

「あんなところに立っていれば、いやでも目につくさ。顔はやさしいが、芹沢局長にとっては苦手らしいな」

「隊士のなかには、あんな女が相手なら一苦労してみたいものだ、などとバカなことをいうものもおります」

「それだけかね？」

「じつは、お梅は、芹沢局長に手ごめにされました」

「なんと！」

歳三は絶句した。

しかし、考えてみれば、芹沢ならば、それくらいのことはやりかねないのである。

島田は続けた。

「ところが、その先がありまして、お梅はそんなことがあったにもかかわらず、毎夜のように芹沢局長の寝所へ参り、朝になると、帰って行くのです」

「島田君、確かかね？」

「わたしも見ました」

「ほかにも何人か見ているのだな？」

「そのようです」

「みんな、何といっている？」

「局長にあやかりたいものだというものもおりますし、菱屋太兵衛こそいいつらの皮だ、というものもおります」

「きみはどう思う？」

「そうですな」

島田はちょっと考えてから、

「あわれな話だという気もしますが……所詮、女はわかりません」

といった。

その夜、歳三は近藤の部屋に行った。原田らは、まだ屯所に居残っている。

「歳か。何だ？」

「あんたに相談があってね」

「芹沢のことか」

と近藤はいった。落ち着いた表情だった。

歳三はほっとした。

「その通り。じつは、決着をつけたい、と心に決めていたのだ。このまま放っておいては、新選組は自壊の道をたどることになる。あんたには迷惑をかけないから、了承してもらいたい」

「歳、水くさいことをいうな」

「いや、筋を通したい。本来なら、会津藩に了解を求めるべきだろうが、それでは、洩《も》れる恐れがある」

「そのことだが、じつは、この前、蛤御門の出動について公用方からおほめの言葉をいただいたとき、ご内意が伝えられた」

　と近藤はいった。

　ご内意、というのは、こういう場合、会津侯の意思ということである。

「蛤御門での働きご苦労だった、とのことで、隊士全員を角屋で慰労するようにせよ、といわれた。いいか、全員だぞ」

「いつ？」

「日にちは、任せるとのことだ。都合のいい夜を選べ、ともいわれた。それから、酒癖の悪い者がいるようだが、面倒は起こさぬように、ともな」

「殺れ、ということらしいな」

「そう思ったよ」

「では、手筈《てはず》はおれに任してくれ」

「待て、その前に、やっておかねばならんことがある。芹沢はそのあとだ。芹沢を始末しても、新見が残っていては、面倒なことになるぞ」

「それもご内意かね？」

「いや。おれの考えだ」

　と近藤はきっぱりといった。

　歳三は、あらたまった思いで、近藤を見た。京へきて半年であるが、近藤は一回りも二回りも巨《おお》きくなったようであった。

「わかった。それは、おれに任してもらおう」

「どうする？」

「局中法度を使う。新見は、芹沢の名前を使って勝手に金策しているんだ」

「よかろう。しかし、芹沢の方は、そうはいかんぞ」

「総司と源《げん》さん、それにおれの三人でよかろう」

「いかん。原田と山南を加えた方がいい。永倉、藤堂とおれは、角屋の慰労の宴に最後まで残る」

「わかった。ここはあんたのいう通りにしよう」

「歳。すまんな」

　近藤はそういって頭を下げた。

「これは驚いた。どういう風の吹きまわしだろう」

「おれは、お前があの男をそれなりに買っているのを知っている。しかし、こうも悪評が立っては放ってはおけぬ。その辛《つら》い仕事を引き受けてくれた気持に頭を下げているんだ」

「よせやい」

　歳三は、笑いとばした。本当は目頭が熱くなりかけている。それを糊塗《こと》するための哄《こう》笑《しょう》であった。

　慰労宴は九月十八日と決った。

　その十日ほど前、歳三は芹沢の部屋へ赴いた。

4

芹沢は、この日いやに不機嫌であった。午前中、道場へ姿を現わし、稽古をしていた隊士たちの態度に難癖をつけ、そのうちの一人をつかまえて竹刀《しない》でなぐり倒した。

芹沢が荒れた原因は、どうやらお梅にあったらしい。お梅が前夜は芹沢のところに姿を見せなかったのだ。

歳三を見ると、芹沢は、

「土方君、何か用かね？」

と噛《か》みつくようにいった。

「じつは困ったことが起きて、近藤局長に相談したところ、それは芹沢先生に決めていただくべきだという考えでしてね、そこでこうしてお話しするのですが……」

「何だ？」

「局中法度に背いたものがいるのです」

「何をやらかした？」

「芹沢局長の名前を使って金策したんですな」

「おれの名前を使った？」

芹沢の顔が赤くなった。

歳三は黙ってうなずいた。

「その不埒《ふらち》なやつは誰だ？」

歳三はそれには答えず、

「申すまでもなく、局中法度に背いたものは切腹に決っておるのですが、近藤局長は、この場合はいささか手心を……」

「土方君、それはならんぞ」

「しかし……」

「誰であろうと、背いたやつは処罰しなければならん」

「誰であろうとですか」

「むろんのことだ」

芹沢は、試衛館派の誰かが規律違反を犯し、歳三がその助命を乞いにやってきたと思ったらしい。

「残念ながら、致し方ありませんな。わたしの口から申し渡しましょう」

「そうしたまえ」

「では」

歳三が立ちかけると、芹沢が、

「土方君、おれの名前を使ったやつは誰なんだ？」

「それは……」

歳三は一息ついてからいった。

「新見局長です」

「何……」

芹沢の口から呻《うめ》き声がもれた。そして眉がピクピクと動き、顔面は蒼白《そうはく》になった。

「新見局長は、市内の商家数軒から五十両、百両と調達しておりますが、一両も勘定方の岸島《きしじま》君のもとに納められていない」

と歳三はいった。

芹沢は顔を横に向けたままである。新見のそういう行為を、おそらく知っていたのだ、と歳三は推察した。

新見は、三名の局長のうちの一人である。その処分ということになれば、芹沢と近藤で決めることになるが、一対一の対立となり、芹沢は、新見のために何かと口実を設けて、助命をはからうことは目に見えていた。そうなった場合、近藤があくまでも押し切れるかどうか疑問だ、と歳三は思っていた。近藤は情にもろいところがあるのだ。口では新見が残っていては面倒なことになる、といっているが、もともと新見は芹沢の付録のような男である。いまここで始末しなくても、芹沢がいなくなれば、自然に立ち枯れとなる程度の人物にすぎない。かりに芹沢ほどの男が頭を下げて頼めば、近藤は助命に同意するかもしれない。また、芹沢を油断させるためにも、助命した方が得策だという考え方も成り立つ。

歳三は、そういう事態は何としてでも避けねばならぬ、と決心していた。新見ひとりくらい生かしておいても、当面さしたる支障のないことは彼にもわかっている。だが、平隊士たちには局中法度を守らせて、幹部は守らなくても助命されるというのでは、新選組は成り立たない。ここはいかなる策略を弄しても、新見を処分するべきであった。

（いいさ。どうせおれは憎まれ役だ）

と歳三は自分にいい聞かせ、覚悟の上で多少の詐術を用いたのだ。

新見はその夜、祇園《ぎおん》新地の貸座敷で切腹した。はじめは、歳三に、

「副長たる土方君に指図されるいわれはない」

とつっぱねたが、芹沢、近藤両名の花押《かおう》のある申渡書を見せられると、

「おのれ！」

と悔しげに呟《つぶや》き、安藤早太郎《はやたろう》の介錯《かいしやく》で切腹した。

翌朝、近藤は隊士たちを集め、新見局長が、

「士道に背きたる振舞いのあったことを恥じていさぎよく切腹された」

と告げた。芹沢の名前を使って金策したことについては触れなかった。もっとも、あえていわなくても、隊士たちの間では、そんな噂が出ていたのだ。

数日して、歳三は島田を呼んだ。隊士たちがこの一件をどう見ているか、やはり気になっていた。

「近藤先生はさすがに花も実もあるお方だ、と申しているものが多いですよ」

と島田はいった。

「そうか。ということは、土方のやつは怪《け》しからんということだな」

「いえ、決してそんな……」

と島田は口ごもった。

「島田君、気にしなくてもいい。それでいいんだ」

近藤に信望が集まれば、芹沢死後の統率がやりやすくなるのである。新見、芹沢と相ついで死ねば、試衛館派が芹沢派を粛清したと見られるのはやむを得ない。いかに厳しい規律をもって臨んだとしても、所詮、人の口に門《かど》は立てられないのだ。隊士たちが陰でどういうかは、歳三にはわかっていた。

その場合、近藤に対して不信感をもたれては困るのであった。近藤は話のわかる人だ、と隊士たちに思ってもらわなければならない。

同時に、その反動として、土方副長は油断のならぬ怖い人だ、とかれらは思うようになるだろう。が、歳三にとって、それはそれでまた一つの道なのである。

江戸にいて、試衛館の裏手にある部屋でごろごろしていたころ、歳三は、自分の生涯について、何ら明確な見通しを抱いていなかった。いっしょに寝起きしている沖田は、剣一筋であった。沖田の念頭には、剣以外のことは何もなかった。

だが、歳三はそうではない。日常生活が剣に明け暮れしていたことは事実だとしても、剣のことばかり考えつめていたわけではなかった。むしろ、剣以外のことが歳三の頭の中を占めていた。

土方家は豪農といっても、末ッ子の歳三が継ぐべき財産はなかった。長兄の喜六《きろく》がすべてを継いでいる。

歳三は父親の顔を知らなかった。彼が母の胎内にあったとき病死し、その母親も彼がもの心つく前に死んだ。喜六は兄であり、育ての親でもあった。その喜六の命令で、歳三は十一歳のときに、江戸へ出た。上野《うえの》の松坂屋呉服店に丁稚《でっち》小僧として奉公に出たのである。

いま思い出しても、辛い奉公だった。番頭や手代に、竹の物指《ものさし》で、些細な失策を理由に容赦なく叩かれた。だが、歳三は泣かなかった。

「こいつ、強情な小僧だ。謝れ」

と幾たび折檻《せっかん》されたことであろう。

頭を下げてしまえばすむとわかっていても、歳三は謝ろうとしなかった。謝る理由がないのに頭を下げることはない、と思っていた。

それが先輩たちの憎しみをかき立てたことはいうまでもなかった。何かにつけて歳三は苛《いじ》められたが、決して音《ね》をあげなかった。だが、ある日、歳三は、ついに堪忍袋の緒を切った。小僧仲間でもっとも年かさの伝助《でんすけ》という男が、掃除の仕方が悪いといって、歳三に文句をいった。歳三がはききよめたにもかかわらず、店先に鼻紙が残っていた。伝助はそれを手代の六兵衛《ろくべえ》にいいつけた。六兵衛はにやりと笑い、

「歳三、こっちへこい」

と裏庭に連れ出した。手には物指を持っている。

「おめえ、伝助に注意されても、謝らなかったそうじゃねえか。どうしてだ？」

「ちゃんと掃除したあとに、伝助さんがわざと鼻紙を落したからです」

「つべこべぬかすな。てめえの性根を叩き直してやる」

六兵衛が物指をふるった。

その手をかいくぐって、歳三は六兵衛のふところに飛びこんだ。六兵衛はひっくりかえった。歳三は物指をとりあげ、逆に叩きのめし、そのまま庭を出ると、夜道を歩いて日野宿に戻った。

それから十数年たち、近藤のところに寄宿するようになっていたものの、このさきどうするという当てはなかった。三十歳近くなっているのに、世帯をもてる見込みもなかったのである。

近藤の妻のつねも、歳三を厄介者扱いするようになっていた。近藤が、

「歳、つねが何をいおうと、気にしないでくれ」

といわなかったならば、おそらくは試衛館を飛び出していたであろう。生家の商品である石田散薬や虚労散《きよろうさん》を売り歩く行商人となって、放浪していたに違いない。

それを考えると、京へきてからの日々は、まさしく、

（夢か現《うつつ》か）

の思いなのである。

5

九月十八日の朝、歳三は島田を呼び、

「これを屯所の制札所に貼ってくれ」

といって紙を渡した。

「本夕、於島原角屋全員会合」

と書いてある。

どういう会合か、と問うように島田は目をあげた。

「長州追放にさいしての働きをめでて、会津様からご褒美を下された。隊士諸君といっしょに祝いたい」

「それはめでたいことで」

島田は紙片を大事そうに持って出て行った。

午前の稽古が終るのを待って、歳三は、井上と沖田を八木邸の離れに呼んだ。

「二人にやってもらいたいことがある」

「歳さん、あらたまって何だね？」

と井上が不審そうにいった。沖田は無言である。

「今夜の角屋での会合のことは、もう知っているだろうが、酒はほどほどにしておいてもらいたい」

井上は酒好きであった。

「何だってまた……」

「会津侯からのご内意があった。近ごろの芹沢は目に余るとの仰せだ。このまま放置しておけば、新選組の名誉を損うし、ひいては会津藩の威信にも関わる故、よろしく処置するようにという話が近藤さんのところにあった」

「そうだろうね。じっさい、ひどかったものな。で、どうするのかね？」

「討ち果たすことにした」

「どうやって？」

「委細は任せてくれ。会合が一段落したところで、おれが合図するから、いっしょにきてもらいたい」

「この三人でか」

「近藤さんは、原田と山南を加えろ、といっている」

「永倉や藤堂は？」

「近藤さんといっしょに角屋に居残る」

「芹沢ひとりに、五人も必要なかろう。いかに豪の者であろうとも」

「芹沢ひとりでいるとは限らない」

「それもそうだ。それにあの豪剣だものな」

井上は不安そうであった。

それまで沈黙していた沖田がようやく口をきった。

「土方さん、一つだけ聞いていいですか」

「何だ？」

「五人を揃《そろ》えるのは、芹沢さんに局中法度違反を申し渡したさい、もし暴れ出したら、と考えてのことですね？」

「そうではない」

「では、尋常に立ち合うわけですね？」

と沖田は歳三の目をのぞきこむようにいった。

歳三は苦しかった。

沖田の剣をもってすれば、尋常の勝負をしても、芹沢を倒すことはできるだろう。酒と女に溺れている芹沢は、一瞬の勝負において沖田に敗れるに違いない。そして沖田は、そういう勝負を望んでいるであろう。

「いや、違う」

「どうするんです？」

「寝こみを襲う」

「そんな！　わたしはいやですよ」

沖田の色白の表情に赤みがさした。

「総司、わかってくれ。尋常にやっても、お前が勝つことはわかっている。だが、勝負に絶対ということはない。あるいは、こちらの誰かが、かすり傷を負ってもまずいのだ。つまり毛ほどの失敗も許されない」

「さりとて寝こみを襲うというのは……」

「総司、いうな」

と歳三は、いがらっぽい声を出した。

沖田は横を向いた。その目にきらりと光るものが宿っていた。

午後、巡察に出ていた原田が戻ってくると、近藤が山南ともども呼んで、芹沢処分の計画をうちあけた。歳三の口からいったのでは、原田はともかく山南が異をとなえる恐れがあるとみて、歳三が近藤に進言したのである。

山南はいくらか不服そうだったが、近藤は、これは会津様のご内意である、と押し切った。

そのころから強い雨が降りはじめた。隊士たちは、雨の中を角屋へ向かった。島田の口から、今夜は酒も女も心ゆくまで堪能できるという話がひろがっていた。

はじめに芹沢と近藤が短い挨拶をし、すぐに酒宴となった。歳三の手配で、妓《おんな》の数は、隊士の数だけ揃っている。

上座には芹沢と近藤、そして芹沢のわきに歳三、近藤のわきに山南が坐った。以前は、芹沢の右わきには新見が坐ったものだが、その新見はいない。

歳三は、盃《さかずき》を口に含みながら、それとなく芹沢を観察した。芹沢の前に坐って酌をするのは、島原でも一、二といわれる吉野太夫《よしのたゆう》だったが、芹沢はいつもより口数が少なかった。吉野太夫が軽口をたたいても、相手にならなかった。何か胸中に鬱屈するものがわだかまっていることは確かだった。

それが盟友新見を悼んでのものか、あるいは何かを感じとってのものか、歳三にはわからなかった。

やがて酒がまわり、一座が騒がしくなると、平間重助が芹沢の前に腰を下ろし、

「先生、お流れをひとつ」

と機嫌をとるようにいった。

「うむ」

芹沢は盃をほして、平間に渡した。吉野太夫が注ぐと、平間は盃を押しいただき、

「こうして会津様がご慰労下さるのも、禁門における先生のお働きがあったればこそでしような。わが新選組の声望はますます高まるに違いありません」

「わが新選組、か」

と芹沢は気難しい表情でいった。そして何を思ったか、

「下らん」

と低く呟いた。

「先生、何か……」

平間が怯《おび》えたように問いかえした。

「うるさい。もういい」

芹沢はものうげに手をあげて平間を退けた。

「どないしやはりました？」

と吉野太夫が芹沢の盃をみたしながらいった。

「どうもせんよ」

「お顔色がお悪うどすえ」

歳三は、はっとした。と同時に、芹沢が向き直った。

「土方君」

「何です？」

「今夜の集まりだが、会津藩からお話があったのはいつだった？」

「内々には八月の末ごろにそれとなく承っておりましたが、正式には十日でした」

「新見君が割腹したあとか」

「そうです」

「考えてみれば、新見もかわいそうなやつだったな」

急にどうしてそのようなことをいい出したのか、歳三には芹沢の真意がつかみかねた。

芹沢はなおもいった。

「新見はよくおれにいっていた。土方歳三は頭のいい、何事にも抜け目のない男だが、一つだけ抜けているところがある、とな」

歳三は黙っていた。芹沢は歳三を見据えた。

「どこが抜けているかというと、世の中には自分よりも頭のいいやつがいることに気がついていないところだとさ」

「ほう。そういっていましたか」

と歳三は微笑した。別に、意識して、作り笑いをうかべたわけではなかった。

「おい、どうだ？」

芹沢は鉄扇を引き寄せた。

「さすがにいいところを見ていましたね」

「何だと？」

「肝に銘じておきますよ」

と歳三は素直にいった。

芹沢は拍子抜けしたようだった。

6

四ツ時（午後十時）になると、芹沢が立ち上がった。

「諸君、拙者はこれで失礼する。諸君はゆっくりやってくれたまえ」

「局長、まだ宵の口ではありませんか」

というものもあったが、じっさいには、隊士たちはほっとした様子だった。芹沢の酒乱ぶりがいつ起こるか、それを気にしながらでは、落ち着いて酒や女を楽しむこともできないでいるのだ。

平山五郎《ごろう》と平間重助が芹沢に続いた。

三人ともすでに駕籠《かご》を手配してあったらしい。外は土砂降りの雨だった。

少しの間を置いて、歳三は静かに立ち上がった。

近藤は吉野太夫を相手に盃をやりとりしている。

歳三が玄関に出ると、番頭がとんできた。

「ただいまお駕籠を命じますので……」

「いや、いらん」

歳三は傘を借りて外へ出た。

八木邸の離れに戻ると、歳三は仕度をととのえた。すぐに、沖田、井上、山南、原田の四人が戻ってきた。

そのころになると、雨が上がって、月が出た。

「源さん、様子を見てきてくれ」

「承知した」

井上が出て行き、間もなく戻ってくると、

「どうもまずい」

と首を振った。

「どうして？」

「芹沢は母屋《おもや》の庭に面した十畳、平山は玄関との間の六畳に寝ているらしい。玄関わきの右手の小部屋には、平間が寝ているようだが、三人とも女といっしょのようだ。庭先や土間に、女の履きものが三足あった」

「土方さん」

と沖田がいった。

「何だ？」

「今夜はやめて、次の機会を待ちましょう」

「かまわん」

「でも、月も出たことだし、顔を見られる惧《おそ》れがありますよ」

「どうせ眠りこけているのだ。事を一瞬のうちに決すればそれでいい」

「土方君、ここは総司のいうとおりだと思うが……」

と山南がいった。

「いま議論している暇はない。十畳間には、おれと総司が入る。源さんたちは、まず六畳間をやってくれ」

「小部屋はどうする？」

と原田が聞いた。

「あと回しだ。もし騒ぎに気がついて顔を合わせるようなことになれば、その場で討ち果たすことだ。いいな」

と歳三はいった。

もはや反対するものはいなかった。

歳三は庭に出た。あけはなしの縁側に立つと大きく息を吸った。

井上ら三人は玄関の土間を進んだ。

「行くぞ」

歳三は沖田にいい、刀を抜いた。

沖田が手をあげて制した。

それから沖田は障子に手をかけ、一気に引きあけた。

芹沢は縁の方を枕に眠っていた。隣に女が横たわっている。お梅であった。

「起きろ！」

沖田が不意に声をかけ、枕を蹴った。

（莫迦《ばか》！）

と歳三は声もなく、胸の中でどなった。沖田は眠りこけている芹沢にそのまま刃《やいば》を加えることを、剣士としての面目にかけて、欲しなかったのだ。

芹沢が床の間の方にからだを転回させた。その手が刀掛けにのびる。

無言の気合いをこめて、沖田が斬り下ろした。芹沢はよけきれずに肩口を斬られたが、かろうじて摑《つか》んだ大刀を鞘《さや》ごと横なぎに払った。そして沖田がかわす隙に隣の八畳間に逃れようとした。

沖田の正確無比の突きが、芹沢を背後から襲った。芹沢は鞘を払ったものの、反撃しようとした刀が鴨居《かもい》に食いこみ、

「うわッ」

と叫び声をあげて、襖《ふすま》ごと、隣の部屋に転がりこんだ。

その部屋には、二組のふとんが敷いてあった。芹沢はその中間にうつぶせに倒れた。

歳三は、芹沢に添い寝をしていたお梅が、何が起きたかもわからずに、ゆっくりと身を起こすのを見た。お梅は裸身のままだった。

(不憫《ふびん》な)

一瞬、その思いが歳三の胸をかすめたが、もはや猶予はならなかった。

お梅は首から肩にかけて斬り下げられた。

沖田が振り向いた。

六畳間の方では、原田が一刀で平山を討ちとっていた。平山は、輪違屋《わちがいや》の糸里《いとさと》という妓を呼んでいたのだが、三人が玄関にひそんでいるときに、糸里はどうしたことか、ひょいと出てきた。

「逃げろ」

と原田が低くいった。糸里は裸足《はだし》のまま逃げた。

歳三は、そのときは知らなかったが、のちに井上から聞いた。

五人は離れに戻り、返り血のついた衣服を着がえると、前川屋敷の屯所へ行った。

そのころになると、平間が異変に気がついて、狂ったように叫び声をあげ、庭を走り回った。

だが、平間はその翌日には姿を消した。芹沢と平山は、長州浪人によって暗殺された、ということになり、近藤は会津藩あてに、釈明書を提出したのであるが、平間は真相を感づいたに違いなかった。

芹沢と平山の葬式が終ると、近藤は、助勤以上の者を集めて、山南が局長につぐ総長の新しい職につくことを公表した。

前夜、近藤が山南を呼んで、この話をしたとき、山南は、

「それは土方君の考えた案でしょうな」

といった。

「いや、そうではない。しかし、歳には、すでに話してある。別に不服はない、といっていた」

「総長というのは、何をすればいいんです？」

「これからは、会津藩だけではなく、所司代や奉行所との相談事も多くなる。それをやってもらいたい」

「本当に土方君の案ではないんですね？」

「もちろんだ」

「それなら引き受けましょう」

と、山南はいった。

そのあと、歳三は近藤に呼ばれた。

「山南がお前に何か含むところがあるみたいだが、何かあったのか」

「心当りはないがね。しかし、見当はつくよ」

「何だ？」

「お梅を斬ったことで、おれを赦《ゆる》せないらしい」

「うむ」

「もっとも山南だけじゃない。総司も心の中では、同じように思っているかもしれないな」

「お梅を手にかけなければならなかった事情は察している。ねぼけ眼《まなこ》にしろ見られたからにはやむをえない。山南にはともかく、総司には、よくいっておこう」

「その必要はないさ」

「どうして？」

と近藤は不思議そうに問いかえした。

「おれはね、総司を京へ連れてきたことを、いま後悔しているんだ。おれは、末ッ子で養子に貰《もら》ってくれるところもなかったし、あのまま多摩で薬の行商をしていてもおかしくはない。あんたは、おれの剣を、やくざ剣法だというが、それも承知のことだ。その点、総司は違う。あんたには話していなかったが、総司は芹沢と尋常に立ち合いたかったんだ。で、踏みこんだときに、枕を蹴って、芹沢の目をさまさせた」

「知らなかった」

「総司は、新選組の仕事には適《む》いていないんだ。できることなら、あいつを江戸に帰らせてやりたい。総司の剣なら、江戸を征服できるはずだ。北辰一刀流の玄武館にしろ斎藤の練兵館にしろ、総司ほどのやつはいないと思うよ」

「それは考えないでもない。しかし、名目がない。局中法度がある」

「名目はどうにでもなる。病気療養ということにしてもいい。現に総司はこのところ、咳《せき》がいやに多い」

と歳三はいった。

じじつ、総司は妙に元気がなかった。歳三もはじめは夏負けかと思ってみていたのだが、どうもそうではないようだった。

そのあと、歳三は、壬生寺の墓地へ行った。芹沢の墓を訪れたのである。

歳三は、芹沢という人物を、必ずしも嫌いではなかった。たしかに、その横暴さは目に余るものがあり、会津藩が始末を命じたのも当然だったと思うのである。大和屋の一件にしろお梅の一件にしろ、目をつむって見逃すことはできない行為だった。新選組の規律からいっても、いつかは討ち果たしていたはずである。

歳三は、墓の前に立った。

腰をかがめ、香をたくことはしなかった。芹沢が、

「よしたまえ。しらじらしいぞ」

というような気がしたのだ。

だが、芹沢は、試衛館派がいつかは自分を消すだろう、と覚悟していたのではないだろうか。九月十八日の夜、角屋で歳三にいったことは、

(おれは知っているぞ)

という暗示ではなかったのか。

(もしそうなら、おれの負けだ)

と歳三は思った。

恋と剣

1

芹沢の死後、会津藩は近藤を呼んで、新選組に対する幕府の沙汰を伝えた。近藤を大番《おおばん》組《ぐみ》頭取の扱いとして月に五十両、副長二名は大番組頭《がしら》の扱いで月四十両、助勤は大番組の扱いで月三十両、平隊士は十両の扶持《ふち》を与えるというのである。

大番組というのは、徳川幕府の職制においては、老中に属して十二組に分かれ、平時は交代で、江戸城、二条城、大坂城の警備にあたり、戦時は、軍の先鋒《せんぽう》をつとめる役でもある。頭取、組頭、組員とも旗本が任命されることになっているから、新選組の幹部たちは、直参《じきさん》同様の待遇をうけることになったのだ。ただし、あくまでも「扱い」であって、直参にしたわけではなかった。扶持が、石高《こくだか》ではなくて現金であることにも、会津藩や幕府の苦心のほどがうかがえる。

また、正式の大番組ならば、老中の支配下に置かなければならないが、「扱い」である限りは、その必要はない。これまで通り、会津藩の支配下にしておくことができる。要するに、いまの言葉でいえば、傭兵《ようへい》であり、外人部隊であった。

いったいに、幕府は、しきたりや形式にやかましかった。

たとえば、城中における服装も、奉行以上は熨斗目《のしめ》、長袴《ながばかま》と決められていたが、これでは非能率であるために、文久二年に改革されて、ふだんは羽織、小袴、式日でも服紗小袖、半袴でよいことになった。正月でも、平服着用は、長い間、八日からとされていたのが、四日からということになった。

あるいは、将軍が小用を足すときなども、つねに七、八人がつきそった。戸を開閉する役、盥《たらい》を捧《ささ》げる役、湯をとる役、手巾《しゅきん》を奉る役など、仰々しい限りであった。

これも、改革されて、人数は半減されたのだが、この年、つまり文久三年の暮に、将軍家茂が再度上洛《じょうらく》すると決したころから、旧に戻ってしまった。

家茂が六月に江戸へ東帰したのは、そのまま京に留《とど》まっていては、攘夷《じょうい》派に首根ッこを抑えられる恐れがあるからだった。

朝廷は、攘夷派の天下であった。三条らの公卿《くぎょう》が牛耳っており、その背後にあってかれらを操っているのは長州藩であった。

幕府は、攘夷などは、現実に実行できるものではないことを承知している。外国がその気になれば、日本を叩《たた》きつぶすのは雑作もないことなのだ。

世間知らずの公卿がそれをいうのは、長州にそそのかされているからである。そして、長州がそのような策謀をするのは、幕府の朝命不実行を理由に、退陣を迫るつもりがあるからだ、とみなしていた。江戸に戻ったのは、それをかわそうという苦肉の策だった。

八月十八日の政変は、図に乗りすぎた長州を、会津と薩摩が握手して、追い落としたものだった。

攘夷派の一掃された朝廷は、こんどは公武合体派の天下である。家茂は、安心して上洛できることになった。

目的は長州処分問題をどうするか、である。

公武合体派が勢いを盛り返したのは、いわば一時的な逆流にすぎないのだが、幕府内の頭の古い老中らには、それがわからなかった。昔のように、幕府の威権が回復した、と錯覚したのである。前記のようにせっかく改めたしきたりや形式を旧に戻したのも、その錯覚のあらわれだった。

家茂は、文久四年一月八日、軍艦順動丸《じゅんどうまる》で大坂に到着し、十五日入京した。

これに先立って、朝廷は、一橋慶喜《ひとつばしよしのぶ》、松平容保《かたもり》、松平春嶽《しゅんがく》、山内容堂、伊達宗城《だてむねなり》を、新設の参与に任命した。

この筋道を書いたのは、島津久光であった。島津は、政権を持っている幕府をじっさいに動かしている老中、つまり閣僚がいずれも徳川家に近い小藩の藩主たちであり、それではもはや天下を動かすことはできないから、外様《とざま》の大藩の藩主を登用するように主張していた。

じじつ、これらの大藩においては、人材の登用抜擢《ばってき》は活発であった。家格だけではどうにもならない時代になっていた。だが、保守派はこの案を拒否した。

「権現様《ごんげんさま》以来、外様大名をして政治に容喙《ようかい》せしめず、と定められている」

というのである。そして、

「三郎がそんなことをいうのは、政権に加わり、官位が欲しいからであろう」

と毒づくものもあった。

三郎というのは久光のことである。彼は、薩摩藩主忠義《ただよし》の実父であり、藩を握ってはいるものの、無位無官であった。

久光の主張は、正論ではあったが、そう毒づかれても、致し方のない一面もあった。久光はたしかに官位が欲しかったのである。

参与職の新設は、改革案を拒否した幕府への、しっぺ返しだった。有力諸侯が朝廷の下にあって政治問題の諮問《しもん》に応ずるとなれば、幕府がやりにくくなるのは当然である。そして、久光は、一月十三日、従四位下《じゅしいげ》左近衛権少将に任ぜられ、二月一日には大隅守を兼ねることとなった。

そのすぐあと、二月二十日に山内容堂が参与を辞任し、他のものもそれにならった。いわゆる賢侯会議はこれで瓦解したが、久光としては、じゅうぶんに目的を達したのである。

こうした有力大名の政治工作に対抗する幕閣の中心は、備中松山《まつやま》藩主の板倉勝静《かつきよ》であった。このころは周防守である。

彼は、井伊大老のとった強圧策（安政の大獄）に反対したため、一時は退けられたが、井伊の死でカムバックし、将軍後見職一橋慶喜の信任が厚かった。京都政界をリードする一人でもあった。

近藤は、大番組頭取扱いとなってから、何とかして板倉に接近したかった。現在は「扱い」であっても、将来それが取れれば、れっきとした直参に取り立てられるわけで、そのときは、老中の支配下になるのだ。また、そうなることを、近藤はひそかに夢みていた。

かつて近藤は、講武所の剣術教授方になることを熱烈に望んでいた。

近藤のような町道場の主《あるじ》からすれば、講武所の教授方は、眩《まぶ》しいような地位だった。何とかしてその地位を得たくて運動したこともあったのだが、ほとんど相手にされなかった。それを思えば、大番組頭取扱いは、ひじょうな出世だった。正式の直参ではないにしても、直参と同格なのである。近藤の目が、さらに上を向いたとしても、不思議ではなかった。

歳三は、そういう近藤の野心をあながち悪いとは思っていなかった。近藤には、そういうところがあるのだ。

近藤は口が大きく、拳を固めて口中に入れることができた。戦国時代の武将加藤清正《かとうきよまさ》もそうだったという伝説があり、近藤は若いころ、

「自分も清正公のようになりたいものだ」

といったことがあるのだ。

歳三はそれを聞いたとき、はじめは、冗談かと思った。だが、近藤は大まじめだった。

彼は近ごろ、多忙な時間をやりくりして、書道を習いはじめたのも、そういう向上心のあ

られだろう。やがて正式の直参になったとき、下手《へた》な字を書いていては恥をかくと思っているに違いなかった。身分のあるものは、その身分にふさわしい字を書けなければいけない、と律義に決めこんでいるのだ。

歳三の方は、書道を習う気持は、まったくなかった。下手より上手であるにこしたことはないが、字の巧拙は身分とは関係ない、と思っている。下手な字がいやならば、祐筆《ゆうひつ》に書かせて、署名だけすればよい。

そういう点は、歳三は、一種の機能主義者であった。たとえば、食事をとるのは、肉体に滋養を与えてそれを維持するのが第一義であり、味は二の次であった。いかに美味な食物であっても、肉体を維持する機能を果たさなければ、摂取するに値しないであろう。美味であるにこしたことはないが、それは絶対必要条件ではない。

書もそれと同じことである。上手であるにこしたことはないが、書家ではないのだから人間としての必要条件ではない。

極端なことをいえば、剣も同じことであった。

あるとき、年季奉公を終えて島原を去る女が、近藤に記念の一筆を求めたことがあった。

近藤は、

「誠」

と大書し、そのわきに、

「江戸撃剣師匠　近藤勇」

と署名した。

それを見ていた歳三は、「江戸撃剣師匠」という字に、鮮烈な感動を覚えて、思わず近藤を見つめた。

近藤にはたしかにその肩書きが一番ふさわしい。そして近藤はそのことを知りぬいているのだ、と歳三は思った。

剣の技術そのものからいえば、おそらく、沖田の方が上だろう。だが、沖田は他人に剣技を教えることにかけては、からきし下手だった。

その点、近藤は、まぎれもなく撃剣師匠であった。教えをこうものの技術に合わせて教え、相手の気持を惹《ひ》きつけることにもたくみだった。

「あと半歩踏み込む気持で……そう、その調子」

などと、噛《か》んで含めるように親切に教えた。

沖田のほうはそうではなかった。およそ手加減するということを知らなかった。近藤が、そのようなやり方では相手はついてこない、と注意しても、いっこうに改めることはしなかった。稽古でありながら、全力をつくして戦うというふうな感じだった。沖田は撃剣師匠ではなく、剣の求道者《ぐどうしゃ》というにふさわしかった。

歳三自身は、撃剣師匠でもなければ、剣の求道者でもなかった。むろん、近藤にいわれて代稽古をつとめたし、あるいは自分なりに剣技について工夫をこらしたこともある。しかし、そのいずれにおいても、歳三は近藤や沖田とは比べものにならなかった。秀でているのではなく、劣っていた。教え方についていえば、沖田のように荒っぽくはないが、近藤のように丁寧ではなく、剣技そのものは、二人にはるかに及ばなかった。三本勝負で一本も取れなかった。永倉や原田に勝てるかどうかも怪しかった。

とはいえ、歳三は、いまの近藤や沖田が、その所を得ているとは思わなかった。撃剣師匠としてならもっともよく機能するであろう近藤は、政治という、えたいの知れぬ怪物に接近しようとしている。そして沖田は、剣の正道とはもっとも遠いところで剣をふるっている。要するに、両者は共にふさわしくないところに立っているのだ。

近藤も沖田もそのことに気がついているはずである。しかし、気がついていてもどうにもならない力が二人を曳《ひ》きずり押し流している。歳三にできることは、その二人を陰ながら庇護《ひご》してやることだった。

（それができるのは、おれしかいない）

という確信もあった。

2

「ちょっとお耳に入れたいことが……」

と島田が歳三の部屋に入ってきていった。冴《さ》えない顔である。歳三は書きものの手を休め、

「どうした？」

「ご報告した方がいいかどうか、かなり迷ったのですが、やはりお話しした方がいいだろうと決心して参りました」

「何だね？」

「沖田先生のことです」

「総司がどうかしたのか」

と問い返した歳三の語調は、無意識のうちに鋭くなっていた。それに気がつくと、歳三は苦笑した。

「島田君、気にしないでくれ。おれは江戸を出てくる前に、総司の姉貴のお光という人から、頼まれているのだ。それであいつのことになると、何かにつけて気になる」

と歳三は弁解した。

それは事実だった。お光は、井上源三郎の一族の林太郎を養子に迎え、林太郎が沖田家を継いでいる。京都へはいっしょにきたのだが、林太郎は、清河らといっしょに江戸へ帰って行った。林太郎自身は、近藤らといっしょに京都に残りたいといったのだが、近藤が戻るようにすすめた。近藤は、独りで暮すお光の寂しさを慮《おもんぱか》ったのである。それに、林太郎の剣技では、予想される修羅場をくぐり抜けられそうもなかった。

わかっています、というふうに島田はうなずいてから、

「じつは屯所から約三町ほど南へ行ったところに小さな社《やしろ》があるのですが、そこに寄宿している娘がおります。その娘に沖田先生がいたくご執心の様子で……」

「島田君、総司の身もちについて、きみが心配することはない」

「それは承知ですが、その娘が労咳《ろうがい》なのです」

と島田は低い声でいった。

歳三は絶句した。

労咳は死病であった。どことといって痛くも何ともないのだが、夕刻になると熱が出てきて全身がだるくなる。ところが、朝になると回復しているのだ。そういう状態が何カ月か続き、しだいに体重が減り、咳《せき》が多くなり、体力も気分も衰えてくる。薬はほとんど効かない。ついには、血を吐いて死ぬ。

始末の悪いことに、この病気は伝染する。同じ家に一人病人が出ると、いつしか家族のなかに同じ症状を呈するものが出てくる。そして同じような経過をたどることが少なくないのだ。

「島田君、たしかなんだろうな？」

「間違いであってくれればいい、とわたしは思っているのですが……」

と島田は控え目にいった。

「このことをほかに知っているものは？」

「いない、と思います」

「島田君、よく知らせてくれた。いうまでもないが、きみとぼくだけの胸におさめておきたい。局長には折りをみて報告するが、それまでは知らん顔をしていてくれ」

「わかりました」

島田はそういって立ち去った。

（総司のやつ！）

歳三は心の中でどなった。

沖田がどんな女とねんごろになろうと、それは構わない。しかし、労咳の娘だけは困るのだ。沖田が労咳になったら、どういうことになるか。

沖田の剣は、本人の意思にそぐわないかもしれないが、市中巡察にあたって、やはりずばぬけた働きをみせていた。永倉や原田、あるいは、斎藤一、谷三十郎《たにさんじゅうろう》といった隊士たちもさすがに実戦の雄だったが、沖田の剣にはほかのものにない余裕と凄《すご》みがあった。

不思議なもので、沖田が巡察の指揮をとったときは、他の隊士たちも実力以上に働いた。いかなる強敵であっても、いざとなれば沖田がいるという安心感が、隊士たちの士気を高めているようだった。

その沖田が病床に伏したら……と想像すると、歳三は戦慄せずにはいられなかった。

（何ということを！）

と思い、

（どうしたらいいか）

と思案した。

いずれは近藤に相談しなければならぬ問題であるが、その前に歳三としてはどう処理す

るかを考えておかなければならなかった。どうせ近藤によい知恵があるわけはなく、

「歳、何とかしろ」

ということは目に見えていた。

（その娘、斬ってしまおうか）

と歳三はふと思った。

禍根を絶つには、それがもっとも確実な方法である。相手がいなくなれば、労咳が沖田を冒すこともない。

歳三は刀を手にして立ち上がった。

思案していれば、迷いが生ずるに決っているのだ。この場合、手段の是非はいっていられなかった。あとのことは、禍根を絶ってから考えればいい。

歳三は屯所を出ると、畑の間の道を歩いた。三町ほど行ったところに、島田のいったような小さな社があり、本殿のうしろが住居になっていた。

歳三は、垣根の外から様子をうかがった。

母屋《おもや》から突き出した形で、離れがあり、そこから人声がもれてくる。

女の笑い声だった。

庭先に梅の古木があり、蕾《つぼみ》がほころびはじめている。

歳三は、ふと江戸の試衛館の裏庭の梅を思い出した。つい一年ほど前は、それを見て、下手な一句をひねっていたものだった。

女の笑い声を追いかけるように、男の、ややカン高い声が聞こえてきた。沖田の声に間違いなかった。

しばらく身をひそめていると、沖田が縁先に姿をみせ、敷石の上に下り立った。ついで娘があらわれ、縁側に坐《すわ》った。高島田に結っており、明らかに武家身分のものであった。

(似ている)

と歳三は感じた。沖田の姉のお光に、である。

そのとき、沖田が振り向いた。歳三は、かがみこんでいるので、沖田の位置からは、見えないはずだった。

「どうかなさいまして？」

と娘がいった。江戸言葉だった。

「いや、別に」

沖田は落ち着いて答え、

「もうお部屋にお入りなさい。寒さは禁物ですよ」

といった。

「はい」

娘は素直にいった。

「また参ります。大事にして下さい」

沖田は軽く一礼して歩き出した。

歳三はうずくまったまま、沖田が遠ざかるのを待った。

娘は障子をしめ、中へ引きこんだ。

頃合いをみて立ち上がろうとしたとき、歳三は背後に人の気配を感じた。

「やはり土方さんでしたね」

と沖田がいった。

歳三は苦笑した。

「いつ気がついた?」

「さっき、敷石に下り立ったときですよ。垣根の方から殺気が漂ってきたんです」

「総司、歩きながら話そう」

「話すって、何をです?」

「いまの娘さんのことだ。お前、惚《ほ》れているのか」

沖田の顔がわずかに紅潮した。

「そうかもしれません。いや、おそらくそうでしょう」

「どういう人だ?」

「もともとは江戸の武家の娘です」

「おれは、くわしいいきさつを聞こうとは思っていない。また、お前が誰を好きになろうと、そのことでとやかくいいたくはない。だが、いまの娘、労咳を病んでいる、と聞いた。総司は、それを承知なのか」

「承知です」

「たわけ！」

と歳三は思わずどなった。どうしてそんなに激したか、自分でも不可解だった。

沖田はうつむいた。

「お前、労咳の恐ろしさを知らんのか。いや、知らぬはずがない。それなのに、どうしてあの娘に近づくのだ？」

沖田は無言である。歳三はなおも烈《はげ》しくいった。

「女なら島原にいくらでもいる。そういう女がいやだというなら、町方のものでもよい。ただ、労咳だけはいかん。必ずお前はうつされるぞ。そうなったら、お前だけの問題ではすまない。新選組全体の興亡浮沈に関わってくる」

「そんな……」

「おれは大げさにいっているわけじゃない。それに、お前がそんな業病にとりつかれたら、おれはお光さんに申し訳が立たない」

「土方さん」

沖田が足をとめた。

「何だ？」

「それで土方さんは、あの人を斬ってしまうつもりでここへきたんですね？」

「まさか」

と歳三はかろうじて答えた。

「その言葉を信じてもいいんですね？」

「総司」

歳三は呻《うめ》くようにいい、

「お前にだけは嘘《うそ》をつきたくない。正直にいうが、本当は斬るつもりだった。でも、あの娘さんを見た瞬間に、それは断念したよ。お前は気がつかないかもしれないが、お光さんにどこか似ている。かりに、お前が戻ってこなかったとしても、たぶんおれには斬れなかったろう」

「土方さん、そういいながらも、じつはまだ断念していないのじゃありませんか」

「誓ってもいい。断念したさ。だが、そのかわり、お前にも諦めてもらいたい。新選組の沖田総司が労咳では、話にならんよ」

「わたしはまだ病人ではありませんよ」

「このままでは、必ずそうなるさ」

「もし、わたしが諦めない、といったらどうします？」

と沖田は静かにいった。内に秘めた強い意志を感じさせる言い方だった。

「総司、頼むから、そんなことをいって、おれを困らせないでくれ」

「困るということは、やはりわたしが諦めなければ、あの人を斬って禍根を絶つ、ということですか」

「いまは、その気はない。だが、いつかはその気になるかもしれん。そのときは、お前、どうする？」

「わたしを斬ってからにして下さい」

「お前はどうかしている。女にだまされているんだ。女というやつはな、本人にそのつもりがなくても、結果として男をだますものなんだ」

「あの人は、土方さんが考えているような女とは違います」

「まったく、仕様のねえやつだな」

と歳三はいった。

同時に、彼は沖田を羨ましいと思った。純粋に女を信ずることのできる沖田の若さは、もはや歳三にはないものだった。

「土方さん、わたしは、ときどき京都へきたことを後悔していました。でも、いまは、きてよかった、と心の底から感じているのです。この気持、はたしてわかってもらえるかどうか」

と沖田は澄んだ声でいった。

（どうやら勝負あったな）

と歳三は心の中でいった。

娘を斬ればどうなるか。

斬ったからといって、沖田が歳三に決闘を申し込むようなことはしないだろう。しかし、そのまま京に留まることはありえない。局中法度に触れるのを承知で、江戸へ向かうに違いない。

そのとき、追手を出すことができるかどうか。

出さなければ、沖田に関してだけは例外を認めたことになり、隊内の統制がとれなくなる。

それを考えれば、娘を斬ることはできなかった。もはや成行きに任せ、沖田に病気がうつらないことを祈るしかなかった。もしうつったら、それはその時のことである。

「土方さん」

と沖田が呼んだ。

「何だ？」

「すみません」

「馬鹿野郎、あやまればそれですむと思っているのかよ」

と歳三はいい、沖田の背中をどやしつけた。不覚にも、涙が滲《にじ》んできた。

数日間、歳三は苦慮した。近藤にどうやって説明するか、である。島田に口どめしてあるが、やがては隊内の噂《うわさ》になるだろう。近藤の耳にも入るに違いない。

そんなときだった。ある夜、近藤が歳三の部屋に入ってきた。

「呼んでくれれば、こっちから行ったのに」

「うむ。隊内のことなら、そうするが、私事なのでな」

「私事？」

歳三はぎくりとした。沖田の恋が耳に入ったのか、と思った。

「うむ」

「何かおれのことでかい？」

「いや、歳のことじゃない。わし自身に関わることだが……」

近藤は眉を寄せていった。歳三はいくらかほっとした。

「というと？」

「じつはな……」

近藤は口ごもってから、

「養子をとろうかと思っている」

「養子だって？」

「うむ」

「誰か当てがあるのかね？」

「谷兄弟の末弟を考えているんだが……」

谷兄弟というのは、三十郎、万太郎《まんたろう》、昌武《まさたけ》の三人である。新選組に加入したのは、発足後間もなくで、まず三十郎が入り、ついで弟二人も入った。

三十郎は、大坂で槍術《そうじゅつ》指南の道場を開いていた。備中松山の出身で、かつては藩の武術師範だったという。浪人した理由について、三十郎は、

「ちと口外できぬ事情があって松山を出たが、藩とはその後もひそかに連絡がある」

と称していた。

藩主の板倉周防守は老中である。外様藩と連絡を保っているというのとは違い、入隊にさいして、さして問題とならなかった。

昌武は末弟で十七歳である。二人の兄にあまり似ていない。三十郎も万太郎も体格が立派で、いかつい顔つきだが、昌武は細面《ほそおもて》で品があった。剣、槍《やり》とも、兄二人に仕込まれただけあって、かなりの腕だった。

「昌武を養子に？」

と歳三は問いかえした。

「そう思っているのだが、どうだろう？」

「待ってくれ。あまり唐突な話なので、どういっていいかわからないが、おれがすぐに思いうかべたのは、総司のことだ。天然理心流の道統《どうとう》を継ぐものは、あいつしかいないと思っていたが……」

「道統と養子は別だ。理心流の道統を継ぐものについては、江戸の父上にも相談しなければならない。昌武を養子にしたからといって、五代目と決めたわけではない」

「それならいいが、何でまた昌武を迎える気になったのか、見当がつかないな」

「昌武は貴種なんだ」

「貴種？」

「兄二人と比べてもはっきりするが、あれはじつは板倉侯が谷家の一族の奥女中に生ませた子で、末弟ということにして育てたそうだ。三十郎がわしにだけ打ちあけてくれた」

と近藤は、みずからを納得させるようにうなずきながらいった。

歳三は、思わず近藤を穴のあくほどに見つめ、

（このお人よしが！）

と心の中で叫び声をあげていた。三十郎がかねがねいっている口外できぬ事情というのが、このことなのであろう。それを信ずるとは、どうかしているのだ。

3

谷昌武を養子に迎えたいという近藤に対して、歳三は、賛成も反対もしなかった。近藤が自分でもいうように、それは私事なのである。天然理心流の道統とは別の話だと近藤がいう以上、あくまでも近藤家の問題であり、歳三があれこれいうことではなかった。

それに、歳三には、近藤の胸中が読めている。

老中の板倉勝静は、幕閣の中心人物である。その落胤《らくいん》であるという谷昌武を養子にすれば、板倉との間につながりができる。

近藤がはたしてそこまで計算しているのかどうかはわからない。近藤が江戸撃剣師匠から脱して、いまや政治の中枢近くに介在するようになったのは時の勢いというものである。好むと好まざるとにかかわらず、政治の泥沼に引きこまれたからには、近藤も政治家にな

らざるをえない。そして政治家であれば、血縁を利用するのは当然といってもいいのだ。

もともと徳川政治は、血縁の利用によって成り立っているようなものである。始祖の家康は、秀吉《ひでよし》の妹を正妻に迎え、孫娘を秀吉の子に嫁がせ、強大な政権をつくることに利用した。だから、血縁関係は、徳川政治の体質になっている。近藤にしても、そのあたりの呼吸を感じとっているのであろう。

それがわかっているだけに、歳三としては、

「やめた方がいい」

とはいえなかった。

近藤に、そこまで計算しての養子縁組なのか、と聞くわけにもいかなかったし、近藤本人が昌武を貴種だと信じこんでいる以上は、

「そんな話を信ずるなんて、どうかしているんじゃないか」

といっても無駄であろう。

そうなれば、歳三としては沈黙するしかなかった。

あまりにも歳三の沈黙が長いので、近藤は不安になったのか、

「反対なのか」

といった。

「反対も賛成もない。近藤家の養子に誰を迎えるか、決めるのはあんただ」

「うむ」

近藤は、ほっとしたようにうなずいた。歳三はなおも、

「ただ、江戸の道場で迎えるのとは、いささか事情が違う。谷昌武はいまは一隊士にすぎない。局長の養子になったからといって、その扱いを変えるわけにはいかない」

「歳、それは心得ている。何も手柄を立てないのに、役付きにするようなことはしない。かりに誰かがそういっても、おれは反対するさ」

と近藤はいった。

「それならいうことはないが、隊士たちに公にするのは、しばらく時期を見てからがいいと思うが……」

と歳三はいった。少しでも先にのばせば、近藤の気持を変えさせることができるかもしれない、と考えたのだ。

近藤はそれを承知した。

歳三は、独りになると、ごろりと横になった。

近藤の気持を変えさせることは難しい、と思った。近藤は身贔屓《みびいき》の強い男である。歳三には、それがよくわかっている。互いにまだ十五、六歳のころからのつきあいなのだ。

近藤は、天然理心流道統と近藤家の名跡とは別だ、というが、いまはそのつもりでいても、やがて変るかもしれない。迎えた養子に道統をも継がせたいと思うのは人情である。

そうなったときに、沖田はどうなるか。

根が淡白な男だから、沖田はそんなことにはこだわらないだろう。しかし、歳三にして

みれば、沖田の置かれる立場を考えると、何かやるせない気持だった。

試衛館は、江戸でちっぽけな道場だった。天然理心流も、神道無念流や北辰一刀流に比べると、いなか剣法である。しかし、京都における新選組の活躍で、そういう評価は変りつつある。まして、近藤が正式に旗本にとり立てられれば、練兵館や玄武館をしのぐものとなるだろう。

（総司のやつ、かわいそうに）

と歳三は思った。

谷昌武が、凡庸な若ものならば、さして問題はないが、真の血筋はどうあれ、幼いころから、三十郎や万太郎にきたえられただけのことはあって、十七歳の若さながら、その剣技には、見るべきものがある。近藤にしても、養子にするからには、昌武の素質をちゃんと見定めているのだ。

天然理心流はいまに天下を制する大流儀になるだろう。現に京洛の地において実戦的な強さを見せつつある。

その先頭に立っているのが沖田総司であった。芹沢や新見がいたころは、近藤も市中巡察に出て、しばしば剣をふるったが、局長が近藤ひとりとなり、大番組頭取扱いとなってからは、二条城に出仕することの方が多く、巡察は、歳三らに任せきりであった。むろん朝の稽古には必ず出るが、実戦からは遠のいていた。

歳三自身が、巡察に出たくとも、なかなかその時間がとれなかった。隊務のほとんどすべてが、彼にかかってくるのである。

形の上では、隊内を総括するのは、総長職の山南である。が、山南ではつぎつぎに持ちこまれてくる雑用をさばききれなかった。

出入りの商人が、品物の値上げを訴えてくる。このころの京は、人の出入りが多いために物価の上昇が日本じゅうで、どこよりも激しかった。元来が、物を生産しない消費都市なのである。その上、各藩とも金に糸目をつけずに使ったから、米などの食料品、衣類、木材などは天井知らずの高騰ぶりをみせた。

山南は、商人からの訴えをうけると、

「もっともなことだ」

といって値上げを認めた。

歳三は、いちいちそれを再交渉しなければならなかった。商人のいうように値上げを認めていたら、隊の会計はもたないのである。

歳三は、そろばんができる。また商品流通のからくりを知っている。一つの商品に商人がどれくらいの利幅をのせてくるのか、見当がつくのだ。

商人の方は、歳三がかつて松坂屋で小僧をしていたことや、家伝の石田散薬を売り歩いていたことなどは知らない。

どうせわかりはしないだろう、と考えて、値をつけてくる。歳三としては、山南に任せてはおけなかったのだ。

山南の方も、そういう面倒な実務をしたがらなかった。というよりも、武士たるものがそろばんをはじくことを恥じているふうであった。

歳三はそうではない。

武士が恥じなければならないのは、金銭に対してきたないことであって、そろばんがわかることではない。それどころか、一つの組織を支えるには、大藩であれ新選組であれ、そろばん感覚がなければならない。財政が火の車になっては、組織は崩壊してしまう。逆にいうなら、財布の紐《ひも》を握るものが、その組織を握ることになるのだ。

山南には、そういうことがわかっていなかった。

しかし、現実の問題として、すべての隊務が歳三のもとに集中するようになった。必要な品物の調達だけではない。隊士が大坂へ出張するにしても、その費用を計算して、歳三が人数を決めることになる。山南が、

「大坂町奉行から十人といってきたから、十人にしよう」

といっても、歳三が、

「いや、八人でよい」

といえば、それで決りである。

歳三が、好んで山南の仕事を奪ってしまったわけではなかった。歳三に備わっている物事の処理能力がひとりでに仕事を引き寄せてしまう、といってもいい。

そうなったのは、山南や歳三の意思によってではない。物事の自然な流れ、というしか

ない。

歳三は、ある意味では、運命論者であった。人間はそういう流れに所詮は勝てない、と思っている。

江戸から京都へくることになったのも、そうであった。

近藤にその話をもってきたのは、道場に出入りしていた福地源一郎だった。その福地が出入りするようになったのは、たまたま彼が近くに住んでいたからである。

それだけではない。福地は通辞方《つうじかた》だから、剣を習う必要はなかった。にもかかわらず、その気になって近藤の門を叩いたのは、イギリス公使館に勤務していたときに、浪士の襲撃があり、剣の必要を感じたからだった。

そうした一連の流れに、近藤や歳三の意思は介在していない。が、この世にはたしかに目に見えない流れがあり、人びとはその流れにのせられていくのである。

沖田のことにしても、そうだった。京都へきたのも、労咳の娘に恋をしてしまったのも、その娘が姉のお光にどこか似ているのも、歳三の意思ではどうにもならない流れなのである。

（おれの力じゃ、どうにもならねえ）

と歳三は思った。

必殺剣

1

この年、二月二十日に改元があった。文久(四年)が元治《げんじ》(元年)に変ったのである。同じ日に、山内容堂は参与職を辞し、三月に他の諸侯もこれにならったので、賢侯内閣は崩壊した。朝廷は、四月二十日に政事総裁松平直克《なおかつ》や老中板倉勝静らを呼び、再び政治を任せるという旨の御沙汰を伝えた。

前年来の政争は、保守派の完勝に終ったといっていい。

このころ、幕府は池田長発《ながおき》、河津祐邦《かわづすけくに》らの使節をフランスに送っていた。ひところ朝廷内に強かった攘夷《じょうい》派の、横浜を鎖港せよという論に押されて、前年から交渉中だったのである。

横浜を開港したのは幕府だったから、それを閉鎖することは、みずから権威を損うようなものであった。それに幕府は、いまさら鎖港などできるものではない、と知っていた。将軍家茂の上京も、鎖港断念の了解工作をする意味をもっていた。

その目的を達したので、家茂は五月初めに京都を発《た》って、大坂へ行った。大坂からは十六日に海路江戸へ出帆する。

近藤が歳三を呼んでいった。

「大坂へ出張するから、その手配をしてくれ」

将軍家警護のためであることは、歳三にもわかっている。こういうときは、必ず近藤みずから指揮をとる。

「人数は七名だ」

と近藤はいった。

「それだけか」

歳三は驚いていった。七名では、警護は万全とはいい難い。むろん、新選組は、警護の主体ではない。それは、城代や町奉行の手の者があたる。新選組はそれを援助するにすぎないが、それにしても少なすぎる。

「それだけでいい」

と近藤はいった。

「誰にするかは、任せてもらおうか」

「いや、もう決めてある。わしのほかに、総司、新八、左之助、源さん、島田君だ」

これで六名である。

歳三は察した。将軍警護を名目にして、近藤は何かほかの目的をもっているのだ。探索の島田魁を除けば、すべて江戸以来の仲間ばかりである。

「あとの一名は山南か」

「いや、違う。敬介はこっちに残しておきたい」

「じゃ、谷昌武か」

「歳、お前だよ」

近藤の顔は微笑をたたえていたが、声は低く緊張していた。

歳三は直感的に悟った。近藤が連れて行こうとしているのは、暗殺については手だれのものばかりである。島田は、そのための情報集めであろう。しかも、絶対に失敗を許されない暗殺なのだ。

「そうか。狙いは、内山彦次郎だな」

と歳三はいった。

近藤はうなずいた。

大坂西町奉行松平大隅守の組与力《くみよりき》である内山には、新選組は何度か痛い目にあわされている。

最初は、芹沢らが大坂角力《ずもう》と乱闘事件を起こしたときだった。そのときは、京都守護職の支配下にある新選組は、並の浪士とは違うという理由で、内山の抗議をつっぱねた。

以来、内山とは犬猿の仲であった。新選組の大坂における行動の些細《ささい》な非違を、内山は事あるごとに追及してくる。

しかし、内山が新選組にとって、目の上のこぶのような存在であるにしても、それだけで殺すというのは、歳三には納得しかねるものがあった。内山は、幕府の転覆を企てる浪士ではない。それどころか、幕府の役人なのである。

「はっきりいうが、賛成しかねるな」

と歳三はいった。

「お前のことだ。そういうだろう、と思っていた。内山を始末する名目がない、というんだろう？」

「その通り」

「名目があるなしの問題ではないんだ」

「どういうことだ？」

「そういうお指図をうけたのだ」

と近藤はいった。

お指図というからには、会津藩の意向だということになる。

「まさか！」

「お前に嘘《うそ》をつく必要はない。いうまでもないが、ここへきて隊士もふえ、何かにつけてむやみに金がかかる。お前がやりくりに苦労しているのは、よくわかっているんだ。先日もそのことで相談に伺った。だが、お上《かみ》の方も火の車なんだな。もともと西国の藩に比べれば豊かではないところへもってきて、守護職拝命以来、公卿《くぎょう》方へのお手当などに巨額の金がかかり、お手もとは苦しくなる一方らしい」

歳三にも、それはわかっていた。

会津藩主の松平容保《かたもり》は、はじめ内示のあったとき、守護職就任を辞退した。だが、将軍家じきじきの説得で、受けざるをえなかった。

守護職となれば、兵を京都に常駐させなければならない。その費用は莫大《ばくだい》なものだが、幕府から出る金は僅かなものである。幕府財政もひじょうに苦しかった。ことに、将軍の二度の上京は、財政を圧迫した。

ちなみに、その数字を明らかにしておくと、一度目が、大判百六十三枚、金六十三万五千七百余両、銀四千二百九十貫、二度目が、大判四百十枚、金四十四万四百両、銀二千五百十八貫であった。

そのほか、臨時の出費としては、和宮《かずのみや》降嫁にともない約百万両、生麦事件の賠償約四十万両などがある。

歳三は、そういう数字を知っていたわけではないが、幕府も会津藩もやりくりに苦労していることは、それとなく察していた。近藤もいうように、朝廷工作には、莫大な金がかかった。

公卿は、金にきたないのである。長い間、かれらは貧しく暮していた。それがここへきて、国内政治に朝廷の発言力が強まるにつれ、有力藩からのつけ届けで、政治が金になることを覚えた。

密貿易で金のある薩摩や長州は、公卿たちにふんだんに金をバラ撒《ま》いた。対抗上、会津も使わざるをえなかった。とはいえ、海をもたない会津は、密貿易などという財源がない。その上、東北は、産物にもこれといってみるべきものがなかった。容保がはじめに辞退したのも、それを見越していたからだったが、就任した以上は、何とかして捻出しなければならなかった。

藩の金庫には金がない。税金を重くするのは、限度にきている。

そうなると、借金しかなかった。

大坂には、鴻池をはじめとして、加島屋《かじまや》、米屋《こめや》、辰巳屋《たつみや》、千草屋《ちぐさや》といった富商がいる。かれらは、物価の値上がりがこたえるどころか、逆に商品の買占めなどで儲《もう》けをふくらましていた。

会津藩は、かれらから借金をしようとした。そうでもしなければ、新選組への手当にも窮する状態だった。

それを妨げているのが、ほかならぬ内山だ、というのである。

客観的にみて、内山がそうするのは当然であったろう。内山自身、かつて天保のころに百万両のご用金を調達したことがあった。いいかえれば、大坂の富商は、内山の後援者なのである。よそ者が縄張りに入ってくるのを排除するのは、あたりまえだったのだ。

与力の権限は、強大であった。

町奉行は、しばしば現代の警視総監にたとえられるが、じっさいは、それ以上であった。

警視総監であり、裁判長であり、知事でもあった。与力は、その権限の現実的な執行官といっていい。だから、富商の側も、与力とのつながりを大切にした。百万両を用立てたのも、幕府のためではなく、内山個人のためだった。

近藤は、右のような、くわしい説明をしたわけではない。そういう弁舌も、近藤にはない。筆者が代って説明しているだけのことであるが、新選組の内山暗殺の不可解さを解くには、ほかに理由が見当らない。

ともあれ、近藤は、

「内山を始末しなければならんのだ。これは名目があるなしの問題ではない」

といった。

「わかった」

と歳三は答えた。

いたずらに人を殺すのを好むわけではない。市中の巡察のさいに、不審なものに遭遇した場合も、まず捕えるように努めよ、と命じてある。そして相手が抵抗するならば、必ず仕留めろ、といってあるのだ。何が何でも斬ってしまえ、というのではなかった。

内山に対して、妨げをするな、と警告するのはどうであろう。そして、内山が警告を無視するならば、その上で強硬手段に訴えてもいいのではないか。

歳三には、そういう思いもあった。内山の人物を認めてもいた。新選組を相手に一歩も退かないその胆力は、並たいていのものではない。

(惜しい)

歳三は、心底からそう思った。

が、斬らねばならぬ、と決った以上は、万全を期さなければならなかった。

2

歳三は、決行するならば、七人ではまずい、といった。

「どうしてだ?」

近藤は首をかしげた。信用できるものは、試衛館育ちに限るではないか、といいたげだった。

「将軍家の警護で、七人ということはないよ。そこが、あんたの抜けているところだ」

近藤は苦笑した。歳三が相手では、怒るに怒れないのであろう。

「じゃ、何人?」

「十名だ。人選は、任せてもらいたい」

「よかろう」

と近藤はいった。

歳三が選んだのは、谷三兄弟だった。

近藤は不服そうだった。歳三は、

「あの三人は大坂にくわしい。それに、出張の名目は、将軍家お見送りをかねて、大坂表《おもて》において、新規徴募ということにする。それなら、誰も怪しまない」

「なるほど」

「それに、襲撃が一手では心もとない。万一ということもある。絶対に討ち損じないためには、後詰《ごづめ》が必要だ」

「討ち損ずることはありえない。歳は苦労性だな」

「そうさ。おれは苦労性だ」

と歳三はいった。

島田が先発し、内山の日常行動を丹念に調べた。

その結果、内山は、毎月五日と二十日に、支配下の同心《どうしん》たちを集めて、報告を聞き、指示を下したのち、酒食を共にすることがわかった。

となれば、家茂が江戸へ出帆したあとの二十日が決行の日ということになる。内山は、夜四ツ（午後十時）に奉行所を出ると、天神橋《てんじんばし》を通り、与力所の自宅へ帰る。

歳三は、天神橋の袂《たもと》に、二手に分かれて内山を待ち伏せすることにした。一手が退路を断つのである。これが後詰になる。

内山は駕籠《かご》で時間通りにやってきた。

「待たれい」

歳三は覆面である。駕籠かきに、顔を見られてはならなかった。

駕籠かきは足をとめた。なにしろ、与力をかついでいるのである。当然のことながら、威勢がいい。

「何や、偉そうに」

「どけ!」

歳三は一人で前に立ちふさがった。近藤、沖田、永倉、井上の四名は、橋の袂に身をひそめている。

「天下の義士、推参」

と歳三はどなった。

駕籠かきは、駕籠を放り出した。暗殺事件はひんぴんとして起きている。

「わッ」

と悲鳴をあげて散った。

歳三はいきなり、すだれごしに突きを加えた。

内山がころがり出てきた。

殺すと決心したときから、歳三は、手を下すのは自分だ、と決めていた。

近藤は近藤で、止《とど》めをさすのは自分の仕事だと考えていた。内山を見ると、飛鳥《ひちょう》のよう
に走ってきて、内山の首を落した。

そのあと、斬奸状《ざんかんじょう》を置いて、一同は急いで去った。

内山の最期は、あっけなかった。このとき六十七歳だった。

一同はその夜の船で、京都へ戻った。歳三は沖田に、

「谷の末弟はどうだった?」

と聞いてみた。

「あれは相当なものですよ」

「剣が、か、それとも度胸が、かね?」

「双方ともにです。あの若さで大したものです」

「そんなにか」

「顔色ひとつ動かさなかった」

近藤も観察していたらしい。

「どうだ、おれの目に狂いはあるまいが」

といった。

「まだわからんと思うよ」

「どうして?」

「今夜は見ていただけさ。じっさいに剣をふるっていない。本ものかどうか、今夜のことだけでは決められない」

「そのことについては、わしは心配しておらんぞ。近く披露する、と布告を出しておいてくれ」

といった。養子の件を、明らかにしたい、というのである。

歳三は、しまった、と思ったが、もう手遅れだった。

五月末に、谷昌武が近藤家の養子になることが公表された。もっとも喜んだのは、谷三十郎であった。

「ふつつか者です。歳三のところへもきて、よしなにご教導をいただきとうござる」

と頭を下げた。

「谷君、昌武は局長の養子になったが、それはあくまでも私事だよ。特別扱いにはしない」

「むろんのことです。しかし、近藤先生は、大番組頭取扱いのご身分です。末弟が養子にしていただけたことは、われわれにとっては慶事です。これまで、仕込んできた甲斐《かい》があったというものですよ」

とにこにこしている。

歳三としては、それ以上は何もいえなかった。

近藤は、主だった隊士を招いて、披露の宴を開きたい、といった。

「費用はわしが出す。助勤以上のものに声をかけてくれ」

「しばらく待ってもらいたい」

「歳、お前はどうも昌武に反感をもっているようだな」

と近藤は少し怒ったようにいった。

「そうじゃない、じつは、肥後の宮部《みやべ》鼎蔵《ていぞう》がひそかに京へ舞い戻っているらしい」

「宮部が？」

さすがに近藤の声は緊張していた。

宮部は、吉田松陰《よしだしょういん》が兄事したことでもわかるように、肥後を代表する名士だった。反幕派の志士としては、長州の桂小五郎《かつらこごろう》に匹敵する大物であるが、前年八月から、桂と同じように行方《ゆくえ》をくらましていた。

「確かなのか」

「宮部の若党が天授庵《てんじゅあん》に出入りしはじめたんだ。山崎君が聞き込んできた」

天授庵というのは、肥後人が常宿にしている旅館であった。

「そうか」

近藤は、さすがにそれ以上は何もいわなかった。

歳三は、この若党を山崎に監視させた。しかし、いっこうに宮部が現われている気配はなかった。

（おかしいな、おれの見込み違いだったか）

と歳三は思った。

こうなれば、策をろうしてみるしかなかった。

歳三は、隊士に命じて、若党をとらえ、南禅寺《なんぜんじ》の山門にさらした。ただし、手足をあまり強く縛するな、と命じた。

夜になって、若党は縄をゆるめて逃亡した。歳三は、それを待っていた。探索方の手下が若党を尾行し、西木屋町《にしきやまち》の桝屋《ますや》という古道具屋に入ったのを見届けた。

その報告をうけると、歳三は、永倉、原田、井上、島田を連れて屯所を出た。ほかに隊士十名である。

踏み込んでみると、一人の男が書付を燃やしていた。

「主人の喜右衛門《きえもん》でございます」

と名のった。

「莫迦《ばか》を申すな。お前が武士だということはわかっている」

と歳三は一喝した。

「とんでもございません。古道具の商人でございます」

「商人のくせに、面ずれができているのは、どういうわけだ?」

すると、喜右衛門は黙りこんでしまった。どうやら、それ以上は何を聞かれても喋《しゃべ》らぬ、と覚悟を定めたらしい。

「屯所へ連れて行け」

そう命じてから、歳三は家中を探索した。が、何も出てこなかった。

「山崎君、宮部の若党は、たしかにここへ入ったのかね?」

「間違いありません」

「よし、もう一度、調べてみよう」

歳三は、こんどは、壁や床まで叩《たた》いてみた。

奥の部屋の床の間がはがれるようになっていた。抜け穴である。

入ってみると、裏庭の古井戸につながっていた。若党は、そこから脱出したらしい。急いで壬生《みぶ》へ戻った歳三は、屯所の西の土蔵に、喜右衛門を引き出した。

3

桝屋は冷徹な目で、前に立った歳三を見ている。恐れている様子は、まったくなかった。

(一廉《ひとかど》の人物らしい)

と歳三は思った。

こういう場合は、虚勢を張るのがふつうなのである。

が、男は、これから先、自分を待ち受けている運命を知っており、おのれの意志と肉体が耐えうる限り、それに耐えようと心ひそかに決意しているのだ。

「わたしは、新選組副長の土方歳三だ」

と歳三はあらたまっていった。

桝屋は無言で頭を下げた。

「お主《ぬし》の名前を聞かせてもらいたい」

「すでに申し上げました。桝屋喜右衛門でございます」

その声は落ち着いていた。

「それは聞いたさ。だが、本名ではない。お主も相当の人物と見た。ほかのことはともかく、せめて名前くらいは名乗ってもよかろう」

「桝屋喜右衛門でございます」

男は、張りのある声で応じた。絶対にいうものか、と気ばっているようでもあり、拷問するならしてみよ、と挑戦しているようでもあった。

と、なれば、その挑戦に応ずるしかなかった。

「よし」

歳三は、桝屋に猿轡《さるぐつわ》を噛《か》ませた。声を立てさせないためではなく、舌を噛んで自殺するのを防ぐためだった。

土蔵の内部は、上下にわかれている。この建物はいまでも残っているが、上階の床の一部がはねのけられるようになっており、天井から荷物の昇降用に滑車つきの太縄が垂れている。階段もあるが、大きな荷物はこの太縄にからげて出し入れしたのであろう。

桝屋は後手にしばられ、この滑車に吊《つ》るされた。

歳三は、折れ弓を用いて、みずから拷問にあたった。たちまち衣服が破れ、むき出しになった桝屋の身体《からだ》が蒼黒《あおぐろ》く変色した。

桝屋はすぐに気を失った。

水をかけると、意識が戻った。

「いうか」

が、桝屋は首を左右に激しく振った。

歳三は、隊士に、

「殺してはならんぞ」

と念を押してからいったん土蔵を出て、探索方を集め、桝屋の身元調べと情報集めを命じた。いかに拷問したところで、容易に口を割るまい、と判断したのだ。

相手は、死を覚悟しているのである。いいかえれば、よほどの重大事をその胸に秘めていることになる。

では、その重大事とは何か。

歳三には、およその見当がついていた。

逃亡した男は、肥後浪士宮部鼎蔵の若党である。桝屋が肥後系の浪士たちと密接なつながりのあることはいうまでもない。だが、肥後系の浪士は、人数としてはさほど多くはない。集団としての力は、さしたることはないのである。宮部らは、前年八月の政変のさいに退京しているが、いまこの時期に京都へひそかに入ってきたとしても、かれらだけでは大事をなすことは不可能に近い。ということは、何か大きな力を当てにしていることになる。

その力とは、長州藩以外にはありえない。

長州藩は、京都政界から追放されてはいるが、藩としては健在であり、京都藩邸には、留守居役の乃美織江《のみおりえ》が居残っている。新選組といえども、むやみに踏み込むことはできない。きびしい監視にさらされているが、藩士の出入りは自由である。人を集めることは難しくはないのだ。

ただ、長州藩としては、他藩の浪士を大勢かくまうわけにはいかない。政局の主導権の奪回を狙って何か画策するにしても、市中のどこかを使うことになる。

問題は、何を画策し、その謀議をどこで行うか、であった。

間もなく、探索方から報告が入った。

桝屋の身元が明らかになったというのである。本名は古高《ふるたか》俊太郎《しゅんたろう》正順《まさより》。近江《おうみ》の出身で、かつて山科毘沙門堂門跡《やましなびしゃもんどうもんぜき》の近習《きんじゅ》をしていたことがあり、尊攘派の浪士と公卿らの連絡役をつとめているらしい。

「そうか」

歳三は、土蔵へ行った。

桝屋こと古高に対する拷問は続けられている。折れ弓をふるっていた隊士たちは、歳三を見ると、いっそう力をこめた。

「やめて介抱してやれ」

と歳三は命じた。

「こいつ、じつにしぶといやつで……」

「いいから、下ろして猿轡をはずしてやれ」

隊士たちは意外そうであったが、命令に従って、逆さ吊りにしていた古高を下ろした。

「水をやれ」

隊士の一人が、古高をかかえ起こして、口もとに柄杓《ひしゃく》を差し出した。

古高は、閉じていた目をかすかに開いた。そして、本能的なしぐさで柄杓の水をすすろうとしたが、不意に顔をそむけた。

「お主、桝屋喜右衛門とは仮りの名で、まことは古高俊太郎だな？」

古高は目をそらした。それがどうした、といわんばかりだった。

「お主が古高俊太郎ならば、こうしたことはやめようと思っている。武士には武士に対する扱いがある。わたしもそれを知らぬわけではない」

その声を聞くまいというふうに、古高は目をとざした。

「古高俊太郎ではない、というのか」

と歳三はいった。

古高は沈黙したままである。

「町人のまま死んでも構わん、というのか」

と歳三は念を押した。

古高はいぜんとして反応しない。

「この野郎、副長のお情けがわからんのか」

隊士の一人が激しく鞭《むち》打った。

古高の顔はすでに人間のものではなくなっている。が、まったく動ずる様子はなかった。

むしろ、歳三の方が内心では動揺していた。

（何がこの男をかくも強くしているのか）

と歳三は思った。

その瞬間、古高が不意に目を開いて、歳三を見た。

澄んだ目だった。その目で、内心を見透かされた、と歳三は感じた。きみはいったい何のために、こういうことをしているのかね、と問われているかのようであり、あるいは、この勝負、こちらの勝ちだな、と誇っているようでもあった。

歳三の体内を、荒々しい血がかけめぐった。

(負けはせんぞ)

と彼は胸の中で叫び声を発した。

「おい、五寸釘《くぎ》と百目《ひやくめ》蠟燭《ろうそく》を持ってこい」

と歳三はいった。

隊士たちにも、当の古高にも、何のために歳三がそういったのか、わからなかったようだった。

歳三は、古高の足の甲から裏にかけて、五寸釘を打ちこんだ。古高の口から、悲鳴が奔《はし》った。隊士たちも、さすがに蒼くなっている。

歳三は、鬼になっていた。古高を再び吊るし、その釘先に百目蠟燭を立てて火を点《とも》した。

舌を嚙み切って死ぬならそれでも致し方ないが、その力も残ってはいまい、と考えていた。

ついに、凄《すさ》まじい苦痛で古高の意志が萎えた。喘《あえ》ぎながら、何かいった。

「下ろせ」

と歳三は命じた。

勝つことは勝ったのである。しかし、苦い勝利だった。そして、この男は何を信ずるが故に、あそこまで耐えることができたのか、という疑問は残った。

遠い昔、島原における異教徒の反乱で、いかなる拷問にも耐えて、転ばなかった者たちの話は、歳三も聞いている。が、それは宗教上のことだ。かれらにとって、苦痛や死は、信仰する神のもとへ行ける喜びにつながっていたという。

古高の場合は、宗教や信仰ではない。とすれば、古高は何を信じていたのか。何がこの男をそこまで強くしていたのか。

4

歳三は、古高の供述を得ると、すぐさま近藤のところへ行った。近藤は、この日は二条城への出仕を早めに切りあげて屯所へ戻ってきていた。むろん、古高のことはすでに聞いている。

「かなり手古《てこ》ずったらしいな」

と近藤はいった。

「ああ、驚いたよ」

「驚いただと？　歳にしては珍しいことをいう」

「本当のことだ。世の中は広い、とつくづく思い知ったな」

「どういうことだ？」

「いまそれを話している暇はない。古高の白状した話によると、宮部らは長州の連中といっしょになって、京に火を放って、その騒ぎに乗じて朝廷を長州へ奪い去る計画があるらしい」

「そういう噂《うわさ》は前からあるな」

「噂ではなく、本当のことだった。決行の日は二十日ごろ、風の強い日とまで定めてあって、その打合わせが、五日の夜に行われる」

「五日？　きょうではないか」

近藤の顔がにわかに引き締った。

「ああ」

「どこで？」

「わからない。古高もその連絡を待っているところだったようだ」

「知っていて、隠しているのかもしれんぞ。もう一度きびしく糾問してみろ」

「いや、その必要はないだろうな。古高は本当に知らないんだ」

「どうする？」

「長州藩からは、桂小五郎が出ることになっているそうだ」

「そうか、あの桂が出るのか」

と近藤は目を細め、遠くを見るような表情になった。

桂小五郎の名は、江戸の剣術家の間では、有名であった。江戸三大道場の一つ、神道無念流の練兵館の塾頭として、知らぬものはいなかったのである。何しろ、門弟の数は常時三千人といわれている大きな道場であり、その塾頭といえば、文武ともに筆頭と目される人物である。天然理心流からみれば、眩《まぶ》しいような存在だった。

だが、近藤も歳三も、桂には会ったことがなかった。試衛館の一門が京都へきたとき、桂も在京していたというが、そのころの長州藩は朝廷を牛耳っており、浪士組にすぎない近藤らが手を出せる相手ではなかった。しかし、いまは違う。桂の身分が長州藩士であることに変りはないにしても、不逞《ふてい》の浪士である宮部らと大それた計画を企てているならば、捕えて尋問することができる。

歳三はいった。

「桂が出るからには、長州藩邸からさほど遠くないところで集まりが開かれるに違いない。長州藩邸のある三条河原町《かわらまち》から三条小橋《こばし》一帯の旅宿や料亭を検問してみようと思っている」

「手数はかかるが、ほかに手もないようだな。隊士全員を出動させよう」

と近藤はいった。

歳三はすぐにその手配をした。ところが、出動できるのは、隊士のうち半数にすぎなかった。大坂へ出張しているものを除いて、六十余名が屯所にいるのだが、下痢と暑気あたりで床に臥《ふ》しているものが多かった。

「こういう大事なときに」

と近藤はこぼした。

「所司代への加勢を頼んだ方がいい。それに守護職へも届けておかねばなるまい」

「それは、やっておく。歳は、出動できるものをそっくり連れて、先斗町《ぽんとちょう》の町会所へ行け。こういうときは、目立ってはまずい。着込みや鉢金《はちがね》、短槍《たんそう》などは、別途に運ばせることにしよう」

と近藤はいった。さすがに、決断は早かった。

「羽織も忘れないように頼むよ」

と歳三はいった。

市中巡察の折りに着用する浅黄《あさぎ》にだんだら染の羽織のことである。新選組であることが一目でわかるのだ。

この日は、祇園祭りの宵宮《よいみや》だった。日暮れとともに、祭り囃子《ばやし》の音が、町会所一円に流れはじめた。

歳三は、沖田と井上を連れて、町会所へ向かった。

「歳さん、やつらは何名くらい集まるんだ？」

と井上が聞いた。

「三十名は下らないようだ」

「敵が三十名にこちらが三十名では、難しい捕りものになりそうだな」

「所司代や会津藩に応援を頼んである。五ツまでには出張《でば》ってくれることになっているんだ」

「もし、こなかったらどうします?」

と沖田がいった。

「そんなことはあるまい」

と井上がいった。

「そうですかね。ありうると思いますよ。土方さんは、どう思います?」

「うむ」

歳三は返事に詰まった。

三十名もの浪士相手の捕りものとなれば、少なくともその十倍の三百名で固めなければ、効果はないとみるべきである。所司代にしろ会津藩にしろ、それだけの人数を早急に揃《そろ》えることは容易ではない。

井上のいうように、三十名の浪士の集まっているところに三十名で突入したところで、大半は逃げてしまうだろう。白昼ならともかく、夜なのだ。

「そのときはそのときのことさ」

と歳三はいった。

五ツというのは、いまの午後八時である。近藤はじめ一同が勢揃いし、着こみや竹胴で身を固めた。

探索方の手先が、そのころまで付近一帯の旅宿や料亭を調べまわった。三十名もの集まりがあれば、外からもわかるのである。その報告によると、木屋町三条の四国屋《しこくや》と三条小橋近くの池田屋《いけだや》にかなりの人数が集まっている様子だという。

近藤は歳三に、どうすべきかと問うた。一カ所ずつ踏み込むか、それともこちらも二手に分かれるかである。

「分けよう。もしどちらかで空《から》だったら、すぐに駆けつければいい。あんたは、総司、新八、平助、それに昌武を含めて十名ほどで池田屋へ行き、おれは、源さんや、左之助、斎藤君を率いて四国屋へ行く」

「よかろう。いずれにしても、会津藩や所司代の手の者が出張ってくるまでは動けんが……」

と近藤はいった。

このころ、会津藩と所司代の間では、新選組の依頼に応ずるか否かで、交渉が続いていた。所司代は、捕り方を出すことに反対だった。相手が肥後の浪士たちだけならばまだしも、長州藩士が入っているとなると、政治問題になりかねない、というのである。また、れっきとした藩士身分の者である場合、所司代にこれを召捕る権限がない。

理窟はまさしくその通りだった。会津藩としても、そのことについては危惧を抱いている。だが、京都に放火して騒動を起こそうという謀議が行われるのを、みすみす黙って見のがすことは、政治問題化以上の禍根を残すことになる。せめて、現場一帯を包囲し、新選組の活動を応援すべきではないか、と説得した。

所司代はなおも渋った。要するに、事なかれ主義の役人根性なのである。

時間が空《むな》しく流れ、四ツ（午後十時）になった。囃子の音もいつしかやんでいる。

それまで、町会所の奥で腰を下ろしていた近藤が立ち上がった。

「これ以上は待てん。行くぞ」

歳三も思いは同じだった。所司代などを当てにしたのが間違いだったのだ。

「諸君、出発だ」

と号令をかけ、町会所を出た。

四国屋に到達すると、歳三は、井上、原田らに裏口を固めさせ、斎藤を伴って中へ入った。

「主人はおるか」

とどなると、主人の重兵衛《じゅうべえ》が飛んできた。

「新選組の土方である。ただいまから、ご用改めを行うにつき、案内せい」

重兵衛は仰天していた。慄《ふる》えながら先に立った。

このとき、四国屋には二十名以上の宿泊客があった。しかし、一部屋に二、三名という例が多く、なかにはすでに就寝しているものもいた。集まって、謀議をこらしていたという気配はなかった。

「どうやら見込み違いだったたな」

と原田が寄ってきていった。

すでに小半刻《こはんとき》（三十分）は空費していた。

「諸君、ここを引きあげて池田屋へ行くぞ。急げ」

と歳三は号令した。

考えてみれば、池田屋に行った近藤らは、もし何もなかったならば、四国屋の方へきているはずなのである。

（おれとしたことが迂闊《うかつ》だった）

と歳三は臍《ほぞ》を噬《か》む思いにかられながら小走りに走った。近藤らが合流してこない以上は、池田屋で何かが起きていることなのだ。

はたして、池田屋は、乱刃乱撃のただなかであった。

入口の前に、谷昌武らが抜刀して固めているが、近藤や沖田の姿はなかった。

屋内からは、激しい気合いや襖《ふすま》障子などを蹴倒す音が聞こえてくる。

「局長はどこにいる？」

と歳三は谷昌武にいった。

「沖田先生とごいっしょに、二階へ斬りこみました」

「相手は何名だ？」

「わかりませんが、ざっと五十名はいるかと思われます」

「五十名？　そこへ総司と二人で斬りこんだのか」

「はい」

「新八はどこだ？」

「階下だと思います」

「お前たちはここで何をしている？」

「はい。局長から、逃げてくるものを待ち受けて捕えよ、と……」

（この莫迦めが！）

と歳三は心の中でどなった。いかに命令とはいえ、五十名を相手に二人で斬りこむのを、黙って見ているやつがあるか、といいたかった。

そのとき、屋内から抜刀のまま走り出てきた者があった。

「待て！」

歳三の制止をはねつけるように、男はいきなり突進してきた。歳三は、無意識のうちに腰の大刀を抜いていた。男は体当りをくらわせるとみせて、逃げようとしていた。歳三の浴びせた一太刀が男の肩を斬った。

谷が持っていた短槍で、倒れた男を刺そうとした。

「待て。捕えるんだ」

と歳三は叱った。

5

池田屋における争闘に関する当事者の記録は、近藤が七月に江戸の周斎《しゅうさい》あてに送った手紙と、永倉新八が大正二年に「小樽《おたる》新聞」に語った実歴談「新撰組顚末記《しんせんぐみてんまつき》」の二つしかない。

当日、この志士たちの会合に参加するはずだった桂小五郎は、のちに木戸孝允《きどたかよし》となってから「自敍《じじょ》」を書き残しているが、そのなかで、八時ごろにいったん池田屋へ行ったところ誰もきていなかったので、近くの対州《たいしゅう》屋敷へ赴いた、するとそのあと会津藩や新選組が襲ったのだ、と認めている。

もっとも、木戸がこれを公表したのは、明治七年になってからで、それまでは人に語ったことはなかった。木戸の周囲の人たちも、新選組が池田屋に踏み込んできたとき、木戸は在席し、屋根を伝わってかろうじて逃亡した、と思いこんでいた。

現に、乃美織江は日記にそのように書いている。だから、人びとがそう信じたのも当然だった。

木戸は、数日後の六月十一日に、二通の手紙を書き、この一件にふれている。一通は、宍戸九郎兵衛《ししどくろうべえ》と北条瀬兵衛《ほうじょうせべえ》連名のもので、他の一通は久坂義助《くさかぎすけ》あてのものである。

宍戸は左馬之介《さまのすけ》ともいい、前年八月の政変まで京都留守居役をつとめ、久坂のような過激派と比べると、おだやかな意見の持ち主で、藩主の信頼も厚かったが、このあと長州藩が恭順派の天下になったとき、野山獄《のやまごく》に投ぜられて斬首された。また、北条は、藩の会計畑の諸役を歴任し、のちに伊勢華《いせさかえ》と改名して明治十九年まで生きた。

木戸は第一の手紙で、古高の捕縛にふれて、

「中姦《ちゅうかん》を斃《たお》し候とかの血盟書を奪われ、もっともこれは昨臘《さくろう》認《したた》め候ものの由にござ候えども、それより事いっそう厳重に相成り、諸賊一生掛（懸）命に詮議探索、じつに遺恨限りなき次第、それよりして長人五百余、浪華《なにわ》へ上り、百人上伏（伏見へ上り）四十人入京、変に応じて洛中《らくちゅう》放火致し、一挙致し候なぞとの虚説までも起こり、ひとしお恐怖の勢にてよほど周密に警護なども致しており候、何分にも諸事漏洩《ろうえい》勝ちにて、今日の次第にてはとかく正義家にて機をもらさぬよう秘密にお護《まも》り候と申すこと、なかなかむつかしく、一、二の有志の極秘と唱えおり候ことも、忽《たちま》ち諸浪士めいめい極秘々々と申し漫《みだ》りに相となえ候ようなる事、じつに歎息《たんそく》至極の訳にござ候」

とある。「中姦」というのは、姦物中川宮《なかがわのみや》の意味で、のちに賀陽宮《かやのみや》から久邇宮《くにのみや》と宮号を変えた朝彦親王《あさひこしんのう》である。このころは中川宮と称し、公武合体派の中心人物で孝明帝《こうめいてい》の信任も厚かった。八月の政変の仕掛人とみられており、尊攘派からは目の敵《かたき》にされていた。そのため、明治維新後は、徳川慶喜と通じて陰謀を企てたという嫌疑をデッチあげられて、親王の位記を停止され、広島藩に預けられるという非運も味わった。

木戸の文面からすると、古高のところでは中川宮暗殺の血盟書が発見されたかのようである。だが、木戸は、

「中姦を斃し候とかの血盟書」

と書いており、それも昨年暮のものだそうで、としている。要するに、伝聞であり、実

体があったか否かについては、疑いを抱いているのだ。

ましで、放火の陰謀については、はっきりと「虚説」としている。

久坂への手紙も似たようなもので、

「長人五百人上坂、百人上伏、四十人ひそかに入京、一挙これありの候節は、洛中放火、急に上京相応じ候なぞの虚説も相立ちおり、賊も驚愕《きょうがく》、恐怖の余り、固めなども仰山に出し候えども、元来無実のことにつき」

と書いている。

つまり、長州藩からすれば、四十人が潜入して、京に火を放つ計画などは、もともとなかったことで、会津藩や新選組が弾圧のためにこしらえた口実だったことになる。そして木戸は、秘密がとかく洩《も》れがちなことを嘆いているのだ。

一方、近藤の方は、当然といえば当然だが、木戸とは違う立場に立っている。

「長州藩士浪士らおいおい入京致し、都に近ぢか放火砲発の手筈《てはず》に事《こと》定まり、その虚に乗じ、朝廷を本国へ奪行候手筈、かねて治定致し候ところ、かねて局中も右などの次第これあるべく候やと、人を用い、間者《かんじゃ》三人差し出しおき、五日早朝、あやしきもの一人召捕り、とくと取調べ候ところ、あにはからんや、右徒党の一味のもの故、それよりもはや時日移しがたく、すみやかに御守護職、所司代にこの旨お届け申しあげ候ところすみやかにお手配に相成り、その夜五ツどきと相触《ふ》れ候ところ、すべてお人数おくり出し延引に相成りうつり候間、局中手勢のものばかりにて、右徒党のもの、三条小橋、縄手に二カ所たむろ致しており候え、二手に別れ、夜四ツどきごろ打ち入り候ところ、一カ所は一人もおり申さず、一カ所は多数潜伏致しており、かねて覚悟の徒党の族《やから》故、戟闘《げきとう》一時余りの間にござ候」

と書いている。

敵味方に分かれているが、同時代に生きた年齢もほぼ同じ（木戸の方が一歳年長）人物の、性格の違いがこの手紙によくあらわれている。

木戸は、新選組をはっきり「賊」と認定しているのに対し、近藤は相手を「徒党」という程度にしか見ていない。

さて、つぎは戦闘の状況である。近藤の手紙では、

「折りあしく局中病人多にて、僅々《きんきん》三十人、二カ所の屯所に二手に分かれ、一カ所土方歳三を頭としてつかわし、人数多く候ところ、その方にはおり申さず、下拙《げせつ》（わたし）は僅々人数を引きつれ出《い》で、出口を固めさせ、拙者はじめ沖田、永倉、藤堂、倅《せがれ》周平（ことし十七歳）右五人にござ候、かねて徒党の多勢を相手に火花を散らして一時余りの間、戦闘におよび候ところ、永倉新八の刀は折れ、沖田総司、刀の帽子は折れ、藤堂平助刀は、刃の切出し、ささらのごとく、倅周平は槍を斬り折られ、下拙刀は、虎徹《こてつ》の故にや無事にござ候、おいおい土方歳三かけつけ、それより召捕り申し候、じつにこれまでたびたび戦い候えども、二合と戦い候ものは稀《まれ》に覚え候、今度の敵、多勢とは申しながら、いずれも万夫の勇士、まことに危き命を助かり申し候」

となっている。近藤の文章は、どちらかといえば、くどい。

ただ、まことに危ういところでした、というくだりは、近藤の偽りのない実感であったろう。

手紙にあるように、戦いは、一刻《いっとき》余り続いた。当時の一刻はいまの二時間である。

池田屋は、間口三間《げん》半、奥行き十五間、表二階が八畳二間で、宮部らは全員がここに集まっていた（一間は約一・八メートル）。

階段は、表裏二カ所にあったが、幅は三尺五寸足らずだったから、約一メートルである。そして、廊下も同じ寸法だった。

そういう条件からして、映画のような派手な立ちまわりが行われるはずのなかったことは自明の理だが、それにしても、二時間とは長い戦闘である。おそらく、暗闇のなかで互いに身をひそめ、物音や気配を頼りに間を置いて斬りあったものであろう。行灯《あんどん》は消されていたはずであり、外は暗かった。

永倉の語りは、事件後五十年もたっているせいか、派手である。

大上段にふりかぶって、

「えいッ」

と斬ってくる志士を、正眼《せいがん》にかまえていた永倉がかわして、

「お胴ッ」

と斬りこみ、それを即死させ、さらに雪隠《せっちん》へ逃げこもうとする志士を見つけて、これを

斬り殺し、つぎは、藤堂を傷つけた志士を相手に激闘し、ようやく、左の頬から首にかけて斬りさげ、とどめを刺した。そのさい、刀を折ってしまったというのである。

永倉はこの語りの通りだとすると、三人は斬っていることになる。また、はじめに沖田が一人を斬りすてた、といっている。

近藤の手紙によると、即死させた人数は七名だった。沖田が戦いのさなかに喀血《かっけつ》して離脱したことは確からしいから、これでは、永倉は斬りすぎである。「小樽新聞」の記者がおもしろおかしく創作したものであろう。

とはいえ、戦いが凄惨をきわめたことは確かであった。すべてを終えて、近藤らが六日の正午ごろに引き揚げたとき、その沿道には、数万人の群衆が押しかけた。

戦　塵

1

その日の午後になると、会津藩から二人の医師が派遣されて、隊士たちに傷の手当てをほどこした。

新選組の被害もかなりのものだった。奥沢栄助《おくざわえいすけ》が死亡し、安藤早太郎が瀕死《ひんし》の重傷だった（のちに死亡）。藤堂平助は額を斬られ、永倉新八は左手に傷を負った。

歳三は、からだを洗い、衣服をあらためると、手当てを終えて帰る医師の一人に、部屋へきてもらった。吉岡昌玄《よしおかしょうげん》という医師である。

歳三は、隊士たちの傷の具合を聞いてから、沖田の病状をたずねた。

「さよう、いいにくいことですが、労咳《ろうがい》の恐れがありますな」

と吉岡はいった。

歳三の声が鋭くなった。

「先生、それは確かですか」

吉岡はうろたえたように、

「確かかといわれると困ります。血を吐いたからといって、ただちに労咳というわけのものではありません。ご本人の話では、咳《せき》はないということなので、胸以外のことが原因で血を吐いたのかもしれません」

「労咳というのは、うつる病ですな？」

「いかにも」

「沖田は誰かからうつされたということですか」

「もし労咳であれば、そうみてよろしいでしょう。いずれにせよ、しばらく様子をみてからでなければ、決められません」

「しばらくとは、どれくらいです？」

「一月《ひと》か二月《ふた》……」

「そんなに長くは待てない！」

と歳三はどなるようにいった。

吉岡はぷいと横を向いた。歳三にどなられる筋合いはない、といいたげだった。じじつ歳三に吉岡を叱りつける資格はなかった。

そのことは、歳三にもわかっていた。しかし、相手のあまりの悠長さに、腹を立てていた。

だ。

（この藪《やぶ》医者め！）

と痛罵したい気持であった。

前夜の激しい斬合いで、歳三は、剣というものの真髄に初めて触れたような気がしたのだ。

これまでにも何度か剣をまじえてきている。芹沢や内山を討ち果たしたときは、歳三も剣をふるっているし、そのほか、市中巡察のさいに、修羅場をくぐりぬけてきた。少なくとも、自分ではそう信じていた。

だが、前夜の体験は、それが錯覚にすぎなかったことを歳三に思い知らせたのである。

四国屋から駆けつけたために、池田屋に到着したときは、すでに屋内での勝負ははじまっていた。

歳三は、いったんは、中へ入った。

中は闇であった。階上からは、足を踏み鳴らす音や刃と刃のぶつかりあう音がひびいてくる。

目の前を人影が動いた。

歳三はとっさに構えた。

「莫迦《ばか》、おれだ」

と永倉が大声をあげた。

歳三の目は、闇になれていなかったのだ。

「局長は？」

「上だ。総司も上がっている」

「二人だけか」

「こう暗くては何も見えん。下だと、いくらかなれてきたからお主《ぬし》だと見当がついたが、うかつには、二階へ行けん。下へ逃げてくるやつを敵とみて、こうして待っている」

「うむ」

そのとき、近藤の気合いが聞こえてきた。腹の底までズシリとひびいてくるような気合いであった。

（さすがだ）

と歳三は心の中で唸《うな》った。

沖田と同士討ちになるのを避けているのであろうが、同時に、敵にも自分の存在を知らせることになるのだ。そして、敵も近藤に集中してくるだろう。

歳三は、階上へかけ上りたい衝動に襲われた。

しかし、それはかえって近藤の足手まといになりかねない。

「よし、ここは任せた。おれは外で、屋根伝いに逃げ出すやつを捕えよう」

歳三はそういって外へ出た。

すぐに隊士たちを指揮して、包囲網をしいた。

近藤の発する気合いは、争闘がほとんど終りを告げるまで続いた。

結果的に、敵の数は三十人ほどだったが、はじめは五十人はいるだろう、とみられた。そこへ近藤と沖田は斬り込んだのである。豪胆を通りこした行為だった。

終ってから考えれば、狭い屋内での戦いだから、三十人を一度に相手とするわけではない。また、闇の中での斬合いでは、多人数は必ずしも有利ではない。むしろ、敵方には同士討ちもあっただろう。表階段と裏階段の二手に分かれた近藤と沖田の方が、動くものすべてが敵とみなせる有利さがある。

だが、それは、終ってからいえることなのだ。

たった二人で、何十人もの敵に斬り込むことに、ためらわないものがいるだろうか。誰だって、躊躇《ちゅうちょ》するはずである。

近藤も沖田も、それを平然とやってのけた。おそらく近藤は、死を覚悟していたであろう。永倉や藤堂には任せず、自分と、そしてもっとも信頼する沖田だけを連れて階上へ上った。

むろん、自分と沖田の剣を信じていたに違いないが、自信だけで敵を倒せるというものではない。自信を超えた何かを現実に有していなければ、暴勇の謗《そし》りをまぬかれない。

近藤と沖田は、その何かを身につけていた。

この一件によって、新選組の名は天下に喧伝《けんでん》されるだろう。参加した三十余名はもとより、暑気あたりや下痢で寝ていた隊士でさえ、以後は肩をそびやかして闊歩《かっぽ》するに違いない。

それはそれで構わない。新選組と聞くだけで相手がひるむならば、それなりの利点はある。

だが、沖田を欠いては困るのだ。

局長である近藤は、このさき、よほどのことがない限り、争闘の現場に立つことはない。近藤自身、政治に興味を覚え、現に首をつっこみはじめている。近藤にもっとも似つかわしくないことをしているのだが、本人はそうは思っていない。歳三としても、それをやめさせるわけにはいかないのだ。

すべては沖田の剣にかかっているのである。それは、永倉や原田や斎藤では、替えられないものである。

(もし総司が労咳なら……)

そう思うと、歳三は慄然としてくるのだった。

(やはり、あのとき斬っておくべきだった)

という悔いが歳三の胸を締めつける。が、いまとなっては、後悔先に立たず、である。

歳三は吉岡が帰ると、沖田が横になっている部屋へ行った。沖田は身を起こした。

「いいから寝ていろ。どうだ、具合は?」

「ご心配をかけてすみません。もう大丈夫です」

「熱は?」

「ありませんよ」

「嘘《うそ》をつけ」

「まったく疑《うた》ぐり深いんだから。ほれ、この通り」

沖田は歳三の手をとって、額に押しつけた。

じじつ、熱はないようだった。

「総司、本当のことをいってくれ。前にも血を吐いたことがあるんじゃないのか。昨夜が初めてだったわけではなかろう？」

「初めてですよ」

「それじゃ、あの娘はどうなんだ？　何度も吐いているんじゃないのか」

と歳三はいった。

沖田は無言だった。

「やはりそうか」

歳三の声は悲痛だった。

「土方さん、そう心配するほどのことはありませんよ。二、三日休めば、元通りになります。自分のことは自分が一番よくわかるものです」

莫迦野郎、となりたいのをこらえて、歳三は、

「ともかく休養していろ。これは、副長として命令しているのだぞ」

といって席を立った。

2

歳三は近藤と相談した。近藤は、西洋医学所頭取で、たまたま京都に来ている松本良順《まつもとりようじゆん》先生に診《み》てもらおう、といった。

松本は、すぐに屯所へきてくれた。

近藤と歳三は、診察を終えた松本を局長室に迎えた。局長付きの若党も追い出して、二人だけで会った。

「いかがでしたか」

と近藤が聞いた。

「音に聞こえた剣豪とは見えませんな」

と松本はいった。

「先生」

近藤は気色《けしき》ばんだ。

松本は落ち着いたものである。わかっているというふうにうなずいてから、

「いかな剣の名人も、労咳には勝てぬとしたものです」

「やはり労咳ですか」

といった近藤の声は沈んでいた。

歳三も、覚悟していたとはいえ、やはり落胆した。

「さよう」

「間違いございませんか」

「お気持はわかるが、嘘をつくわけには参りませんのでね」

歳三は近藤と顔を見合わせた。互いに相手が何を考えているか、手にとるようにわかる。

歳三は膝を進めていった。

「先生、労咳は死病といわれておりますが、それは事実でしょうか」

「それは難しい質問ですな。正直にいって答えに困る。死病といってもいいし、死病ではないともいえる。要するに、病人の心がけ一つです」

「では、死ぬと決ったものではない、ということですな？」

「その通り。しかし、早合点してもらっては困る。本人だけではなく、周囲の者も病人に対して元気になるように接してやらなければならない。この病気は、心の持ち様で良くも悪くもなる」

「では、どうすればよいか、お教えいただきたい」

「まず安静にすることが第一。剣を振るうことなどは、もってのほかです。つぎは、滋養のあるものを食べること。薬はあとで調合して進ぜるが、あまり期待しない方がよろしい。ただ、精をつける意味で、高価ではあるが、人参《にんじん》を煎じて服用するとよい。そして、病状が落ち着いたら、転地療養するのもよろしかろう」

「先生」

と歳三は思い切っていった。

「何です？」

「第一の、剣を振ることはならぬという仰せについてですが、もしそれを守らなかったとき、どれほど保《も》ちます？」

「無茶なことを申すものではない」

「いや、無茶を承知でおたずねしているのです。曲げてお答えいただきたい」

「土方さん、あなたはあの若者を殺すつもりなのか」

と松本はいった。

近藤が、よせ、といいたげに歳三に目配せした。だが、歳三は引き退《さが》らなかった。

「殺すに似ているかもしれませんが、本当はそれが本人を活《い》かすことになるのです。こういう時代に、無為に病床に伏して長命したところで、わたしたちにとっては、さして意味のないことだ。この気持は、先生にはおわかりいただけないかもしれないが……」

「わかりたくもないよ。医師は病気を治すことだけが仕事ではない。そんなことは、むしろ仕事の一部にすぎない。人は誰しも、この世に生をうけたとき、天から寿命を授けられた。その天寿を全うできるように手助けしてやるのが医師の務めなのだ。あなたは、こういう時代に、といったが、わたしにいわせれば、こういう時代は、良くない時代です。平気で命を粗末にするし、それを誇りにする風潮もある。まことにもって嘆かわしいことだ」

「先生、お話はよくわかりました」

と近藤が頭を下げた。

「わかっていただければ結構です。あとで薬を取りに、どなたかよこしなされ」

松本はそういって帰った。

二人だけになると近藤は、

「立派な人だ。ああいうのを国手《こくしゅ》というのだろうな」

と、感心したようにいった。

歳三が無言でいると、よほど感銘をうけたのか、近藤は、

「あの仁には、香気がある」

とまでほめちぎった。

近藤には、自分が接したことのないものに触れると、いたく感心してしまうという癖があった。松本良順のような医師は、これまで近藤が知っている医師とは、まったく違った型の人物だった。病人を治すなどというのは、仕事の一部にすぎない、などという医師はいなかった。

もちろん、松本もそれだけの志を持った人物ではある。

彼は、天保三年の生れだから、近藤より二歳年長である。佐倉《さくら》藩の医師佐藤泰然《たいぜん》の次男だが、十八歳のときに幕府の医官松本良甫《りょうほ》の養子となり、養父のすすめで蘭学《らんがく》を修め、さらに幕命で長崎へ赴いて、オランダ人医師ポンペから西洋医学を修得した。

この長崎時代に、彼は関係者を説得して、長崎養生所を開設した。日本で最初の、洋式病院である。

文久二年に、江戸に戻り、将軍家茂の侍医に任ぜられ、翌年六月、緒方洪庵《おがたこうあん》の没後に、西洋医学所頭取を継いだ。のちに、日本陸軍最初の軍医総監をつとめ、軍の医療体系をととのえたことでもわかるように、単なる医官ではなかった。それを一目で見ぬいた近藤の人物眼も、相当のものといっていい。

が、歳三は、必ずしもそうは思わなかった。

松本のいうように、いまの時代はたしかに病んだ時代かもしれない。志士と称する浪人が横行し、天誅《てんちゅう》という名の殺人が頻発する。池田屋の一件にしても、一むかし前では考えられなかったことなのだ。

元来、不逞《ふてい》の輩《やから》に対する取締りは、町奉行や所司代《しょしだい》の受持つべきものだった。あるいは、京都の治安に責任をもつという意味でいうなら、会津藩が出動すべきであったろう。しかるに、所司代と会津藩は、近藤の要請にもかかわらず、いたずらに評定《ひょうじょう》で時を過した。

いいかえれば、両者とも病んでいるのである。

そういう時代そのものを治さなければいけない、というのは易しい。

だが、誰がどうやって治すというのか。

そんなことより、こういう時代に生きていること自体が、歳三にとっては重大なのであった。

それは、近藤も沖田も同じなのである。

こういう異常な時代はいつかは終り、新しい時代がくるに違いない。それが時の流れというものである。その流れがどうあろうと、歳三は、おのれの生き方を変えるつもりはなかった。それを変えてまで、天寿を全うしたいとは、さらさら思われなかった。そして、近藤や沖田にも、そうあって欲しかった。

そもそも、松本とは発想が違うのである。沖田総司が剣を禁ぜられてほそぼそと長命を保ったところで、何になるというのであろう。それは単に生きているというだけのことではないか。

沖田は、剣に生きる男なのだ。剣を禁ぜられた沖田は、羽をもがれた鷹《たか》にひとしい。大空を自由に飛べぬ鷹は、もはや鷹ではない。それより、飛ぶ力のある限りは飛び、力つきれば死ぬ。松本にいわせれば、そういう無茶は、死への飛翔《ひしょう》かもしれないが、その飛翔こそが、沖田を活かす唯一の道なのだ。

近藤は、

「ともあれ、総司を巡察からはずし、道場での稽古などもひかえさせよう」

といった。

「それは同意しかねるな」

「歳、無茶をいうな。松本先生のいわれたことを聞いていなかったのか」

「聞いていたさ。しかし、ここで取るべき道は二つしかない」

「何だ？」

「総司を江戸に戻し、お光さんのもとでゆっくり養生させるか、多少とも仕事を軽くしても、いままで通りに、働いてもらうか、どっちかだ」

「江戸へは戻るまい」

「おれもそう思うよ」

「だからといって、これまでと同じように仕事をさせてたら、先生の口ぶりからしても、長くは保たんことは明らかだ。そんなことができるか。たわけたことをいうものじゃない」

「総司の剣は、新選組には欠かせない。新八や左之助では、総司の代役はつとまらない」

「そうとは限らん」

「おれがいっているのは、世間の目というやつさ。ゆうべの騒ぎで、新選組の名は天下にひびくだろう。その新選組を代表する剣は、あんたと総司なんだ。あんたと総司は、何十人もの敵の中へ斬り込んだ。そういうことは、ほかの者にはできない。むろん、おれにもできなかったろう。おれがあんたの立場だったら、別の手を考えたはずだ。新八や左之助は、同じことをやったかもしれないが、きっと返り討ちにあっていた」

「うむ」

近藤はうなずいた。

歳三は、心の中では、

（あんたがこれからも斬り込みの先頭に立つというなら、総司を休ませてもいいがね、あんたには、政治というやつが待っているからな）

といいたかった。

さすがに、それを口に出すわけにはいかない。

「つまり、そういうことさ。総司が寝ていたんじゃ、新選組が鼎《かなえ》の軽重を問われるんだよ。総司だって、寝ていろといわれたって、承知すまい」

「そうはいってもなア」

と近藤は腕を組み、溜息《ためいき》をもらした。

3

福原《ふくはら》越後に率いられた長州兵が大坂に到着したのは、六月二十二日であった。この報告は、すぐに新選組に入った。兵数は約三百。いずれも鉄砲を持ち、完全軍装だという。

「どうする気だろう？」

と近藤が問うた。歳三は、

「一戦まじえるつもりだろうな」

「池田屋がよほどこたえたか」

「かもしれないが、連中は、押し出すきっかけを待っていたんだ。池田屋の騒ぎのときだって、長州人はさほど死んではいない。例の桂はいなかったじゃないか」

「戦《いく》さになるかな？」

「薩摩がどう出るかだろうよ。薩摩がその気ならば、これは正面切ってのぶつかりあいだ」

「薩摩が？」

「そうさ。会津藩単独では、戦さにはならない。長州がしかけてきても、動かないかもしれない」

「まさか」

と近藤はいった。

が、歳三は、そう見ていた。会津藩は、政局の中枢に坐《すわ》っているように見えるが、じっさいには、京都政界を牛耳っているのは薩摩である、と歳三は観察していた。

京都政界というのは、徳川幕府と朝廷と有力大名との三者の力が微妙に釣りあって動いている。

幕府を代表する形で、このころ京都にいるのは一橋慶喜であった。英明の誉《ほま》れが高い人物である。

歳三は、むろん、どういう人物か、噂《うわさ》を耳にするだけで、会ったことはない。あまりにも身分に開きがありすぎて、遠くから見たことさえもない。

とはいえ、どう行動し、どういっているかは、伝わってくる。それから判断して、歳三

は、

（信を置けぬお方らしい）

と見ている。

よくいえば、才子肌、ということになるが、ありていにいえば、自分が利口すぎて、他人が愚鈍に見えて仕方がない性質らしい。朝廷において、ということは、公卿《くぎょう》連中にということなのだが、評判はいいらしい。

歳三は、そこが気に入らないのだ。

公卿などというのは、一口でいえば、無責任な日和見《ひよりみ》の集まりなのである。

かつて、攘夷《じょうい》論が京都に重きをなしているときは、馬関で外国の艦船に砲撃を加えた長州藩を称揚し、勅語まで賜わった。勅語は帝《みかど》の名において下されるが、じっさいには、帝をとりまく公卿たちの意思一つなのである。公卿たちは、長州藩からたっぷり鼻薬を嗅がされて、そのように動いていた。

しかし、長州藩がいったん勢力を失うと、もはや見向きもしないのである。そして、代って登場した薩摩藩の意を迎えている。

薩摩に比べると、会津は、徳川家の家来筋であるために、公卿たちからは、軽く見られている。会津に何かいったところで、会津は、単独では何も決められない。だが、一橋慶喜を動かせば、会津を動かすこともできる。

そういう力関係について、かれらは、じつに敏感であった。

さらに、一橋慶喜自身が、薩摩の動向を気にしていた。

歳三は、皇居や二条城のなかでくりひろげられている政治にじかに触れたことはないが、その気配はわかる。

前年の政変にしたって、本当は、薩摩が仕組んだもの、と見ている。

長州はそれに反撃してきたのだ。はじめは政治工作で、失った地位を取り戻そうとしていたが、公卿たちはもはや冷たかった。そうなれば、実力にうったえるしかない、と判断したのであろう。

この場合、薩摩に和解の意思があれば、戦さにはならない。会津がいかに戦さを主張しても、薩摩が立たぬとあれば、公卿たちは、会津の主張を認めない。そして、おそらくは一橋慶喜も、会津が戦さをするのを許さない。

(そういうご仁さ)

と歳三は考えている。


六月二十四日、長州勢は伏見《ふしみ》まで兵を進めてきた。

ついで、山崎《やまざき》に、久留米《くるめ》の神官真木和泉《まきいずみ》を主将とする浪士隊三百名が集結。さらに、国家老の国司信濃《くにししなの》の率いる六百名が山口を出発した。

毎日、二条城へ詰めている近藤の話や、大坂へ出した島田からの報告で、歳三は、長州勢の動きを知り、

である。

兵力は少ないかもしれないが、戦さをする気ならば、一気に押し出してくるべきなので
と首をかしげた。

（おかしいな）

それなのに、いたずらに日を送っている。

（やつら、戦さの仕方を知らねえ）

と歳三は思った。これでは、戦機を逃すだけではないか。

七月に入ると、屯所に帰ってきた近藤がいった。

「歳のいったように、どうなるか、わからん。薩摩がしきりに動いている。それも公卿方の意を体してのことらしい」

「やはりそうか。しかし、戦さの仕度だけはしておいた方がいい」

「もちろんだ」

「で、軍中の心得をつくっておいた。局中法度はあるが、あれでは、戦さはできないからね」

歳三はそういって、前もって書いておいた文章を近藤に見せた。

九カ条からなる「軍中法度」である。
一、役所を堅く相守り、式法を乱すべからず、進退組頭《くみがしら》の下知《げち》に従うべきこと。

というのが第一条である。ごく当然のことをいっているのだが、いかにも新選組らしいのは、第七条である。

一、組頭討死に及び候とき、その組衆その場において戦死をとぐべし。もし臆病をかまえ、その虎口逃げ来る輩これあるにおいては、斬罪微罪その品に従って申渡すべきの条、かねて覚悟、未練の働きこれなきよう相たしなむべきこと。

指揮官が戦死したら、全員が死ね、というのである。

「よろしい。これを全員に徹底させよう」

と近藤はいった。

すぐに、この九条が貼り出された。

それを読んだ永倉が歳三に、

「ひとつだけ聞いておきたい」

といった。

「何だ？」

「かりにの話だが、おれの組頭が誰になるか知らないけれど、そいつが鉄砲玉に当って死んでしまうと、おれも生きては帰れないわけか」

「そういうことになるな」

「そいつは理にかなわんよ。戦場で生きるも死ぬも紙一重だ。鉄砲玉は、組頭か否かを区別してはくれない。おれは、死ぬのは少しもこわくはないが、生きて帰ったら斬罪というのは、どうも納得しかねるな」

「だから、事情によっては、微罪ですませるとことわってある」

「それなら、臆病だったか否かは、誰が決めるんだ？」

「局長だ」

「というのは形の上のことで、本当は、あんたが決めるんじゃないのか」

「もしそうなら？」

と歳三は問いかえした。

「承服できないな」

と永倉はいった。

歳三にとっては、意外な言葉だった。

「新八、どうした？」

「どうもしねえよ。いいかい、おれは命が惜しくてこんなことをいっているわけじゃない」

「だったら、なぜそのようなことをいうんだ？」

「これは左之助も同意のことだが、おれたちは、同志として新選組の旗の下に集まっている。決して近藤さんの家来じゃない。そいつを忘れてもらっては困るんだ。近藤さんが主君なら、主君の死に家来があとを追うのもいいだろうさ。が、同志の死と主君の死とは同じじゃないと思うよ」

「あの軍中法度は守れない、というのか」

「ああ、守れねえ」

と永倉はきっぱりといった。さすがに顔が硬《こわ》ばっている。

4

歳三は、永倉の表情をうかがった。どうやら本気で対決しようとしているらしい。

ここで永倉を処分することは、必ずしも不可能ではなかった。永倉のいうように、近藤は隊士たちの主君ではない。その限りにおいては、主君が死ねば臣下たるものは生きて還《かえ》るな、という主従関係を求めることには無理がある。

しかし、軍中法度は、武家社会においては通念となっている、そのような倫理を求めたわけではない。長州兵との一戦をひかえて、新選組は会津藩の一部隊として出陣することが決定している。である以上、新選組は、市内の取締りにあたる奉行所的なものではなく、軍なのである。

軍には、戦さに際しての軍律が必要である。およそ軍律のない軍は存在しない。あるいは、軍律を守らぬものの存在を認めては、軍の統制を保つことはできない。

だからといって、永倉を処分することは難しかった。処分するとなれば、とりあえずは、謹慎を言い渡し、あとでどうするかを考えることになる。軍律を守らない、と放言したからには、軽くても切腹、重ければ斬罪、ということになる。

永倉は江戸以来の同志であった。情において、そのような処分を課することはできなかった。かりに、処分したとすれば、隊内に大きな動揺をもたらすことは明白だった。おそらく原田左之助や藤堂平助らも承服しないだろう。

歳三は窮地に陥った。戦いを前に、内輪《うちわ》揉《も》めを起こしたくなかった。事を公にすれば、戦いを前に、士気に悪影響を及ぼすであろう。

「新八」

と歳三はいった。静かな、心にしみ入るような口調だった。

「なに……」

と反撥《はんぱつ》しかけた永倉は、一瞬とまどったようだった。歳三の口から、そのような穏やかな呼びかけがあるとは、思ってもいなかったのだ。歳三は続けた。

「お前とは長いつきあいだ。互いに試衛館道場で居候をしていて、同じ釜のめしを食ってきた。いっしょに遊んだし、悪さをしてきた仲だ。いまじゃ、新選組の、おれは副長、おまえは助勤ということになっているが、そんなものは、この世のかりそめのものでしかない。副長たるこのおれが鉄砲玉に当って死んだら、お前もその場を去らずに死ね、なんていわねえよ。それどころか、生きられる限りは生きてもらいたい。おれはな、自分でいうのもおかしなものだが、こういう乱世に適いた男だと思っている。だが、お前はそうとは限らない」

永倉が何かいいかけるのを抑えて、歳三はなおもいった。

「まア、聞けよ。お前が乱世適きかどうかをここで話そうっていうんじゃない。おれは、あくまでもおれ自身のことをいっているんだ。だからおれは、この乱世における男の生きよう死にざまをいつも考えている。さっきはお前もいいたいことをいったから、おれもいいたいことをいうんだが、あの清河八郎の口車にのせられて江戸を出たときには、こうなるとは思っていなかった。しかし、それから先のことは、改めていうまでもあるまい。たった十数人から、ここまでに大きくなった。いまじゃ新選組の名前を知らぬものはいない。そうなったのは、はっきりいうがね、おれがいたからだ」

永倉は無言であった。歳三が何をいおうとするのか、最後まで聞こうという気になっているようだった。

「これは別に自慢でいっているわけじゃない。他人がどう考えようと、おれはそう思っている。新選組はおれにとっちゃ、命と同じようなものだ、といいたいんだ。その新選組は、いま正念場にかかっている。長州のやつらと戦さになることは間違いあるまい。そのとき、おれたちは必死の働きをしなくちゃならない。その心構えが軍中法度だ。新八には新八の理窟があるのは承知だ。しかし、それが守れないというなら、お前を処分しなくちゃならない」

永倉の目が光った。

歳三は淡々といった。

「切腹、ということになるだろうな。だが、それじゃお前だって納得すまい。おれだって、長いつきあいのお前を切腹にするなんて、情として忍びがたい。とはいえ、守らないというものを放置したんでは、新選組は成り立たない。おれも新選組が崩壊するのを見たかァねえ。だから、お前は、あくまでも軍中法度を守らんというなら、ここでおれを斬れ。その上で切腹しろ」

最後の一言は、低いが、力がこもっていた。

歳三は真剣であった。永倉にその気があるなら、本当に斬られてやるつもりだった。

ふうッ、と永倉が息を吐いた。すかさず歳三は、

「たしかに、近藤さんに、自分たちを家臣同様に思召《おぼしめ》し下さい、なんていうお追従をいうやつがいる。お前にしてみれば、虫酸《むしず》が走るだろうよ。そういうことを、おれが知らんわけじゃない」

といった。武田観柳斎《たけだかんりゅうさい》のことである。出雲松江《いずもまつえ》藩の兵法師範だったと称しているが、本当のことは誰にもわかっていない。ただ、甲州長沼《こうしゅうながぬま》流の軍学書に通じていることは確かだった。

新入りの隊士のなかには、自分の名前程度しか書けないものもいる。軍学書の講釈ができるだけでも、大したものであった。

近藤は、その点を買っていた。

「武田君の軍学はかなりのものだ」

と幹部の集まりでもらしたことがあったが、歳三は、必ずしもそうは見ていなかった。

しかし、武田の方は、その席にいた誰かから、近藤の言葉を耳にしたらしい。

以後、近藤に、先祖伝来と称する古書を贈ったりして、近藤の気を惹《ひ》いている。骨っぽい永倉あたりから見れば、腹立たしくてならなかったであろう。軍中法度を守らない、といい出したのも、おそらく武田の迎合ぶりと無縁ではない。

不意に永倉の表情が和らいだ。

「歳さん。おれの負けだ。好きなようにしてくれ」

といった。

「よし、じゃそうする」

永倉の表情が引き緊《しま》った。

「この大莫迦野郎！」

「何だと？」

「好きなようにしてくれ、というから、好きなようにしたまでさ。思い切り、わからず屋の新八をどなったんで、これですっきりしたぜ」

「それだけでいいのか」

「ああ、これで気がすんだ」

と歳三はいった。

5

七月半ばを過ぎて、ようやく戦機が動いた。

長州藩兵がそれまで攻撃をしかけてこなかったについては、それなりに理由がある。長州藩は、藩主の入京許可を求め、その回答を待っていたのである。武力衝突をすでに覚悟していたのだが、その名分を必要とした。その間に、幕府方の準備がととのうのは承知だった。

このあたり、長州人の理窟っぽさがよくあらわれている。もし、上京した直後に、一気に押し出していれば、あるいは形勢はどうなっていたか、わからない。はじめ、一橋慶喜あたりは、長州藩をなだめるつもりで、会津藩に戦闘の準備を許していなかったのだ。しかし、薩摩は、一戦する決意を固めた。西郷吉之助《きちのすけ》が手配をし、会津藩にも申し入れてきた。

新選組は、会津藩軍奉行林権助《はやしごんすけ》の一隊として、銭取橋《ぜにとりばし》を固めた。総員約百名である。幹部は甲冑《かっちゅう》着用、隊士は剣術の胴衣に浅黄《あさぎ》地の羽織である。

七月十八日、夜に入って、長州藩家老国司信濃の一隊が中立売門《なかだちうりもん》から決戦の火蓋を切った。

その砲弾が御所に飛んでくると、公卿たちはたちまち慄《ふる》え上がってしまい、帝を奉じて避難することに決した。

会津藩主松平容保《かたもり》は、このとき病床にあって、馬にも乗れないほどだったが、玉座を移されてしまっては、京都守護職として面目が丸つぶれである。家臣にかかえられ、這《は》うようにして参内した。

御所の中では、家臣は介ぞえはできない。一橋慶喜と桑名《くわな》藩主松平越中守《えっちゅうのかみ》が両わきから容保をささえ、拝謁の間に伺候《しこう》した。

「かくのごとき騒ぎ、恐縮至極に存じまするが、なにとぞ臣にお任せあらんことを」

そういうのがやっとであった。

「よろしい、その方に任せる」

という帝の仰せに、容保は平伏した。

のちに、薩摩の大久保あたりもいったことだが、帝は、将棋にたとえれば、玉《ぎょく》であった。その玉に動かれてしまえば、戦さは負けにひとしいのである。公卿らには、そういうことがわかっていない。まず身の安全が第一であった。むろん、自分たちだけが逃げ出すわけにはいかないから、帝をよそへ移そうとしたのである。

帝が、容保に任せる、と決めたからには、公卿らは動くに動けない。なかには、半狂乱になって、

「何と愚かなことを」

と嘆くものさえ出るありさまだったが、会津藩としては、帝の仰せは、万余の大軍に匹

敵した。

新選組に、

「蛤御門《はまぐりごもん》を固めよ」

と指示が届いたのは、四ツ（午後十時）ごろだった。

武田がしたり顔で近藤の前へ出て、

「局長、かかる場合は、まず、三手に分けて、一隊を先陣に、一隊を後詰《ごづめ》にいたし、局長のご本営を進めるのが定法でござる。それがしが、先陣を相つとめます故、二十名ほど、お与え下され」

といった。

歳三は、何かいいかける近藤を制止し、

「蛤御門だ。全員、駆けろ！」

とどなった。

その一言で、どっと動いた。

「おもしろい。こうでなくちゃ」

と肩を並べた永倉がいった。

御所の手前に達したとき、日野《ひの》大納言邸から、射撃が浴びせられた。

歳三は、

「伏せろ！」

と声をかけ、すぐに、井上、原田、永倉の三人に、

「二十名ばかり率いて踏みこめ」

といった。

「よしきた」

そういって行きかける永倉に、

「新八、相手は鉄砲をもっているんだ。無茶をするなよ」

「わかっている」

永倉は、にやりとした。

すぐに邸内から斬合いの雄叫《おたけ》びが聞こえてきた。

「本隊は前進、足をゆるめるな」

と歳三は号令をかけ、一気に蛤御門に達した。

すでに各所から火の手が上っていた。

その明かりのなかで、長州兵が遮二無二《しゃにむに》進んでくる。

情けないことに、新選組には、小銃が五挺《ちょう》しかなく、これを扱えるものも十人足らずだった。歳三自身、羽州出身の阿部十郎《あべじゅうろう》から習いはじめたところである。

が、長州兵はたくみに操作する。

「おれによこせ」

歳三は、隊士の一人から小銃をとりあげ、いましも地を這い進んでくる敵に狙いを定め

た。

撃った。

が、命中した様子はなかった。

会津藩も銃は持っているのだが、その大半が旧式の火縄銃だった。

「まどろこしいぞ。全員、抜け！」

近藤が仁王立ちになって叫んだ。

あとは言葉は不要である。斬込みの一手あるのみだった。

歳三は駆けた。

長州兵の射撃音がいっせいに高まったが、もはや銃は間に合わない。

「とう！」

歳三は、立ちかける敵を肩口から斬り下げた。

夜が明けるころには、長州兵は敗退した。

新選組の損害は、思いのほかに多かった。約四分の一が戦死傷をしており、しかも、銃傷が大部分だった。

日野邸にひそんでいた長州兵を掃討した永倉、原田も共に軽傷を負っていた。いずれも、やはり銃弾がかすった傷である。

「長州野郎の弾《たま》が当るわけがねえさ」

と原田は豪語した。

遺棄された長州兵の多くは、銃創よりも刀や槍《やり》で命を失っているか、自刃しているかであった。むろん、その数は会津兵の死傷よりも多い。

近藤は、死体をあらためると、

「勝敗を最後に決するものは、やはり刀槍《とうそう》だな」

といった。

「必ずしも、そうとはいえまいが……」

歳三は首をかしげた。近藤の見方は当っていないと思った。

「どうして？　いま見たように刀槍が銃を上回っていたではないか」

「長州兵を倒したのは、たしかにこっちの剣や槍だった。しかし、それはこっちの銃が旧式で、ほとんど使いものにならなかったせいだ。長州兵はたしかに剣では、おれたちの敵ではなかったが、銃については、すぐれていた」

「足軽《あしがる》が多かったからだ。仕度を見ればはっきりしている」

と近藤はいった。

長州兵で甲冑を身にまとっているものは、さほど多くはなかった。どちらかといえば、軽装である。士分のものより、足軽の方が多い編成のように思われた。会津藩兵や新選組の斬込みの前に、ほとんどなすところがなかったのも、士分以外のものが多かったためだ、と近藤は見ているのだ。どこの藩でも、士分の場合は、剣は必修だが、中間《ちゅうげん》や卒《そつ》はそうではない。第一、藩士の学ぶ道場に、かれらは入れない。剣や槍を学びたければ、藩の師範役以外の町道場で修行するしかない。金のない足軽に、そんな余裕はないのがふつうだった。

じじつ、たとえば中間身分だった、のちの元帥山県有朋《やまがたありとも》や公爵伊藤博文などは、両刀を帯びていたものの、正式に剣の修行をしたことはなかった。

伊藤などは、この時よりも前に、江戸で国学者の塙次郎《はなわじろう》を暗殺しているが、相手が無刀だったから成功したようなものだった。もしも塙に多少とも剣の心得があり、刀を帯びていたならば、伊藤は逆に斬られていただろう。その意味では、近藤の見方が間違っていたわけではない。

ただ、近藤の知らないことだったが、長州藩は、前年のアメリカ兵やフランス兵との交戦の経験で洋式装備に切りかえつつあり、また、高杉晋作《たかすぎしんさく》が、身分を問わない兵、つまり奇兵隊をつくり、もっぱら射撃の訓練をほどこしていた。奇兵隊の隊員のなかには、猟師上がりのものが多かった。

戦国以来の伝統で、どこの藩でも銃を扱うのは軽格というのが常識だった。士分のものは、刀槍が正規の兵器であり、銃を持たせられるのをいやがった。れっきとした武士が、猟師の真似《まね》をできるか、というのである。銃は、士分ではなく、卒の持つ武器だった。そのことは、長州藩においても変りはなく、奇兵隊は、はじめは士分のものからは軽蔑されていた。

会津藩においても、事情は同じだった。大砲を扱う砲術方はその手のものは士分だったが、銃は士分の武器ではなかった。銃は、戦闘の補助的手段にすぎぬもの、とみなされていた。

このあたり、不思議というしかない。なぜなら、遠く戦国の世に、銃が刀槍にまさることは、織田信長《おだのぶなが》が武田勝頼《かつより》との一戦で証明しているのである。信玄《しんげん》以来の騎馬集団は、織田の銃隊の前にもろくも敗れ去ってしまったのだ。

関ケ原《せきがはら》でも大坂でも、銃火器の威力は、じゅうぶんに発揮された。

そうなれば、いっそう発達するのが兵器の常識のようなものだが、日本においては、それがあてはまらなかった。それは、家康の意思であった。彼自身は、剣も使えたし、銃も扱えた。

おそらく、こういう兵器を多量に持てば、小藩といえども幕府を脅かしうる、と考えたのであろう。銃の扱いは、剣や槍よりも、はるかに易しいのである。剣は、一年や二年の修行では免許をとれないが、銃ならばすぐに上達する。そして、下手《へた》な鉄砲も数撃てば当るのだ。

だから幕府は、銃器の数を制限し、武士たるものが扱うべきものではない、とした。要するに、幕府の安泰を第一に考えた結果である。二百七十年の間、日本では、銃火器の進歩も発達もなかった。

歳三も、このときまでは、そういう旧思想から抜け切れていなかった。刀槍の優位を信じていた。

小銃を阿部から習ったのも、武器としてどの程度に役立つかを知っておこうという気持からだった。

（もしかすると、間違っていたかもしれない）

と歳三は思った。

敵兵に銃創がほとんどなかったのは、こちらの射撃が下手だったからにすぎない。上手であれば、足軽が遠くから武士を倒すことができる。長州兵は、現にそれを立証した。

謀士

1

長州兵は敗退し、いっしょに行動していた久留米の神官真木和泉らは、天王山《てんのうざん》に登って陣を張った。真木には、帰るところがなかったのである。

この残敵掃討のために、近藤は、約五十名を率いて、会津藩神保内蔵助《じんぼくらのすけ》の指揮下に入り、見廻《みまわり》組とともに出張した。

真木は、弾丸を撃ちつくすと、同志十七名と自刃した。

近藤は、さらに大坂へ行き、長州の蔵屋敷を襲い、居残った女子供を町奉行所に渡してから引き揚げた。

歳三は、残ったものをまとめて、壬生《みぶ》に戻った。近藤に同行したものを除くと、負傷者をふくめて十数名だった。

数が合わないのは、いつの間にかいなくなった隊士が十名ほどいたからである。戦いのさなかに消えたものもいるし、いったんは陣所に戻ったものの、夜陰に乗じて行方《ゆくえ》をくら

ましたものもいた。初めて体験した戦闘の苛烈さに、

（これはたまらぬ）

と怯《おび》えたらしい。

むろん、局中法度の、第五条に背いたのだから、見つけだして死罪にしなければならないところだが、追手を出せるような状況ではなかった。

歳三は、帰京してきた近藤に一切を報告し、

「申し訳ない。副長として不行届《ふゆきとどき》だった。処分をしてもらわねばなるまい」

と頭を下げた。

「おい、本気でいっているのか」

「もちろんだ」

「どうしろというんだ？」

「あんたの決めることだ。いかような処分をうけても致し方ない。また、そうしなければ、隊士たちにしめしがつかない」

「それをいうなら、責任は、副長ではなくて、局長の次位になる総長の山南にあることになるぞ」

と近藤はいった。

たしかに、居残ったもののなかで、表向きの最高責任者は山南敬介だった。しかし、山南は、実質的な指揮権を歳三に奪われ、このごろは、何事にも沈黙を守っていた。歳三の

方も、彼に相談することはしていなかった。

「そりゃまずい」

と歳三はいった。誰が見たって、歳三が処分されずに山南が処分されるのは、理にかなっていない。

「だから、誰も処分しないのだ」

と近藤は押し切った。

歳三は、教えられた、と思った。前に、永倉に、お前は乱世に適《む》いていない、といったことがある。そのときは説明しなかったが、永倉のように、理が先に立つものは乱世適きとはいえない、といいたかったのである。だが、近藤にいわれて、歳三は、自分もまたいつしか理を先に立てて考えるようになっていた、と気がついたのだ。

「それより」

と近藤はいった。

「逃げたやつは、どれもこれも西国出身のものばかりじゃないか。やはり、兵は東国に限るな」

歳三は黙っていた。そうはいっても、斎藤にしろ原田にしろ、あるいは谷兄弟もすべて西国の出身なのである。また、敗退したとはいっても、長州兵たちはじつによく戦ったのだ。関ケ原以来、長州兵は弱い、と目されていたのだが、蛤御門《はまぐりごもん》の一戦では、その説があてはまらないことを立証した。

「いずれにしても、隊士が不足してしまったから、補充しなければなるまいが、いまもいったように、京大坂で徴募したものはどうも役に立たない。そこで、このさい江戸へ戻って、集めてこようと思う」

と近藤はいった。

「江戸へか」

歳三は思わず呟《つぶや》いた。反射的に、江戸の街の様子が胸にうかんでいた。さほど、いい思い出があるわけではなかった。だが、江戸と聞くだけで、むしょうになつかしかった。

「どう思う？」

「異存はない」

「わかっているさ。お前だって戻ってみたいだろうが、それは許されぬ。まず、平助を先に出し、あとから新八ほか二、三名を連れて行く。歳は、留守番だ」

と近藤はからかうようにいった。

「やむをえない。留守番は承知だが、平助はともかく、どうして新八を選んだ？」

「平助は北辰一刀流だ。その関係のものに話をしておいてもらう。新八は神道無念流だから、これまた役に立つ」

近藤は、永倉が批判したことを知らないようだった。

「わかった。で、多摩へは行くのか」

「その暇はあるまいな。それに多摩へ行けば、京都へ連れて行ってくれ、とせがむものもいるだろう。顔を出せば、ことわりにくい。いっそのこと出さない方がいい、と思っている」

「そうか」

歳三は、うなずいた。

行く余裕がないといっても、その気になれば、一泊してくるくらいのことはできるはずである。

しかし、近藤が行けば、理心流の門下生たちは、必ず京都行きを希望するに違いない。歳三は、義兄の佐藤彦五郎の手紙で知っているが、いまでは新選組の名は関東においても広く知れ渡っているのだ。

ただ、かれらは、京都での活躍ぶりを耳にしていても、その実状については知らないのである。死と隣り合わせに暮していることが、まったくわかっていない。

近藤は、そういう目に、郷党の者たちを遭わせたくない、と思っているのだ。歳三はそのことに気がつき、近藤の新しい一面を見たように感じた。

その夜、歳三は沖田を自室に呼んだ。

沖田の病状は、やや安定していた。ひところは激しかった咳込《せきこ》みも、めっきり減っている。蛤御門の戦闘にも、近藤の側衆《そばしゅう》として出動し、天王山まで行った。

「どうだ?」

「土方さんときたら、顔を合わせるたびに、具合はどうか、ですものね。たまには違ったことをいってみたらどうですか」

と沖田は顔をしかめてみせた。

「口のへらないやつだな。お前のことを心配しているからこそ、ついその言葉が出てくるんだ。何といっても、おれは、お光さんに、総司をよろしくお願いします、といわれている」

「わかりましたよ。で、用はなんです？」

「局長が東下することになった。新しい隊士を募集してくる。四、五十名は連れて戻ることになろう」

「ほう」

沖田は口をすぼめた。

「平助と新八も行く。そして、お前も行け」

と歳三はいった。近藤と相談したわけではなかったが、沖田が承諾すれば、近藤も、いやとはいわないはずである。

「土方さん」

沖田の表情は気のせいか、険しいものになっていた。

「何だい？」

「そうやって、わたしを江戸へ送り返そうというんですか」

「莫迦《ばか》をいうなよ。江戸で新しい隊士を選ぶについては、剣の腕を確かめておかねばならん。その役を、総司にやってもらいたいからで、他意はない」

「そりゃ、どうだか」

「なぜ?」

「永倉さんがいれば、その役目はじゅうぶんです」

「お前の方が上さ」

「それは関係ありません。わたしが江戸へ行けば、もうこっちへは戻れなくなる。姉がわたしの袖をとらえて放そうとしないでしょう。わたしはご免です。姉の涙には、どうもかなわない。土方さんは、それを見越しているんだ」

さすがに、沖田は歳三の魂胆を看破していた。

「総司、おれはね、お前の剣をいまのような形で使わせていることに、たえず後ろめたいものを感じているんだ」

「わたしは満足しています」

「嘘《うそ》をつけ!」

歳三はどなった。沖田はうつむいた。

「江戸へ行け。総司頼むから、おれのいうようにしてくれ」

「いやです。それに、土方さんは、わたしの剣のことをいってるけれど、土方さんらしくもない」

「なぜ?」

「この前の戦《いく》さで、はっきりと悟りましたよ。もう刀や槍《やり》の時代は終っています。あえていうなら、理心流も一刀流も、鉄砲玉の敵ではありません。土方さんにも、それはわかっているることじゃないですか」

「しようのないやつだ」

歳三としては、そういうしかなかった。同時に、この若者がすでに心で死を覚悟していることを、感じとった。どうせ死ぬなら、近藤や歳三のいるところで、と思い定めているのであろう。

「よかった」

総司は嬉《うれ》しそうにいい、立って行った。その肩のあたりが、気のせいかやや薄くなっているようである。

2

近藤らが京を発《た》ったのは、十月初旬であった。

藤堂平助は一足先に江戸に向かい、近藤は、永倉のほかに、熊本出身で、学者肌の尾形《おがた》俊《しゅん》太郎《たろう》と、兵法家を称する武田観柳斎を連れて行った。

永倉の「新撰組顚末記《てんまつき》」によると、近藤は江戸で西郷吉之助と会い、共に将軍上洛《じょうらく》を一日も早く実現することで意見が一致したかのように書かれているが、これは何かの間違いであろう。このころ西郷は京に在って、長州処分にかかりきりだった。西郷は、はじめは長州藩に対して苛酷な処分を考えていた。防長二州をそっくり取り上げ、半分を朝廷に、残り半分を征討の諸侯で分けてしまおう、というのである。だが、西郷は九月十一日に幕府の軍艦奉行勝海舟《かつかいしゅう》に初めて会い、その人物にすっかり惚《ほ》れこんだ。そして勝に感化されて、強硬意見を棄《す》て、むしろ長州を助けようという側に変るのである。勝は、

「幕府の内情は、正直にいえば、くさり切っていてどうにもならない。瓦解するしかないだろう」

などと、じつに思い切ったことをいっているのだ。

では、どうすればいいのか。

西郷の問いに対して勝が呈示したのは、雄藩連合内閣の構想だった。この時期のもっとも大きな外交問題は、兵庫開港だったが、幕府は諸外国の公使たちからその政権担当能力をすっかり見くびられていて、いっこうにまとまらなかった。だから、このさい、

「明賢の諸侯四、五人もご会盟に相成り……」

外国の艦隊を破るくらいの兵力をまず備えてから、横浜と長崎を開港するという条件で交渉すれば、日本も恥をかかずにすみ、

「この末、天下の大政も相立ち……」

と勝はいうのである。

このころ、勝は神戸《こうべ》の海軍操練所を開設して、諸藩の子弟を教育していた。運営の経費は幕府が出すが、学生は幕臣に限らなかった。坂本竜馬《さかもとりょうま》、陸奥宗光《むつむねみつ》、伊東祐亨《いとうすけゆき》（薩摩、

のち海軍大将）らが在学中だった。勝は、幕臣だったが、その目は、一徳川家にはなく、世界の中の日本を見つめていた。西郷が大久保利通あての手紙に、

「じつに感服の次第に御座候」

と書いたのも、その巨視的な発想に心を惹《ひ》かれたからである。

とはいえ、西郷や勝と、近藤らとは、置かれている政治的な位置が違う。近藤は、江戸へ着くと、隊士の補充につとめるかたわら、長州征討を実効あるものとするためには、将軍家茂の上洛がまず必要である、と幕府に説いてまわった、と永倉はいう。当時の近藤の身分からいって、はたしてそのようなことがあり得たかどうか疑問の残るところだが、隊士の補充については、順調に運んだ。

その中の目玉とでもいうべき人物が、藤堂の紹介で近藤と会った北辰一刀流の剣客、伊東大蔵《おおくら》である。伊東は常陸《ひたち》の出身で、天保六年の生れだから、近藤よりも一歳年下になる。はじめは神道無念流を学び、のちに江戸へ出て、深川《ふかがわ》に道場を開いていた北辰一刀流伊東精一《せいいち》の門に入った。学問もあり、才気煥発《かんぱつ》の男で、師の伊東に見こまれて、その娘のうめと結婚し、養子となって道場を継いだ。眉目秀麗の好男子で、一見したところでは、とうてい剣の名手とは見えなかった。

しかし、同流の藤堂が、

「わたしよりはるかに上です」

と保証した。

藤堂は、沖田や斎藤一に比べれば、その剣技は落ちるものの、新選組の幹部としては恥ずかしくないだけの腕前である。そうであれば、実技を試す必要はないわけだが、藤堂は、

「伊東さんは、剣もさることながら、文においても当代一流です」

といった。この場合、文というのは、文武両道の文である。いまの言葉でいえば、教養といってもいい。

「これを見て下さい」

藤堂はふところから紙を取り出した。伊東に会って、新選組への加入をすすめたとき、伊東がその心境を和歌にしたというのである。

近藤は手にとってみた。

流麗な筆跡であった。近藤も京へ行ってから書の稽古をはじめ、近ごろでは、自分でも相当に書けるようになったと思っているのだが、伊東の字は、いうにいわれぬ雅《みやび》があった。

残しおく言の葉草のさはなれと
　いはて別るる袖の白露

文、となると、近藤は剣ほどの自信はなかった。黙って、尾形に渡した。

尾形は黙読したのち、

「秀作です。単に和歌をよくするというだけではなく、音韻の学にも通じているように思

われます。藤堂さんにどういう返事をしたかは知りませんが、気持は、上洛を固めているに違いありません」

　といった。

「それは確かだが、伊東さんは、加盟を約束する前に、局長にお目にかかって、尊王攘《じょう》夷《い》の志について、とくと承りたい、と申しているのです。伊東さんが京へ行くとなれば、伊東さんを慕っている門弟や、出入りしているものたちも喜んでついてくるはずです。是非とも伊東さんに会って、局長の意のあるところを話してやっていただきたい」

　と藤堂はいった。

「そりゃ、おかしいぜ」

　と永倉が口を出した。

「何がおかしい？」

「考えてもみろよ。どういう人物なのか、いかなる志を抱いているのかは、こっちが先方に問いただすべき筋合いのものだ。採用される側がこっちの志を聞きたいなんていうのは、話が逆じゃないか。そういうふうに偉ぶるやつは、気に入らねえな」

「伊東さんは、偉ぶっているわけではないぞ。そういうお人でもない。会いもしないで、勝手に決めつけるのは無礼ではないか」

「無礼なのは先方だぜ」

「なにッ！」

藤堂はいきり立った。

「待ちたまえ」

近藤は二人を制した。気持としては、永倉に軍配を上げたかったが、自分には不足しているものを持っている伊東という人物を、これからの新選組は必要とするかもしれない、と考えたのだ。

「永倉君のいうことにも一理はあるが、藤堂君がかほどに推奨するからには、相当の人物だろう。ともかく、会ってみたい。ここへ連れてきたまえ」

と近藤はいった。

藤堂は大いに満足した様子だったが、永倉はふくれつらである。

近藤もその気持がわかるが、新選組の隊士は、剣さえできれば、ほかの面では劣ってもいい、というこれまでの考え方は、もはや通用しないと感じている。近藤は、たとえば箱根《はこね》の関所を通過するとき、駕籠《かご》に乗ったままであった。それが認められているのは、たとえば将軍の特使とか目付《めつけ》以上の役人とか、一定の資格をもったものに限られていた。ところが、武田観柳斎が関所役人に、

「あれなるは、京都守護職会津中将殿のご用にて江戸へ急ぎ罷《まか》り越す新選組近藤勇局長でござる。このままご免」

といって、駕籠かきをうながした。

関所役人は、

「あいや、しばらく」

と待ったをかけたが、新選組と近藤の名前は知っていたようだった。武田が、

「急ぎのご用と申しておる」

恫喝《どうかつ》すると、見て見ぬふりをしてしまった。

新選組が、そこいらの小藩よりも、はるかに強い響きをもっている証拠であった。二年近く前に、わずかな仕度金で中仙道《なかせんどう》を歩いて上洛したときのことを考えると、まるで夢のようであった。

それだけに自戒しなければならない、と近藤は思っている。粗暴な男ばかりの集団では、幕府や会津藩にとって用心棒のような役割しか果たせない。

近藤の頭には、見廻組のことがあった。えたいの知れないものでも、剣さえできれば入隊を許した新選組とは違い、旗本の、次、三男を集めた集団である。武だけではなく、文にも卓《すぐ》れたものが多い。また組頭の佐々木唯三郎は、会津藩公用方の手代木《てしろぎ》直右衛門の実弟である。手代木は、軍事奉行副役も兼ねているので、その権限は大きく、新選組はその指揮を受ける立場にある。

手代木は、表立っては、差別はしない。だが、市中警備の分担は、見廻組は御所を中心とした、いわば官庁街であり、新選組は町家の区域である。

近藤は、その分け方に不満を抱いていた。市中全部を新選組に任せてもらいたい、と思っていた。

そこで、別の筋を通じて手代木の意向を確かめたところ、

「剣に秀でているだけではつとまらぬ」

といったという。

要するに、字も読めないものもいる新選組に、御所や二条城の警備は任せられない、というのである。

じっさい、新選組の隊士のなかには、武士として最小限は必要な学問をしていないものが多かった。

近藤自身、立ちどころに詩を賦《ふ》したり、和歌をつくったりする学問的素養に欠けている。日常の隊務の合い間をみての、にわか勉強程度では、幼時から勉強してきた者たちに追いつけるものではないが、まったく何もしないよりはましであろう。見廻組に対抗するためにも、いや、新選組をそれ以上にするためにも、隊士に文の道を教える必要がある。その師範に伊東を、と近藤は考えたのである。

3

伊東は、藤堂に案内されて、小石川の試衛館にやってきた。

一見したところでは、道場をもって人に剣を教えるほどの武芸者とは見えない。挙措動作も優雅であった。

近藤が驚いたのは、伊東が、

「僕は」

という一人称を用いることだった。

この時代、すでに「拙者」という言い方はほとんど用いられなくなっていた。「私」「自分」が多く、ときに「それがし」が使われた。

「僕」という言い方は、安政時代から書生の間で流行しはじめた。「拙者」と同じように、へり下った言い方であるが、二十歳前後の若者が主として用いた。どちらかといえば、西国の藩士たちがしきりに使った。江戸ふうではなかった。

近藤は違和感を感じたが、伊東はそれを使うことに、何の抵抗も感じないようであった。

「僕の近ごろの心境を詠んだものです」

といって、まず次の短歌を近藤に披露した。

世のために尽《つく》す誠のかなはすは
我大君の楯《たて》とならまし

伊東は、

「わざわざいうまでもないでしょうが、我大君は、京に在らせられる天子様のことです」

といった。

近藤にとって、大君といえば、将軍であった。が、将軍とは別の、天子という存在が大きな権威をもちつつあることを、認めないわけにはいかなかった。

「要するに、尊王の志をうたったものですな」

と近藤はいった。近藤らにとって精神的な主君である徳川家茂は、天子の妹を奥に迎えているのである。家茂自身尊王派といってもいい。

「その通りです。近藤先生の率いる組も、尊王の志にもとづいて発足されたと聞いておりますが……」

と伊東はいった。

伊東は慎重だった、というべきであろう。彼は、本当は「尊王」よりも「勤王」という言葉を使いたかったが、あえてそれをさけたのである。

「尊王」というのは、思想であるが、「勤王」となると、それは行動である。たんに、尊王の考えをもっているだけではなく、実行に入ったことになる。

土佐出身の志士で、維新後は明治政府の大官となり、伯爵にまでなった田中光顕《みつあき》は、のちにこの時代を回顧して、勤王というのは、火付けや強盗と同じように見られた、まさしく命がけだったが、尊王というだけなら、別に咎《とが》められることはなかった——といっている。

近藤も、尊王かといわれれば、否定はしなかった。

「そうです。新選組は、尊王攘夷の志をもつものの集まりです」

「それさえうかがえば、僕は喜んで加えていただく。弟の鈴木三樹三郎《すずきみきさぶろう》をはじめ、同志の人たちにも参加してもらいましょう」

「あなたに加わっていただけるならば、まことに心強い。して、同志の方たちはどれほどになりますか」

「門弟その他、約五十名はおりましょう。しかし、加入するのは、十名足らずになりましょうか」

「どうしてです？」

「僕が誘う十名足らずの人びとは、すべて尊王の志の厚いものです。他のものは、まだその志が確固としたものになっておりません。そういうものを誘っても役には立ちません」

「なるほど」

理窟っぽいことをいう男だ、と近藤は思ったが、あえて聞き流すことにした。しかし、局中法度の五条については、いっておかねばならない。

伊東は、

「藤堂君から聞いております。僕には異存はありません」

といった。じつに、あっさりしていた。

すぐに酒宴となった。

伊東は、上機嫌だった。こんなに嬉しいことはない、といい、

「そうだ。これを機に、僕は改名しようと思う。ことしは、甲子《きのえね》ですから、そうするにふさわしい」

甲子の年は、元号を改めるのがしきたりだった。文久が元治に変ったのも、そのしきたりに従ったのである。伊東は、

「甲子太郎《きねたろう》」

と名を改める、といった。


歳三は、近藤からの手紙で、こうしたいきさつを知った。

(どうも芝居がかった野郎だな)

と思った。

近藤は、文武ともに相当の人物、とみているらしいが、歳三は、信用できなかった。しかし、局長が入隊を認めたからには、反対はできなかった。近藤の手紙では、伊東らのほかに三十名近い新しい隊士を加えたというのである。

その一方で、京都でも、約二十名が加入した。

その一人は、会津藩の林権助の紹介だった。軍艦奉行の勝安房守《あわのかみ》(海舟)の口ききで、父親は、有名な佐久間象山《さくましょうざん》であるという。

象山は、肥後の河上彦斎《げんさい》に斬られたが、そのさい刀を抜くことなく討たれたので、武士にあるまじき不面目とされ、家名断絶となった。林は、

「啓之助《けいのすけ》という十七歳のご子息がいるのだが、仇《かたき》を討てば、家名も再興できる。新選組できたえて一人前にしてもらいたい、と勝殿はいわれるのだが……」

といった。

「新選組が仇討《あだう》ちを手伝ってやれ、との仰せでしょうか」

と歳三は問いかえした。

「もしそうならどうする？」

「おことわり致します」

「わかっている。手伝えとはいわぬ。一人前にしてくれればよい」

と林はいった。

「かしこまりました」

と歳三はいうしかなかった。

そのような若者を加えたところで、厄介なだけである。しかし、会津藩の軍事奉行である林にいわれれば、拒むことは不可能だった。

啓之助は、母方の三浦《みうら》姓を名のっていた。象山の正妻は、勝の妹であるが、啓之助は、別の腹の子である。歳三が会ってみると、予想よりも、筋骨のたくましい若者だった。歳三は、

「三浦君は佐久間先生のご子息だそうだな」

とわかりきったことを聞いた。

「それは、いまのわたしとは関係のないことです」

と三浦は昂然《こうぜん》といった。

「仇を討つのに、新選組の助けは借りない、といいたいのだな？」

「もちろんです」

「しかし、仇を討ちたいという気持は持っているだろう？」

「はい」

「よろしい。当分は、局長付きをつとめたまえ」

と歳三はいった。近藤が聞いたら、きっと喜ぶだろう、と思った。

近藤は十月の末に戻ってきたが、伊東らは同行していなかった。近藤の話では、道中の費用を渡そうとしたところ、

「それは辞退します。その代りに、十一月いっぱいまで時間をいただきたい。京へ行けばその暇もないと思うので、東海道《とうかいどう》をゆっくりと旅したいのです」

といったという。

「それを承知したのか」

「加入するまでは隊士ではない、というんだ」

「たわけたことを！」

「そう怒るな」

と近藤はなだめた。

歳三は、近藤が少し変ったのではないか、と感じた。前の近藤ならば、伊東のわがままを決して赦《ゆる》さなかったであろう。

4

三浦に関しては、歳三の考えたように、近藤は、大いに喜び、三浦を呼んで、

「お前の志は、いまの時代に見上げたものである。もし仇にめぐり会ったならば、必ず知らせなさい。わしが助太刀《すけだち》してやろう」

といった。

「ありがとうございます。が、いまのわたしは亡父のことよりも、自分をみがくことの方が大事であると考えております。何とぞご指導いただきとうございます」

と三浦はいった。

歳三と二人だけになると、

「じつに殊勝な若者じゃないか」

と近藤はいった。

歳三は苦笑した。

「何がおかしい？」

「おかしくはない。正直にいうと、おれは、あんたに叱られるのではないか、と思っていたんだ」

「叱られる？」

「そうとも。三浦は一人前になりたいとはいっているが、本音は、おれたちの助けをかり

て仇討ちをしたいんだ。そういう不純な気持のやつを、いかに会津藩重役の紹介とはいえ、どうして入隊させたのだ、と叱られるのではないか、と考えていた」

と歳三はいった。一種の皮肉といってもいい。

近藤は顔をしかめた。

「歳、おれはこんどの旅でいろいろと感ずることがあったんだ」

「何をだい？」

「剣ができるばかりでは、これからの時代、もうどうにもならん」

「そうかもしれないが、剣ができなければ、役には立たんさ。あんたに講釈するつもりはないが、剣というのはいつでも死ねるという覚悟のことだ。三浦にそれを求めることができるかどうか……」

「それは、おれが責任をもつ」

と近藤はきっぱりといった。

近藤にそういわれれば、歳三としてもそれ以上は何もいえなかった。

「わかった。それじゃ、三浦はあんたに任せるが、もう一つ問題がある」

「何だ？」

「伊東たちが江戸からくれば、ここは手狭になる。八木さんや前川さんには迷惑のかけっぱなしだし、もっと広いところに移りたいのだが……」

「どこか、いいところがあるのか」

「会津藩にお願いして、本営を新しくつくりたいが、早急には実現しそうにない。そこで西本願寺《にしほんがんじ》の集会所《しゅえしょ》を借りようか、と考えている。あそこは、六百畳もあるし、庭も広いから調練にもいい」

「貸してくれるかな？」

と近藤は首をかしげた。

「まともに交渉したのでは、貸さないだろうな」

「どうする？」

「おれに任してもらいたい。ただ、あんたの方から会津藩の内諾をとっておいてほしいのだ」

と歳三はいった。

その話が、近藤から山南に伝わった。山南は幹部の一人だから、近藤としても、了解を求めておきたかったのであろう。

山南はすぐさま歳三のところへやってきた。

「西本願寺へ移るというのは、確かなのか」

「そのつもりでいる」

「土方君、正気でいっているのか」

と山南は眉をひそめた。

「もちろんだとも」

「仏法の地に、剣や槍をもちこむのは正気の沙汰ではない」

「そんなことはないさ。昔は、坊主が武装していたじゃないか。その連中が仏罰を蒙《こうむ》ったという話も聞かないぞ」

「そういうことをいっているのではない。西本願寺は、多くの人びとの信仰の中心だ。それを汚してはならん、というのだ」

「屯所に借りたからといって、汚すことにはならんよ。あの坊主どもは、長州兵をかくまったりしたんだ。汚しているのは、坊主どもの方さ」

と歳三はつっぱねた。

しかし、歳三自身はすぐには動かなかった。

放っておいても、必ず寺方の耳に入り、何かいってくるだろう、と予想していた。

十一月の末に、伊東らが入京した。

弟の鈴木のほかに、篠原泰之進《しのはらたいのしん》、服部武雄《はっとりたけお》、加納道之助《かのうみちのすけ》ら七名だった。

近藤は隊士を集めて伊東を引きあわせた。

伊東はその席で「僕」という一人称を用いた。

(下らねえ)

と歳三は心の中で舌打ちしたが、そういう用語を規制することはできなかった。

たちまちのうちに、隊士の多くが「僕」を使いはじめた。沖田でさえ、

「土方さん、僕は……」

などというのである。

「総司、お前まで伊東にかぶれるとは情けないことだ」

「いけませんか」

「江戸ッ子の使う言葉じゃない」

「でも、いいじゃありませんか。僕は気になりませんよ」

「こいつ！」

歳三は思わずかっとなった。

沖田は笑っている。

「総司、伊東はそんなに人気があるのか」

「ありますね。山南さんあたりは、文武両道に通じている人だと激賞していましたよ」

「お前は？」

「相当の人物でしょうね」

「いまに化けの皮がはがれるさ」

「土方さんは、伊東さんを気に入らないようですが、どうしてです？」

「どうしてもこうしてもあるものか。あいつは、新選組を利用しようとしているんだ」

「つまり清河さんみたいだ、ということですか」

「そうだ。しかし、清河はもっと正直だった。おのれの野望を隠そうとしなかっただけ、伊東よりもはるかに男らしかったな」

「伊東さんは何か野望を抱いているんですか」

「と、おれは睨《にら》んでいる」

と歳三はいった。

沖田は肩をすくめた。

年があけると、事件が起きた。伊東が、永倉、斎藤、服部らをつれて島原へくり出し、そのまま隊に届をせずに居続けたのである。

新選組の内規では、外泊には局長ないし副長の許可を得ることになっていた。それに反したものは処分される。

歳三から聞いた近藤は、

「困ったことになったな。新入りのものはともかく、永倉や斎藤は、どういうことになるか知っているだろうに」

「処分するしかないと思うが……」

「うむ」

「切腹、だろうね」

と歳三はいい、近藤を見た。

近藤は沈黙している。内規に従えばそうするしかないが、それでは困るのだ。そのくせ、困るともいえずに思案している。

「それでいいね？」

と歳三はなおもいった。

「待てよ」

近藤はあわててとめた。そして、ここは山南の意見を聞いてみよう、といった。

歳三には、近藤の気持がわかっている。切腹ではなく、もっと軽い処分ですませたいのだ。

呼ばれてきた山南は、

「土方君の考えでは、切腹が当然ということらしいが、わたしは反対だ。永倉君は江戸以来の同志だし、斎藤君だってもっとも古い隊士だ。それに伊東さんは局長の目にかなって新しく入隊した人だ。このくらいの違反で正月早々に血を流すべきではない」

「これくらいの違反というが、一つを見のがせば、再び犯すものが出てくる。それでもいいのか」

と歳三はいった。

「土方君、きみは本当に永倉君に切腹を命ずるつもりなのか」

「残念だが、致し方あるまい」

「武士ならば、情をもつべきだよ」

「それとこれとは別さ。古くからのつきあいを理由にすることはできない。それでは公平を欠く」

「歳」

と近藤がいった。そして、

「ここは山南君の意見を尊重したい。謹慎三日ということではどうだろう？」

「悪い前例になってもいいというならね」

「前例にはしない。不公平になるかもしれんが、ここで永倉たちを切腹処分にするのは忍びない。おれに免じて、赦してやってくれ」

と近藤は頭を下げた。

本当は、永倉よりも伊東を助けたいのだ、と歳三は思った。むろん彼にも、永倉や斎藤に切腹をしいるつもりはなかった。

「前例にしないことを局長と総長が確約するならば、このさい認めるよ」

「土方君、確約するとも」

と山南がいった。

5

西本願寺の役僧月真《げっしん》から近藤あてに手紙が届いたのは、一月下旬であった。祇園の山絹《やまきぬ》に招待したいが、都合はどうか、という内容である。

「どう思う？」

と近藤は歳三にたずねた。

月真は、近藤のほかに、山南、伊東、土方を指名してきていた。

「そろそろ何かいってくるころだとは思っていたよ」

と歳三はいった。

西本願寺へ申し入れをしたわけではなかった。隊士たちに、前川屋敷が手狭になったからどこか広いところへ移らなければならないが、西本願寺の集会所を借りようかと考えている、と機会あるごとに洩《も》らしていたのだ。といっても、この考えは、あくまでも歳三個人のものであり、近藤や山南がどう考えているかはわからない、とつけ加えるのを忘れなかった。じっさいには、山南が反対であり、近藤は了承しているのだが、そのことはいわなかった。いずれにしても、西本願寺へ移るらしいという噂《うわさ》を流しておけば、必ず何かいってくるはずだ、と予測していた。

「しかし、伊東の名が入っているのは意外だったな」

「うむ」

と近藤は口もとを引き締めた。

「招待を受けて一夕《いっせき》遊んでくるさ。だが、おれは行かない。山南と伊東を連れて行ってくれ」

「それはどうかな。お寺さんが本当に会いたがっているのは、お前だろう。それが出てこないとあっては、落胆するぞ」

「だから、おれは行かないのさ。ただし、相手がどんな話をしようが、山南や伊東が何をいおうが、あんたは、言質《げんち》を与えないでもらいたい」

「歳、何を企《たくら》んでいる？」

と近藤が眉をひそめていった。

「何も企んではいない」

「おれに隠すことはあるまい」

「何も隠してはいないさ。それに、企みもない。本当だよ」

「だったら、お前も出ればいいではないか。お寺さんの言い分を聞くだけは聞いてやったらどうだ」

「聞かなくとも、わかってることだ」

「どうもわからんな」

と近藤は首をかしげた。

「単純なことさ。おれが出て行かないというと、あんたさえ不審がっている。坊主どもにとっては、なおさら不審だろう。それでじゅうぶんなのだ」

「ともかく、お前のいうようにしてみよう」

と近藤はいった。

当日になると、近藤ら三名は山絹へ赴いた。

歳三は居残り、いつものように隊務をとった。

しばらくして、山絹から使いがきて伊東の手紙を持参した。寺側が是非とも懇談したいと望んでいるし、近藤も了承しているから、お運び願いたい、というのである。歳三は、

「用務多忙で出かけられない、またの機会にお目にかかりたい、と申していた、と伝えてくれ」

といって使いのものを返し、島田を呼んだ。

「副長、何かご用でしょうか」

「用というほどではないが、伊東君の評判はどうだ？」

「お気に入らないかもしれませんが、上々です」

「西本願寺への引越しについては、伊東はどういっている？」

「ご自分の考えは口に出していません。近藤局長のお決めになることで、われわれの口出しすることではない、と申しております」

「用心深い男だな」

と歳三はいった。

島田は、無言を保った。内心では歳三の言葉に同感なのだろうが、島田はいつの場合でも自分から意見をいうことをしなかった。用心深さという点では、島田こそが局中第一というべきだったろう。

「では、鈴木や篠原はどういっている？」

「鈴木のところへ、西本願寺から使いがきたことがありましたが、伊東が追いかえしていました。勝手に寺側の言い分を聞いたりするのは、局中法度に触れることになりかねない、と鈴木を諭したそうです」

「そうか」

歳三は呟いた。

寺側の陳情を聞くだけでは、勝手に訴訟を扱ったことにはならないが、難癖つけられるのを回避したのであろう。

歳三は、伊東には清河八郎を上回る知謀がある、と思った。清河が策士ならば、伊東は謀士といっていい。

翌朝、歳三は前夜の様子を近藤にたずねた。

「表向きは、その話は出なかったし、おれも集会所を借りたいとはいわなかった。だが、月真は、お役目まことにご苦労でございます、少しでも皆様方のお役に立てればという考えで、献金したいといったな」

と近藤はいった。

「お金を出すから、集会所の借り上げを勘弁してくれということだな」

「そうらしい」

「で、額は？」

「こっちも問いかえさなかったし、相手もいわなかったが、山南と伊東は、口を揃《そろ》えて、ご芳志かたじけない、などといっていた。もしかすると、相手は、それで話がついたと思いこみ、近いうちに持ってくるかもしれんな」

「もしかするとではなくて、一両日中には必ずやってくるさ」

「受けるつもりか」

「額によるよ。おそらく五百両くらいのものだろうが、むろん、そんな額では話にならん」

歳三の見るところ、西本願寺の財力は、莫大《ばくだい》なものであった。数百年間、信徒から集めたものが蓄積されているのである。大坂の豪商たちも、その筆頭に名をつらねるものは、有力な大藩に匹敵するくらいの財力を有しているが、西本願寺はそれに劣らぬはずだった。これに対して、新選組を監督している会津藩などは、火の車といってもいいことを歳三は知っている。商人に金を借りていない藩は、おそらく密貿易で巨利を博していると思われる薩摩や肥前《ひぜん》など、ごく少数なのである。

有力な寺社は、表向きはつつましやかだが、陰においては、唸《うな》るほど金をもっている、と歳三は睨んでいた。

壬生の屯所は借りものだったし、どうにもならぬほど手狭である。それに何よりも、市の中心から遠く、何かにつけて不便であった。

歳三の頭の中にあるのは、道場その他の施設をととのえた本格的な屯所の新造である。しかし、会津藩にそのような資金のないことは、よくわかっている。また、幕府にもないであろう。

となれば、新選組がみずから調達するしかないが、大坂の商人たちからはすでにかなりの金を借りていたし、そうそう無理はいえなかった。で、歳三が目をつけたのは、これまで長州藩に肩入れしていた西本願寺であった。

だが、寺に借金を申し入れたり、あるいは献金を命じたりするつもりはなかった。かりにそれが可能だとしても、おそらく会津藩から苦情が出るだろう。

歳三は、まず第一段階として、集会所の借り上げを実行するつもりでいる。広い敷地を有している寺社の一部を借りるのは、どこからも非難されることのない行為である。現に、会津藩は黒谷《くろだに》の光明寺《こうみようじ》を借りて、会津本国から呼び寄せた藩兵を駐屯させているのだ。

西本願寺の一部を借りるのは、その点で問題はない。歳三は、会津藩にも了解を求める工作をすすめ、内諾を得てあった。集会所は六百畳もあり、新選組の人数が三百人になっても収容できる。

それから先はどうするか。

新選組としては、借り続けてもいいが、寺側はそれでは困るだろう。そして、出て行ってもらうためには、新しい本営の造成費用を出すしかないと覚悟するに違いない。三万両はかかるとみなければなるまいが、それくらいの金は、寺にはある。

こうしたやり方に、反対のものがいることは予測できる。ことに、宗教心の厚いものにとっては、我慢しかねる行為とうつるだろう。

歳三においては、そういう宗教心はきわめて稀薄《きはく》だった。

神や仏を信ずるものがいようとも、それはそれで構わない。が、歳三自身は、そういうものを信ずる気にもなれないし、まして頼るつもりはない。おそらく、仏法を説くものは、

「そのようなものは、死ねば地獄だ」

ということであろう。

（それもいいさ）

と歳三は心に決めている。

地獄がどんなところか、見てやろうじゃないか、とさえ思っている。

散る花

1

歳三の予想したように、西本願寺は月真を送ってきた。

まず、山南が応接し、その席へ歳三が呼ばれた。山南は、

「副長の土方歳三君です。新選組をほとんど一人で裁量しているご仁だ」

といった。その言い方に、やはり棘《とげ》がある。

「土方です。お見知りおきを」

と歳三はいった。

月真は、過日はご多用の由で、お目にかかれずに残念でございました、といってから、

「その節、近藤先生、伊東先生にも申し上げたことでございますが、天下の為《ため》、皆様まことにご苦労に存じます。つきましては、われらも泰平のために、それが仏法に通ずる道でもございますから、いささかなりともお役に立ちたい、と思案しておりますが、何分にも仏につかえる身であります故、何ほどのこともできませぬ。せめて些少《さしょう》の喜捨をさせてい

ただきとう存じます」

　と、包みを取り出した。

「喜捨をなさりたい、といわれるのですな?」

　歳三は問いかえした。

「はい」

「土方君、その件については、局長や伊東さんもうかがっている」

　と山南が口をそえた。

「お言葉だが、伊東君はかれこれ申すべき立場にはないはずだ」

　と歳三はやりかえした。

「いや、そうかもしれんが、局長も聞いておられることなのだ。喜んでご芳志を頂いてもよかろう」

「わたしが局長からうかがったことは、ちと違う」

「何と?」

「そういう趣旨の話は出たが、その場でいうのも角が立つと思い、あえて口をとざして、おことわりしなかった、と局長はいっておられた」

「喜捨をことわる?」

「その通り」

「ことわる理由がないではないか。泰平のため、天下のため……」

「理由はござる。局長のいうには、喜捨とは、僧に寄進すること、あるいは、貧者に金品をほどこすことを意味する言葉です。新選組はもとより僧の集まりではない。むろん、貧者ではない。故に、ほどこしを受けるわけには参らぬ、と局長は申しておられた」

「土方先生、喜捨と申したのは、わたしの過ちでございます。どうか、お赦《ゆる》しをいただきたい」

と月真は頭を下げた。

「おわかりになればよろしい。お持ち帰り下さい」

「そうおっしゃらずに、わたしどもの微志をお汲《く》みとり下されればありがたい」

「天下の為、といわれるのか」

「はい」

「それならば、このさい正式に申し入れます。新選組はご承知のように、市中取締りの任を京都守護職より拝命しています。おっしゃるように、これは、天下の為、である。だが、この壬生《みぶ》の地に本営を置いているのでは、その任務を全うすることが難しい。西本願寺の集会所《しゅえしょ》であれば、じゅうぶんに役目を果たせます。ぜひとも拝借したい」

「土方君、それは暴論だ」

たまりかねたのか、山南が口を出した。

「山南さん、これは、わたしが局長から一任されたことだ」

と歳三はいい、

「この件については、守護職にも届けてある。月真殿の一存にては決められないでしょうから、お持ち帰りの上、改めてご返事を頂戴したい。では、ご免」

歳三はそういうと、席を立った。

そのあと、山南は月真をしきりになだめたらしい。そして、月真を送り出すと、伊東といっしょに外出した。

歳三は放っておいた。

山南や伊東がいかに画策しようとも、もはや西本願寺への移転を変えるつもりはなかった。

伊東は山南に、

「このさい自重するがよかろう」

と忠告したらしい。

「それでは、わたしの気持が納まらぬ」

山南は伊東の忠告を聞き入れなかった。どうやら、月真には、借り上げは自分の責任で行われないように処置する、と約束していたらしい。会津藩へも働きかけたが、効果はなかった。

山南としては、西本願寺に対して立場をなくした形だった。で、思い切った行動に出た。

二月下旬、山南は近藤あての一書を残して壬生を出た。

近藤がそれを知ったのは、二条城から戻ってからである。

すぐに歳三が呼ばれた。

「困ったことが起きた。敬介がこれを残して出てしまったが、歳は、気がつかなかったのか」

「手紙を残して出た?」

「そうだ」

「気がつかなかったな」

と歳三はいった。

平隊士が用務以外で屯所を出るときには、必ず届けるようにいってある。しかし、助勤以上の幹部については、あまりうるさくはいわない。また、歳三の方でいちいちいわなくても、かれらは、どこそこへ行く、と所在を明らかにしていた。召集がかかったときに、どこにいるのかわからないというのでは、責任を問われるからだ。

山南が出たことは、じつは気がついた。おそらく、月真に会いに行くか、うさばらしに島原へ行ったのではないか、と考えていた。山南なら、歳三に届ける必要はないし、小姓番のものに、

「いつごろ戻る。何かあったら知らせよ」

といっておけば、それですむし、歳三が、どこへ行くのか、と山南に問いただすこともできないのであった。

「読んでみろ」

と近藤は手紙を渡した。

山南の書き置きは、移転問題についての歳三のやり方を批判し、さらには、近藤のとった曖昧な態度にもふれ、近藤と二人だけで膝をまじえて話し合いたい、と望んでいた。そして、今夜は大津《おおつ》の宿に泊るので、長い交友を思うなら、単身できてもらいたい、もしその望みが叶《かな》えられないならば、自分としては単独行動をとらざるをえない、という内容だった。

大津までは三里である。近藤が馬をとばせば、暮六ツまでには着くであろう。

「敬介も、困ったことをしてくれたものだ」

と近藤は、珍しく愚痴っぽく呟《つぶや》いた。

「どうする？」

と歳三はいった。

「どうしたらいい？」

近藤が問いかえした。

歳三は、近藤の意を察した。

近藤が行かなければ、山南は単独行動をとる、と宣言している。これは、明らかに脱隊を意味し、局中法度の違反である。しかし、近藤が行って話し合い、連れ戻してくるならば、事情は変ってくる。話し合いの場所を大津に求めただけのことになる。

近藤自身は、おそらく行きたくないのだ。しかし、山南との長いつきあいを考えれば、局中法度の適用に踏切ることもできないでいる。かりに、そうするとしても、自分の口からはいい出せないのだ。

歳三は、それを卑怯《ひきよう》とはみなかった。近藤のやさしさだ、と思った。歳三に山南を助ける気があれば、助けてもらいたい、という言葉の代りに、どうしたらいいかを問いかえしたのであろう。

「総司に行かせよう」

と歳三はいった。

「総司に、か」

近藤は肩を落した。歳三の意思を知ったのだ。

歳三は沖田を呼んだ。そして大津の宿を教え、山南を連れ戻してくるように命じた。

「わたしが？」

沖田は恨めしげにいった。

「気が進まないのは百も承知だ。しかし、ここはお前でなければつとまらん」

「山南さんが、戻るのはいやだといったらどうします？」

「お前の顔を見たら、九分九厘、いやだとはいわんだろう。観念していっしょに戻るはずだ」

「戻ってからどうなります？」

「切腹」

「それがわかっている以上、いやだというかもしれませんよ。そのときは討ち果たせ、というんですか」

「刀を抜くことはない。戻るまでは、どこまでもついて行く、といえ」

と歳三はいった。

2

沖田は馬に乗って出発した。

その夜、歳三は一睡もできなかった。順調にいけば、沖田は六ツ時には大津へ着き、真夜中までには戻ってこられるのである。だが、二人は戻ってこなかった。

(見込みが違ったか)

と歳三は思った。

山南がすぐに戻ってくれれば、罪一等を減ずることも不可能ではなかった。古くからの同志も、

「その日のうちに戻ったのだから、脱走とはいえまい。赦してやってくれ」

というだろう。

そのときは、赦してもいい、と歳三は考えていた。山南にとりあえず謹慎を言い渡し、ついで総長職を解く、という処分を近藤に提案するつもりだった。

しかし、戻ってこないとなると、もはやそういう処分ではすまされなかった。

(やむを得ない)

歳三は決心した。

翌朝、山南は沖田に伴われて現われた。悄然《しょうぜん》としている。沖田は、歳三が前夜の様子をたずねても、くわしいことを語ろうとはしなかった。

近藤は、助勤以上のものを集めた。

「じつに残念なことだが、山南君が脱退をはかった。局中法度によって切腹を命ずるにつき、承知しておいてもらいたい」

永倉は不服そうだったが、その場は何もいわずに引き退《さが》った。

近藤は、歳三を残し、山南を呼んだ。

「山南君、いまさら多くはいわない。幹部みずからが局を脱しようとしたことは、まことに心外である。よって、切腹を命じます」

山南は近藤をじっと見つめ、頭を下げてから、

「切腹とはかたじけない」

といった。

それから彼は、歳三を一瞥《いちべつ》した。氷のような目だった。

「土方君」

歳三は黙って見かえした。

「何かわたしにいうことがあるのではないのか」

と山南はいった。

「別に、ない」

「これで新選組は、きみの思うままになるということだな」

莫迦《ばか》なことを、と歳三は思った。

新選組を思うままにしたくて毎日を過しているわけではない。新選組などは、せいぜい会津藩の傭兵《ようへい》にすぎず、天下を動かす力はない。冷静に見れば、その程度の集団なのだ。

歳三は、それに満足していないだけであった。

数年前のことを考えれば、現状は夢のようなものかもしれないが、それに甘んずる気はなかった。

旗本にとり立ててもらおうとか、幕府内に役職を求めようとか、そんなちっぽけな志ではなかった。

では、どういう志なのか、と人に問われても、歳三自身うまく説明しかねるのである。しいていうなら、

「男としての志」

としかいいようがなかった。

要するに、言葉では説明できないものなのである。

山南には、それがついにわからなかったのだ。

「わたしがこういうことになって、きみは内心では、ほくそ笑んでいるだろう」

と山南はいった。

歳三は席を立った。それ以上、山南の女々しい繰りごとを耳にしたくなかった。歳三は自室にこもった。

(総司に連れられて戻るくらいなら、どうして前夜のうちに戻ってこなかったのだ)

と彼はいいたかった。

あるいは、

(この期に及んでそんなことをいうくらいならば、なぜ大津の宿で近藤を待つなどと書き残したのだ)

といいたかった。

新選組にいるのが堪えられない、というのであれば、行先を告げずに、ひっそりと消えてくれればよかったのである。それならば、形だけの探索をして、決着をつけたであろう。草の根をわけても捜すようなことはしなかっただろうし、第一、そのような暇もない。

山南は、所詮、新選組とは縁のない男だったのだ、と歳三は改めて思った。

そこへ監察の山崎がやってきて、切腹の場所と時刻をどうするか、とたずねた。

「長屋門の右の部屋にしたまえ。時刻は、六ツごろまででいい」

「介錯《かいしゃく》は誰にします?」

「本人の望みに任せよう。ただし、局長は認められない」

「承知いたしました」

と山崎は引き退った。

入れ違いに永倉が現われた。

「何だ？」

「こうなった以上は、いまさら何もいわんが、一つだけ頼みがある」

「山南に女がいることは、あんたのことだ、知っているだろう？」

「聞いている」

「使いを出したのだが、戻ってきていうには、女がどこかへ出かけていて、知らせることができなかったそうだ。切腹をもう少し、待ってやってくれないか」

と永倉はいった。

女というのは、つい先ごろまで明里《あけさと》の名で島原の廓《くるわ》に出ていた、山南の内妻である。外での休息を認められている幹部たちの多くは、女を囲っていた。

近藤などは、二カ所の休息所を持っていた。山南だけではなく、永倉や原田も持っている。幹部でそれがないのは、歳三と沖田の二人だけだった。もっとも、沖田は休息所を持ってはいないが、例の労咳《ろうがい》の女がいる。

むろん、歳三とても、女の肌に触れないわけではない。島原へ行くし、祇園へも行き、女を抱く。だが、女を囲う気はまったくなかった。

「新八、それは本人がいっているのか」

「そうじゃない。本人はとうに覚悟を決めているさ。見るに見かねて、おれの一存で頼んでいるんだ」

「六ツまで、と山崎君にはいってある」

「だからさ、こうして頼んでいるんじゃないか」

と永倉は怒ったようにいった。

(未練なことだ)

と歳三は思った。

「介錯人は決ったのか」

「総司だよ」

「総司は引き受けたのか」

「ああ」

歳三の口からは、次の言葉が出てこなかった。

「総司も、できる限りは待ってあげましょう、といっている。いいだろう?」

と永倉はなおもいった。

歳三はやはり沈黙を守った。もし何かいうなら、

(男は最期が肝心だ)

といったであろう。が、それをいまさら山南にいったところで、理解されるとは思えない。

「では、そういうことで」

と永倉はいい、足早に出て行った。

歳三は、のちに沖田から、女が一目だけ山南に会えたことを聞いた。

「山南さんは喜んでいました。これで思い残すことなく死ねる、といいましてね、じつに立派な切腹でした」

と沖田はいった。

歳三は、山崎から、じつはそうではなかった、という報告をうけている。山南は、女に格子ごしに会ったあと、衣服を改めた。立会人は、山崎烝《すすむ》と神崎一二三《かんざきひふみ》の監察二名である。

山南の顔は蒼白《そうはく》であった。山崎が、

「では、時刻です。お仕度を」

というと、山南は用意された小刀を手にとった。

沖田が襷《たすき》をかけてその背後に回った。

何を間違ったか、そのとき襖《ふすま》をあけたものがあった。永倉だった。だが、山南には、もはやはっきりと見定める余裕が失われていたらしい。

「狐《きつね》めが！」

と叫んだ。

それより早く、沖田の刀が一閃《いっせん》した。天井が低いために、ほとんど横なぎに近かったが、山南の首は皮一枚を残して切れ、からだは前にうつぶした。

山南の遺体は、大宮《おおみや》通りの光縁寺《こうえんじ》に埋葬された。

当時の住職二十三世良誉《りょうよ》（安政二年入院《じゅいん》。明治三十一年没）の筆になる過去帳がいまも残されている。

姓国奥州仙台産　旅宿前川正治良
山南敬介藤原知信殿　二月廿三日
地面料金子一両　穴代金一分
経料金子二百疋
　頼越姓名（頼みにきた人の名）
　新選組内　山崎烝殿
　　神崎一二三殿

3

山南の割腹を悼んで、伊東が三首の和歌を詠んだ。

歳三のもとへ、それをわざわざ知らせにきたものがある。武田観柳斎であった。

「土方先生、このことをどう思われます？」

と武田は歳三の顔をうかがった。

春風に吹きさそはれて山桜
散りても人に惜しまるるかな

吹く風にしぼまんよりも山桜
ちりてあとなき花ぞいさまし

すめらぎのまもりともなれ黒髪の
みだれたる世に死ぬる身なれば

山桜というのが山南のことを指しているのは、一読、誰の目にも明らかである。

第一首は、春風に誘われるかのように山南は散ってしまったが、それでも彼の死は人びとに惜しまれている、というのである。表の意味はそれだけのことだが、その花を散らしてしまったのは誰か、と言外に問うている。

第二首は、第一首を承《う》けて、風に吹かれていつしかしぼんでしまうよりも、あとかたなく見事に散ってしまう方が、はるかに花らしくてよい、というほどの意味である。山南はこのままでは、しぼんでしまう花と同じである。それを思えば、人びとに惜しまれる見事な最期も、もののふたるものの勇気をみせたものだ、と暗にたたえている。山桜は山南を

意味すると同時に、国学に造詣の深い伊東は、

しきしまのやまと心を人とはば
朝日ににほふ山ざくら花

という本居宣長《もとおりのりなが》の作品を意識しているであろう。山桜は、日本人の美意識の象徴なのである。

第三首は、以上を承けて、伊東自身の心境をうたっている。すめらぎは皇であり、伊東の勤王の志をいっている。その志をつらぬくべく、やがては自分も死ぬ身である。だから、山南君よ、あの世で再会しようという気持もこめられているであろう。

以上三首、とりようによっては、山南を死へ追いやった歳三に対する痛烈な批判、と受けとれなくもない。

歳三は、自分でもあまり上手ではないと認めている俳句をつくるが、和歌となると、手に負えない。が、そのいわんとしていることは感じとれる。

腹立ちは覚えなかった。

(伊東め、さすがにうまいものだ)

と思ったが、

「武田君、わたしにはよくわからんよ」

といった。

「わからぬなどと、ご謙遜ですな。ま、人それぞれでござるから、山南氏の死をどう心のなかで感じようと、それに異をとなえることはできませんが、第二首はいくら何でも怪《け》しからん作です」

「怪しからぬ？」

「そうです。土方先生ならご承知であろうが、古来、三十一文字《みそひともじ》には、意味のかけ合わせが含まれております。ちりてあとなき花ぞいさましの最後の言葉、いさましは、局長のお名の勇にかけ合わせている。つまり、勇などは、あとかたもなく散ってしまう花のようなものだ、と暗にいっているのです」

「ほう」

「余人の目は昏《くら》ませても、この観柳斎の目を昏ませることはできませぬ」

「いまの話、よくわかった。しかし、これは軽々に他のものに話さぬようにしてもらいたい」

「承知つかまつった」

武田は、うなずいた。

歳三には、武田が何を考えているのか、よくわかる。

伊東の教養は、新選組のなかでは群を抜いている。向上心の強い近藤は、その点ではじゆうぶん認めているのだ。

隊士の数は、このところいっそうふえて、百名をはるかに超えている。初期のころと違って、いまや新選組の名は洛中《らくちゅう》洛外に響いている。だから、隊士たちの言動がそれだけ人びとの耳目を集めている。

歳三は近藤と謀って、移転を機に隊の新編成を考えているのだが、近藤は、

「武術に卓《すぐ》れているだけでは、これからの新選組の隊士はつとまらん。武術師範役と並んで、文学の師範役をもうけることを考えておいてくれ」

といったのだ。

「文武両道というわけか」

「その通りだ。字も満足に書けないものがいるようでは、新選組の恥になる」

と近藤はいった。

(下らねえ)

と歳三は思ったが、反対はできなかった。

沖田なども、剣をとれば、京洛第一といっていいが、文となると、平気で誤字宛て字を使っている。

「大悦至極」

と書くべきところを、

「大祝」

と書くのはまだしも、「悦」を「税」と書いたりしているのだ。

もっとも、歳三自身は、そのことにさしてこだわらない。意のあるところが通ずればいいのだ、と思っている。

たとえば、竹刀《しない》をとって立ち合う場合、相手の面をとるのは眉間に打ち込むのが正しいが、それが多少ずれたところで構わない。誤字によって、意味がまったく変ってくるならば困るが、「大祝至極」あるいは「大税」で通ずるならば、眉間を多少ずれたのと同じようなものではないか。

とはいえ、初期のころに入隊したもののなかに、苗字《みようじ》さえろくに書けないものがいるのは確かだった。

歳三は、文学師範役をもうけることを承諾したのだが、誰を任命するかは、まだ決めていなかった。しかし、近藤が伊東を考えていることは明らかである。

武田はそれを察知して、伊東を嫉視しているのだ。自分の名前がよみこまれ、当てこすられているとなれば、近藤も不快になるだろう。また、歳三も伊東を好いていない。武田はそうした計算をしているのであろう。

嘆かわしい限りである。

歳三は、特定の隊士に対して目をかけるようなことはしていない。しいていえば、沖田や井上は特別だが、それは、この両名が実の兄弟のようなものだからだ。

武田の長沼流の軍学はいささか頼りないところがあるが、伊東の国学は本ものである。

歳三としては、自分が何となくムシが好かないというそのことだけで、伊東を退けるつもりはなかった。

伊東と武田とでは、人物の格が違う。武田は近藤に、見えすいたお追従《ついしょう》をいう。隊士の多くは眉をひそめているのだ。ここで武田を登用し、伊東を排斥すれば、隊士たちがどう感ずるかは目に見えている。阿諛《あゆ》迎合をもっぱらとする、惰弱なものがふえることだろう。

この新選組にそんな風潮を生じさせてたまるか、と歳三は自分にいい聞かせている。

歳三は、新編の腹案を書き上げると、近藤に見せた。

近藤の局長、歳三の副長は変らない。

隊士の編成は、一番隊から十番隊までとし、その責任者を組長とする。そして組長補佐として伍長《ごちょう》を各二名置き、一隊は少なくとも十名をもって構成する。

ほかに、目付《めつけ》役に相当する取調役兼監察を数名。

武術師範役は、剣、柔《やわら》、砲、槍《やり》、馬と細分し、役職にこだわらず、実力のあるものを必要なだけ登用する。師範役が複数のものについては、頭《かしら》を置く。

文学師範役は、伊東と尾形俊太郎を任命する。

近藤は、

「これでいいが、局長副長のほかに、幹部がいないというのはどうかな」

と首をかしげた。

隊士が少なかったころにも、総長職があったのだ。

「それはわかっているが、山南のことがあったあとではな」

「総長という役名では、引き受け手はあるまい。また、それでもなりたがるようなやつには、ろくなものはいない」

「どうしようというのだ？」

「総長ではなく、新しく参謀をもうけよう。そして伊東をこれに当てたい」

と近藤はいった。

4

歳三は思わず声をのんだ。

近藤は、右の掌《てのひら》を頬にあて、右肘を扇子で支えている。歳三を見る目は、笑っているようでもあり、何かを問いかけているようでもあった。

（そうか！）

歳三は心の中で唸《うな》った。この人事の政治的な意味を悟ったのだ。

西本願寺への移転に反対して、歳三と対立し、結局は割腹せざるをえなかった山南に同情するものは、少なからずいる。伊東の短歌は、その死を惜しんでの作だから、山南に同情したものたちの心を惹《ひ》きつけることは確かであり、伊東の声望はいっそう高まるであろう。

が、移転にともなう新編成で、総長職と同じ意味をもつ参謀職に伊東が就任すれば、事実上は山南の後を襲ったことになる。山南に対する処置を批判している伊東系の隊士たちは、その口を封ぜられることになるわけで、移転に反対することはできなくなる。また、伊東系以外の隊士で、伊東の短歌に心を惹かれたものも、

（正体見たり）

という気持になるに違いない。なぜなら、伊東が心底から山南の死を悼んでいるならば、その後を継ぐような役を引き受け、近藤、土方の側につくはずがないからである。

参謀役に、じっさいは大した権限はないにせよ、それは隊内第三の地位であり、文久三年以来の古参の隊士がなる十名の組長よりも上位である。伊東の山南に対する友情が底の浅いものだったことが看破されるのだ。

これが人事というものの政治的効果であり、役職というものの政治性である。歳三がいかに口を酸っぱくして、伊東の浅薄さを説いたところで、素直にその言を聞くものは多くはなかろう。しかし、人事をもってすれば、多弁を必要としないのだ。

歳三は、近藤が二条城に出仕して、政治に首をつっこんでいるのは知っている。

政治とは、読み、である。人の心を読み、動きを読み、流れを読む。それらを読む能力のないものや、読み違えたものが、敗者となるのだ。

歳三は、近藤には、政治に適した能力があるとは思っていなかった。いつぞや、たわむれに、妓《おんな》に書いてやったように、

「江戸撃剣師匠」

というのが、もっともふさわしい、と感じていた。

自惚《うぬぼ》れているわけではないが、政治については、近藤よりも自分の方がまだしもこなせると思っていた。だが、近藤はいつしか「読み」を身につけていた。もはや一介の武辺者の域を脱している。それどころか、歳三よりも先を読んでいる。

そのことが嬉《うれ》しいようでもあり、逆に寂しくもあった。二条城のなかで、政争の渦に身をゆだねているうちに、ひとりでに身につけたものかもしれないが、それが近藤にふさわしい生き方だとは思えないのだ。かつて望んでいたように、講武所の剣術師範こそが近藤らしい道ではなかったか。

「いまの案、不承知か」

近藤にいわれて、歳三は我にかえった。

「いや、結構だとも」

「ならば、そうしよう。それと文学師範だが、伊東、尾形はいいとして、両名だけでは足りんだろう。毛内有之助《もうないありのすけ》、武田観柳斎、斯波雄蔵《しばゆうぞう》も加えたらどうか」

「武田を？」

「いいから、加えてやれ」

と近藤はいった。

歳三は承服せざるをえなかった。

翌日、近藤は隊士を集め、新編成の人事を歳三から発表させた。歳三は、副長助勤制度を改め、組長、伍長、監察、師範の職制とする旨をのべてから、

「局長は申すまでもなく、従来通り、近藤先生である。また、副長は、不肖土方が相つとめるが、今回、新たに参謀を置いて、局長を補佐してもらうことになった。参謀は……」

歳三は一息ついてから、

「伊東甲子太郎君」

といった。

隊士たちの間に、無言のどよめきが波打った。

歳三は伊東を見た。

色白の伊東の顔にかすかに朱《あか》みがさした。伊東は何かいいたげだったが、やはり意表をつかれたとみえ、そくざに言葉が出てこないようだった。機先を制するように、近藤がいった。

「伊東君、気苦労の多い役だと思うが、皇国のお為である。精進、相つとめてもらいたい」

「皇国のお為とあれば、辞退もならんでしょう。謹んで拝命します」

と伊東は頭を下げた。

(狐めが)

と歳三は思ったが、つぎつぎに役名と氏名を読みあげた。

伊東派は、本人の参謀のほかに、実弟の鈴木三樹三郎が九番隊長に、篠原泰之進が監察に、中西登《なかにしのぼる》と加納道之助が伍長に任命された。江戸からきたものは八名だったから、半数以上が役についたことになる。

また、伊東が入隊してから四カ月にしかならないが、彼に心服しはじめているものもおり、八番隊長の藤堂平助、伍長の富山弥兵衛《とみやまやへえ》、茨木司《いばらぎつかさ》、橋本皆助《かいすけ》、阿部十郎、監察兼文学師範の尾形らがそうである。

もちろん、江戸以来の近藤派は、沖田、永倉、井上、原田らすべてが組長になっており、斎藤一、谷三十郎らを加えれば、圧倒的である。

しかし伊東派の登用は、客観的にみて多すぎたといってよく、予想外の影響をもたらした。

おそらく、伊東一人の登用であったならば、その効果は近藤の「読み」の通りであったろう。ところが、伊東派が多すぎたために、伊東一人が浮き上がるどころか、伊東の権威がましてしまったのである。

伊東は、何かにつけて、隊士たちに尊王攘夷《じょうい》を説く。

このころ、諸外国は幕府に兵庫開港を求めていた。幕府としては、頭の痛い問題であった国内問題が片付いておらず、それどころではなかった。そういう状態を見こしての、外圧である。

国内問題とは、長州藩処分についての幕府内部の意見不統一と、長州藩の巻き返しである。

前年、長州藩は三家老の首を斬り、三条実美《さねとみ》ら五卿《ごきょう》を黒田《くろだ》藩に移し、藩主父子は謝罪文を出して恭順の意を表した。だが、封土の削減は実現せず、奇兵隊が蜂起して、長州藩の実権は討幕派に握られてしまった。

これを放置しておいたのでは、幕府の権威にかかわるのである。老中の阿部正外《まさと》と本荘《ほん》宗秀《じょうむねひで》が三千名の兵を率いて上京し、禁裏御守衛総督一橋慶喜、守護職松平容保《かたもり》、所司代松平定敬《さだあき》らを罷免して、毛利《もうり》父子と五卿の江戸護送を実現しようと朝廷に働きかけていた。そのために、公卿《くぎょう》たちの買収資金として三十万両を持ってきた、ともいわれていたが、薩摩の大久保、西郷が、それを必死になって阻止していた。

そういう難しい時期であった。にもかかわらず、伊東の攘夷論に心酔した剣術師範の一人、加賀《かが》脱藩の田中寅蔵《とらぞう》が、

「天子のおわします京に近い兵庫を開港せよなどと、夷人《いじん》どもはじつに怪しからぬ。神州《しんしゅう》の地を汚されてはならぬ。尊王攘夷の義士の集まりであるわれわれは、立って夷人どもを斬るべきではないか」

といいはじめた。

一言でいえば、伊東にかぶれたといっていい。

監察から報告をうけた近藤は、田中を呼んで、

「軽挙をつつしむように」

と注意を与えた。

田中は承服しなかった。

「これは局長のお言葉とも思えません」

と近藤に議論をふっかける始末である。一本気の男なのだ。

歳三は意を決した。田中は二十七歳、有為の士なのだが、伊東に心酔するあまり、状況が見えなくなっている。いいかえれば、伊東の影響力がそれほど強くなっているということでもあった。

(惜しい男だが、止《や》むをえない)

歳三は、監察を立ち会わせて、田中を尋問した。

当面の新選組の任務は、外夷の取締りではない。勝手な意見を吐くのは許されない、といった。

「副長にいかにいわれても、僕には承服しかねます」

と田中は突っぱねた。

「田中君、きみは死を決して、それをいうのか」

「もとよりです」

田中の目は、異様に血走っている。

「考えを改めたまえ」

「改めません」

「隊規を紊《みだ》すことになるぞ」

「致し方ありません」

時代の狂気に冒されたのだ、と歳三は思った。

「隊規違反により、切腹を申しつける」

「お受けします」

田中は昂然《こうぜん》といった。

5

四月、新選組は西本願寺へ移転した。

六百畳の集会所をこまかく仕切り、本堂との間は、竹矢来《たけやらい》で区切った。

隊士たちの居室は、前川屋敷に比べると広くなり、調練も境内を利用できる。

歳三は、武田と砲術師範の阿部を呼んで、

「大砲の調練をやりたまえ。それも、朝一回、昼から夕刻までに二回だ」

と命じた。

「お言葉ですが、危険です。もっと広いところでなければ無理でしょう」

と阿部がいった。

「かまわん。実弾を発射するわけではない。何でもいいから、大きな音を立てればいいんだ」

「お寺の人びとがびっくりしますよ」

「それでいい」

と歳三はいった。

翌日から、調練がはじまった。

すぐに月真がやってきて、

「土方先生、あの音には困ります。何とかしていただけませんか」

「隊士どもが熱心でしてね。近いうちに、長州へ再び出兵するというので、それに備えているのです。禁止するわけには参りませんな」

と歳三はつっぱねた。

数日後、歳三は、会津藩公用方の小林久太郎《こばやしきゅうたろう》に呼ばれた。

市内にあるお寺で、大砲の調練は穏やかではないから、壬生へ行ってするように、というのである。

「相わかりました」

歳三は頭を下げるしかなかった。寺側に、歳三の意図を看破されたらしい。

大砲で驚かせば、寺側はたまりかねて出て行ってもらうために、新しい本営の移転費を出すだろうと、歳三は狙っていたのだ。それくらいの金は、西本願寺の財力をもってすればさしたることはないはずなのである。

新選組自体、会津藩から下される資金は、不充分なものだった。

壬生を去るとき、二年間も世話になった前川家に十両、八木家に五両しか出せなかった。

近藤は歳三といっしょに挨拶に行き、

「まことに些少ながら」

といって、その金を奉書に包んで差し出した。

あとで、歳三は沖田に、

「顔から火が出るような思いだったよ。一桁違う、といわれているだろうな」

といったが、それは本心からの言葉だった。場所は寺から借りたが、改装費はすべて自弁である。そんな金はないから、やむなく、大坂の鴻池らに借りる始末である。寺に迷惑をかけて、先方から自発的に再移転費を出させようというのは、いかにも姑息《こそく》な手段であるが、

(背に腹はかえられぬ)

と思っている。

だが、その手がきかないとあれば、別の方法を考えなければならない。

五月に入って、将軍家茂が上洛《じょうらく》した。

阿部正外らの工作は、薩摩藩の抵抗で失敗し、逆に、将軍上洛を督促されてしまったのである。西郷の朝廷に対する政治工作が見事に成功したのだった。

幕府としては、将軍が上洛するとなれば、それ相応の名目がなければならない。つまり長州藩を屈伏させるには、将軍みずから進発するため、勅許を得る必要があり、それ故の

上洛ということにするのである。

とはいえ、この長州再征には、反対論も多い。

征長先鋒《せんぽう》総督に任ぜられた前尾張《おわり》藩主の徳川茂徳《もちなが》は、いったんは引き受けながら、一カ月もたたないうちに辞任してしまった。

五月二十二日、家茂は上洛し、二十五日まで二条城に滞在してから大坂へ出発した。

会津藩の命令で、新選組はこの護衛にあたったのだが、伊東派にとっては、この任務は不快であった。

九番隊の鈴木の部下である瀬山滝人《せやまたきと》が、慰労の酒に酔った勢いで、

「何たることだ。これでは、まるで幕府の飼い犬と同じではないか」

と口走った。

その声が、たまたま監察の島田の耳に入った。

島田は、気のいいところのある男で、酔いに任せての放言だから、と聞き流しにするつもりだった。

しかし、瀬山の方が恐怖を覚えてしまったとみえ、その夜、脱走した。

島田からそれを聞いた歳三は、

「すぐに追手を出し、必ずつかまえてきたまえ」

と命じた。

瀬山は東国の出身である。島田は二名を引率して、馬をとばした。大津の先まで行った

が、見つけることはできなかった。島田はあきらめて屯所に戻ってきた。おそらく処罰されるだろう、と覚悟した。

それなら、最後の一夜をなじみの妓と過そう、と思い、他の二名と語らって、島原へ赴いた。

そこで、瀬山の潜伏先をなじみの妓から聞いた。瀬山には、かねてから契っていた妓がいて、その実家にひそんだというのである。島田は、山科《やましな》にあるその家に踏みこみ、瀬山を捕えた。歳三は、鈴木に、

「取り調べるまで、きみが責任をもって預かりたまえ」

といった。

鈴木は迷惑そうであった。瀬山に尊王思想を吹きこんだのは、彼自身なのである。

「処分は切腹ですか」

「いや、まだ決めていない。斬首ということもありうる」

「ここは、お寺の中です。血を流すことは許されぬと存ずるが……」

「殺生はまずいというのかね」

「そうです」

「では、聞こう。きみならばどうする?」

鈴木は返答に詰まった。

局中法度の違反は明白なのである。所詮、助けることができないのは、はっきりしてい

るのだ。

歳三はなおもいった。

「新選組は、幕府の犬みたいなものだ、と鈴木君も考えているのか」

「僕は、そんなことはいっていない」

「それならよろしい。ともかく逃がしてはならん。もし、そのようなことがあれば、きみに責任をとってもらう」

と歳三はいった。

鈴木にはいわなかったが、歳三はもう一つ厄介な問題をかかえていた。

原田の十番隊に真田次郎《さなだじろう》という隊士がいる。この男が、町人の人妻を手ごめにしようとして、町奉行所に捕えられ、新選組に引き渡された。真田は、近藤が江戸へ行ったときに入隊してきた浪人だった。日ごろから粗暴であった。

平隊士の行動に組長が責任をとらねばならぬという決りはないにしても、監督不行届《ふゆきとどき》は免れない。といって原田を責めたくはなかった。

いずれにしても、士気の弛《たる》みが原因である。放置しておけば、新選組そのものが崩壊してしまう。

歳三は、夕食のあと伊東の部屋へ行った。伊東は読書中だった。歳三を見ると、本を伏せた。

「ご勉強中かね？」

「いやいや」

「参謀のお知恵を借りたいことがある」

「これはまたどうした風の吹きまわしです？」

伊東の方も皮肉である。歳三は、

「じつは、困ったことが起きて、頭を痛めている。隊士の非違に、組長の責任がどこまであるのか、決めかねているのだ。組長職を免じて、伍長あるいは平隊士に格下げにすべきか否か……」

といった。瀬山の脱走の件は、とうに伊東の耳に入っているはずである。

「その必要はありますまい。ただし、公務中ならば、責めを負うべきでしょう」

「なるほど」

「土方さん、このさい申し上げておきたいことがある」

「聞かせていただこうか」

「何かにつけて死罪という局中法度を、考え直すべきではありませんか。ことに、第二条の局を脱するを許さず、というのは、時代の流れにそぐわぬものです。人には、人それぞれの道がある。新選組に留《とど》まるも出るも、その人の情理によって決めるべきではありませんか」

と伊東は抑えた口調でいった。

「時代の流れにそぐわぬ？」

「そうです。新選組のために、そのことを再考してもらいたい。人は生き、そして死ぬものです。どう生き、どう死ぬか、自分で決める時代がくると僕は信じている」

伊東はそういって歳三を見据えた。

動乱

1

伊東の眉宇《びう》には、ただならぬ決意が滲《にじ》み出ている。それはそうであろう。新選組成立の基盤である局中法度を改めるべきだ、といっているのだ。といって、それだけのことで伊東を処分するわけにはいかなかった。伊東はまだ局中法度を破ったわけではない。

(それがこいつの狡《ずる》いところだ)

と歳三は思った。

「伊東君、本気でそれをいっているのか」

「いかにも」

「おかしいではないか。そもそも江戸で入隊に応じたとき、局中法度のあることは局長から聞いていたはずだ。それを承知で新選組に加わっておきながら、この期に及んでそのようなことを口にするのは、卑怯《ひきょう》というものだ。それとも臆病風に吹かれたのかね?」

と歳三はいった。

「卑怯でもなければ臆病でもありませんよ。僕がそのような人間ならば、新選組を切り盛りしている土方副長に、このようなことをいうはずがない。面従腹背、素知らぬ顔をしていればすむ。何もお気に召さぬことをいう必要はありませんからな。それをあえて進言するのは、はじめに申し上げたように、新選組のためを思えばこそです」

伊東の言葉には、まったく淀みがない。

歳三にとっては腹立たしいが、口では伊東にかないそうもなかった。

「伊東君、はっきりいっておこう。局中法度を改めるつもりはない。きみは、時代の流れにそぐわぬ、留まるも出るも好きに任せろというが、もしそのような気ままを許してしまえば、新選組がどうなるか、くどくど説明するまでもあるまい」

「気ままを許せ、などとは申しておりませんよ」

「男はね、口上の上手下手じゃない。志があるかないか、だ」

と歳三はいい放った。

が、伊東は別に怒りはしなかった。怒るどころか、笑って、

「それは仰せの通りです、志を抱いているからこそ僕は上洛した。ほかの隊士諸君もそうでしょう。ならばその志を活かす道を考えてやってもいいではないか、と僕はいいたい。この前、田中君が割腹した。有為の若者だった。隊規を紊した故のことだったにしても、僕は惜しい若者を失ったと思っているのです。田中君の尊王攘夷の志を活かしてやる道が何かあったのではないかと思い、いまだに心残りなのです」

伊東は、田中に切腹を命じた歳三の処置が間違っていた、とはいっていない。しかし、そういっているのと同じである。

歳三がそれをいえば、伊東は、変な勘ぐりはやめてもらいたい、というだろう。

これ以上は、いえばいうだけ腹が立つ、と歳三は思った。

「伊東君、いずれきみの志とやらをじっくり拝聴させてもらわねばなるまいな」

むろん皮肉である。

伊東はそれには答えず、

「ところで、おたずねしたいことがある」

といった。

「承ろうか」

「大坂で捕え、京へ移送してきた浪士二名の処分のことです」

「それを聞いてどうする？」

「斬首すると聞いたが、その前に僕が取り調べたいのです」

と伊東はいった。

浪士二名というのは、三月二十七日に大坂町奉行所の捕吏《ほり》が密告をうけて捕縛した柴屋《しばや》和平《わへい》、高瀬屋《たかせや》長兵衛《ちようべえ》という商人だった。和平は、じつは長州脱藩の赤根武人《あかねたけと》、長兵衛は久留米脱藩の淵上郁太郎《ふちがみいくたろう》だというのである。

奉行所は半信半疑のまま捕えたのだが、はじめは両名とも、それを認めなかった。しかし密告通りならば、浪士としては大物である。そこで大坂から京へ送られ、とりあえず六角《ろっかく》の獄へ入れたのだ。

赤根は、周防国《すおうのくに》柱島《はしらじま》の町医者の子に生れ、のちに長州藩家老浦靭負《うらゆきえ》の家来である赤根忠右衛門《ちゅうえもん》の養子になった。だから、長州藩においては陪臣《ばいしん》の身分である。はじめ吉田松陰に学び、安政四年に上京して梅田雲浜《うめだうんぴん》に学んだ。梅田が安政の大獄で捕えられたとき、同志との間にかわした手紙などをとっさに持ち出して焼却した。赤根も捕えられたが、証拠がないために釈放された。

その後いったん萩《はぎ》に戻り、文久二年に江戸へ出て、高杉晋作のつくった御楯組《みたてぐみ》に加わった。だから、高杉らが決行した御殿山《ごてんやま》のイギリス公使館焼打ちにも参加している。

翌年長州に戻り、高杉の奇兵隊に入り、十月に、河上弥市《やいち》のあとをついで、三代目の奇兵隊総管（奇兵隊は総督ではなくこの名称を用いた）となった。元治元年八月の四国連合艦隊との交戦では前田砲台を守って大いに戦った。

しかし、同年暮の高杉の挙兵にさいしては動こうとしなかったため、高杉が実権を握ると、筑前へ脱走した。同藩の勤王派である月形洗蔵《つきがたせんぞう》を頼ったのである。

そこで赤根は、旧知の淵上に会った。淵上は、久留米の医家の子供で、安政三年江戸へ出て、大橋訥庵《おおはしとつあん》に学び、抜群の成績をあげたことを認められて文久元年、士分に登用された。はじめはおとなしく藩校明善堂《めいぜんどう》で教えていたが、清河八郎の遊説に心を動かされ、田中河内介、平野次郎《じろう》らの挙兵計画に加わるために脱藩したものの、追手に捕えられ入牢《じゅろう》した。しかし、文久三年に赦されて上京、三条実美、中山忠光らに出入りし、三条らが都落ちしたあとは、長州藩邸にひそんで志士活動を続けた。

池田屋事件のときには、屋根から逃げていったん津和野《つわの》藩邸にかくれ、三日後に長州藩邸に戻った。禁門の変のときは、山崎方面で戦い、敗戦後は長州に逃れ、三条ら五卿《ごきょう》の筑前入りを周旋した。

月形らは、三条ら五卿の帰京を画策して、参政の筑紫衛《つくしまもる》を上京させることにした。赤根と淵上はその先導と探索をかね、商人に化けてまず大坂に潜入したところを捕えられたのである。密告したのは、筑前藩の佐幕派だった。

赤根も淵上も、京へ移送されてからは、本名を名乗った。安政の大獄のときに彼らを捕えた役人がいるので、隠しても無駄だったのである。

だが、奉行所には、この時点では、右にのべたような両名の履歴が知れていたわけではない。

赤根が、奇兵隊という長州独特の兵団の総管をつとめたことのある人物だということと、淵上が長州に同情的な公卿たちによく知られた浪士だということくらいしかわかっていなかった。淵上が池田屋に会していた一人だったとわかっていれば、そくざに処分していただろう。

歳三も、むろん、そういうことは知らなかった。それに両名を捕えたのは、新選組ではないのである。

「伊東君、両名のことを誰から聞いた？」

「篠原君からですよ。先日、篠原君が町奉行所へ公用で赴いた折りに、手柄話を聞かされたそうです」

「両名を取り調べてどうしようというのかね？」

「これは副長のお言葉とも思えませんな。長州藩が口では恭順を称しながら、内実においては幕府に対して事を構えようとしているのは、火を見るよりも明らかなことではござらぬか」

「うむ」

と歳三はいわざるをえない。

前年十一月に、長州藩は三家老の首を斬って征討総督徳川慶勝《よしかつ》に差し出した。しかし、高杉の決起で藩論は一変し、恭順派だった椋梨藤太《むくなしとうた》らは逆に捕えられ、せっせと銃器を買いこんでいると伝えられているのだ。

幕府内にはこの情勢を見て、即時長州再征論が擡頭《たいとう》してきている。

前年の恭順のときには、封土十万石の削減と藩主父子の江戸表《おもて》へ出頭してきての謝罪が条件になっていた。それを実行させるためには、もはや武力しかない、という論である。

伊東は続けた。

「局長もいっておられたが、このまま長州に対して何もしないとあれば、幕府の威権は地に墜《お》ちます。是非はともあれ、長州再征の軍を進めなければなりますまい。そのさい、長州が昨年のように屈するかどうか。僕の考えでは、おそらく全藩を挙げて手向かうに違いない。それを思えば、ここで赤根らを斬首するのは、愚の骨頂というものです」

「長州の内情を聞き出そうというのかね?」

「そうです」

「やつらも一廉《ひとかど》の武士だ。容易なことでは口を割るまい」

「そうでしょうな。で、土方さんならどうします? 拷問しますか」

歳三はそれには答えずに、

「伊東君ならどうする?」

「拷問はしませんよ。そういう調べ方は、下の下です」

「自信ありげだな」

しかし、伊東は微笑しただけだった。

2

歳三は近藤とも相談して、町奉行所に交渉した。

赤根も淵上も、奉行所の調べに対しては、一言も口を割っていなかった。むろん激しい拷問をうけているのだが、両名ともすでに死を覚悟しているらしく、悲鳴さえも発しないというのである。だから、新選組に任せることに異存はなかった。

歳三は伊東に、

「奉行所はわれわれに一任するそうだ。山崎君を連れて、六角獄へ引き取りに行ってくれ」

「その必要はありません。こちらから六角獄へ毎日出向くことにしたい」

「手間がかかるだけではないか」

「こちらへ連れてきたのでは、喋《しゃべ》るものも喋らなくなる。それに、監察が必要ならば、山崎君ではなくて、篠原君をつけてもらいたい。篠原君は、淵上と同じ久留米藩の出身です」

「よろしい。それを認めよう。一カ月以内に口を割らせることだ」

「日限を切るのはよいが、一カ月という区切り方ではなくて、長州再征に間に合えばよいわけだから、その軍が出発するまでということにしていただこう」

と伊東は条件をつけた。

それも理窟である。

「よかろう」

と歳三は認めた。

再征はもはや決定的になっている。伊東がどういう手段をとるつもりなのか、まったく見当はつかなかったが、歳三の予測では、再征の軍が出発するまでには、一カ月もかかるまいと思われた。だから、伊東の条件は、みずから日限を短縮したようなものだ、と考えたのだ。

ところが、歳三の予測は、はずれた。

幕府としては、辞任した徳川茂徳に代って紀州の徳川茂承《もちつぐ》を先鋒《せんぽう》総督に任命したものの、できることなら軍を動かしたくはなかった。なぜなら、大軍を発するとなれば莫大《ばくだい》な費用がかかるが、このころ幕府財政は火の車であった。従って、できることなら一兵も用いずに長州を屈伏させたかった。

そこで幕府は、六月二十三日に、芸州藩を通じて、長州藩支族の毛利元蕃《もとみつ》、吉川経幹《きつかわつねもと》に上坂を命じ、さらに八月十六日に、毛利元周《もとちか》、毛利元純《もとずみ》と家老一名が九月二十七日までに上坂すべきことを命じた。

長州藩は、幕府の肚《はら》を見抜いていた。それに、四月には、但馬《たじま》に隠れていた桂小五郎が姿をあらわし、高杉とともに、着々と臨戦態勢をととのえていた。そして、幕府の命令に対して、毛利元蕃らは病気であると称し、家老格の井原主計《いはらかずえ》と、家老宍戸《しし ど》備前の末家というふれこみで、軽輩の山県半蔵《やまがたはんぞう》に宍戸備後助《びんごのすけ》の名前をあたえ、広島へ出頭させた。

幕府は完全に見くびられていた。こうなっては、軍費のことなどはいっていられない。将軍家茂は九月二十一日に参内し、長州再征の勅許を得た。

この間、伊東は篠原を伴って、根気よく六角獄へ通っていた。

歳三は、やきもきしたが、再征軍の出発までという約束があった以上、何を愚図っているか、と文句もいえなかった。

もっとも、伊東の方もいたずらに時間をかせいでいたわけではなかった。淵上が六月ごろから発熱し、ひところは危篤に近い病状だった。

伊東は、牢役人に話をつけて、淵上の看病をした。それが、淵上や赤根の心をときほぐしたらしい。両名とも重かった口をひらいて、長州の内情を語りはじめた。

その前に、伊東は一度だけ歳三の命令で、京都を出て奈良へ行っている。ちょうど淵上の病状が重かった七月なかばのことで、不審な浪士が奈良に集結しているという情報があった。

沖田の一番隊をはじめとする各組の隊士らは、市中巡察と大坂にある将軍警護で手一杯であった。歳三は、伊東の剣の実力を知りたい意味もあって、奈良出張を命じた。

伊東は、富山弥兵衛、茨木司、久米部《くめべ》正親《まさちか》らの伍長《ごちょう》を選び、監察の篠原とともにすなおに出張した。久米部のほかは、いずれも伊東派である。歳三は、久米部を呼んで、伊東から目をはなすな、と指示した。

一行は、数日で帰京してきたが、久米部だけは駕籠《かご》である。左足を刺されて、歩行不自由になっていた。

篠原が事情を説明した。遊女町に浪人数名がひそんでいるというので、伊東、富山、茨木の三名と、篠原、久米部の二名が二手になり、探索にくり出した。そして、篠原と久米部は、五名の浪士とぶつかって、斬合いになった。

一名は仕留めたが、久米部は負傷し、四名には逃げられた。そこへ、斬合いがはじまったと聞いた伊東たちがかけつけ、久米部を介抱していったん宿へ戻った。

久米部は、手当てをしようとする伊東の手を押さえて、

「切腹させてもらいたい」

といった。

敵と戦って負傷し、しかも相手を仕留めなかったものは、その場の状況によっては切腹という内規があるからだ。

しかし、久米部は、ただ斬られたわけではない。相手も倒しているのである。

「ここは僕に任せなさい」

と伊東はいって帰京してきた。

歳三はたずねた。

「斬りすてた浪人の身元はわかったのか」

「ふところの物を調べてみたが、わかりませんでした」

と久米部は答えた。

「ひとまず謹慎していたまえ」

歳三がそういうと、久米部は蒼《あお》い顔でうなずいた。

切腹を命ずるかどうか、きわどいところである。久米部は近藤が江戸で集めてきた隊士の一人である。だから、伊東の動きを監視する役をいいつけたのだが、それが裏目に出た形だった。

それを思えば、切腹を命ずるのは、酷であった。

（どうするか……）

　歳三は思案した。

　助けてやりたいが、久米部に傷を負わせた浪士を仕留めたのは自分だ、と篠原はいっているのだ。もし久米部が浪士を仕留めたさいに負傷したのであれば、文句なしに助けることができるが、どうもそうではないらしい。

（やむを得まいな）

　と歳三が決心したとき、伊東が察したかのようにいった。

「久米部君に切腹を命ずることはないでしょうな」

　歳三は、

（こいつ）

　と心の中で呟《つぶや》いたが、同時にほっとした。伊東が助命を主張することを直感したからだった。が、素知らぬ顔で、

「奈良出張の指揮をとったのは伊東君だ。久米部に卑怯な振舞いがあったか否か、わたしにはわからぬ。伊東君や篠原君の考えを聞こう」

「久米部君は新選組隊士としてじつに立派なものでしたよ」

　と伊東はいった。

　久米部がちらりと伊東を見た。表情に生気が蘇《よみがえ》っている。伊東の証言に感謝していることは明らかだった。

これで伊東派がまた一人ふえたことになるが、歳三は、大事の前の小事だ、と自分にいい聞かせた。

大事というのは、対長州戦のことである。新選組にも出陣命令が下されるであろう。そのときに備えて、久米部のように役に立つものは、一人でも失いたくなかった。

3

十月に入っても、征長軍の出陣令は下されなかった。イギリス、フランス、アメリカ、オランダの四国公使が、艦隊を率いて兵庫沖に現われ、兵庫、大坂の開港を二年早めることや関税の引下げを求めたのである。

この外圧につけこんで、薩摩藩が策動を開始した。このような重大事業を決するにあたっては、有力な藩の藩主たちを集めて、どうすべきかを諮《はか》るべきだというのである。そのため、薩摩藩は朝廷工作を行った。

薩摩の狙いは、はっきりしていた。雄藩による大名会議が実現すれば、幕府は事実上、政権を取り上げられたことになる。以後、何かにつけて、諸大名の意見を聞かなければならないことになる。

大坂城にあった家茂は、このとき二十歳である。内外の圧力ですっかり弱気になり、将軍職を辞したい、といい出した。

幕府内部はひっくりかえるような騒ぎになった。家茂には子供がない。誰が新将軍になるかは、もはや徳川家の問題ではなく、天下の政治に関わってくる。

家茂が十四代将軍になったときも、大揺れに揺れたのだ。そのときのもう一人の将軍候補は一橋慶喜であった。井伊大老が家茂を推し、一橋派は弾圧された。そのことが、安政の大獄の遠因にもなっている。

家茂が将軍職を投げ出せば、そのときと似たような激しい抗争が再燃しかねないのである。

そういう事態になることをもっとも恐れたのは、慶喜であった。幕府内の揉《も》め事を喜ぶのは、薩摩であり長州である。大名会議の筋書きをかいたのは、薩摩の西郷、大久保なのだ。

京にあった慶喜は、その持ち前の弁舌と政治力をふるって、朝廷工作をくりひろげた。おどし、すかし、ときには金をバラまいて、余勢をかって長州再征の許可をも得た。いいかえれば、長州を朝敵とすることに成功した。

こうして政治工作において勝利を得たとはいえ、征討軍を発するには多くの隘路《あいろ》があった。

幕府の威権が強大だったころは、諸大名に出陣を命ずるだけでよかったが、この時期になると、諸藩ともいうことをきかなくなっている。となれば、幕府直轄の軍を動かすしかないが、その大半は関東に在る。そして、それを大坂へ、さらには長州へと送るためには、莫大な軍費を必要とする。

そこで、幕府が考え出したのは、訊問使《じんもんし》を送って、長州に頭を下げさせることだった。前回とは違い、朝廷の許可があるのだ。

選ばれたのは、大目付《おおめつけ》の永井主水正《もんどのしょう》と目付の戸川鉡三郎《とがわはんざぶろう》だった。永井は二千石取りの旗本である。大目付としての役料は貰《もら》っているが、大名ではないので、家来はいない。そのために、手足となって働いてくれる随員を必要とした。

永井は近藤を招いて、随行を求めた。

近藤は一も二もなく引き受けた。いまや幕府代表の一員になるのである。数年前の境遇を思えばまるで夢のように感じられたのだ。

近藤は二条城から戻ってくると、すぐに歳三を呼んだ。

歳三が見ると、近藤は口もとを引きしめるようにしている。だが、それは緊張のためではなく、何か体内にたぎり立っているものを楽しんでいるふうであった。

「城中で何かあったらしいね」

と歳三はいった。

「うむ」

「口をひらくと、内に秘めているものがこぼれてしまう……そんなことらしいが……」

「伊東君が調べていた赤根と淵上は、どうしている？」

「前ほどの熱心さはなくしているようだが、三日に一度は六角へ通っている。町奉行所の話では、ときには一刻《いっとき》以上の長話になることもあるそうだ」

「何を語りあっているのか、歳にはわかっているのか」

「町奉行所の方も、はじめのうちは牢役人が立ち会っていたが、このごろでは面倒になって、ときどきのぞくだけらしい。しかし、赤根も淵上も、いまでは伊東のことを先生と呼んでいるそうだ」

「伊東君をここへ呼んでくれ」

「それはいいが、何があったか、話してくれないのか」

「じつは、永井主水正殿から、広島へ同行せよとのお話だった」

「広島へ？」

「そうだ。永井殿は長州訊問のために十一月そうそうご出張になる。会津公には自分の方から通じておく故、是非ともいっしょに行って助力してもらいたい、というお言葉でな。上様《うえさま》をはじめご老中方も、この件については、お聞き届けになっているそうだ」

「それで引き受けたのか」

「当り前ではないか。近藤一身の名誉もさることながら、つまりは新選組がそれだけ認められたことになる」

とっさに歳三の心にうかんだことがあったが、口にはしなかった。

近藤はそのことに気がつかない。

「それで思いついたのだが、例の二名の浪士のことだ。永井殿にしても副使の戸川殿にしても、長州藩内の事情についてはご存知ない。それは、おれも同じことだ。だから、あの両名を連れて行けば、何かと都合がよい。長州の使者が偽りを申しても、それを看破することができる」

「こちらが考えるほど、役に立つかどうか」

「立つさ。場合によっては、広島から長州へ入ることもありうる。そういうときは、案内役をつとめさせることもできようし、あるいは両名を解き放って、間者《かんじゃ》として用いることもできよう」

「で、あんたの身分は？」

「新選組局長では、長州の使者たちとの応接にいささか支障があるので、永井殿の給人《きゅうにん》（知行地がなく禄米《ろくまい》を支給される武士）ということになりそうだ。それに近藤勇のままでは、勇名が鳴り響きすぎて具合が悪いから、変名した方がよかろう、ということになった」

「同行するのは、あんた一人か」

「いや、一人では、用が足りない。中小姓や近習《きんじゅ》ということにして、数名を同行せよ、ということだった。おれとしては、役目柄、武よりも文に秀でたものを連れて行きたい。ことに伊東は、浪士二名と関わりもあるから、除外することはできぬと思っている」

「ほかには？」

「武田と尾形かな」

それを聞いて、歳三はうんざりした。

永井が近藤に同行を求めたのは、何も近藤の政治力を買ってのことではあるまい。おどしたり、すかしたり、だましたりの駆け引きについてなら、近藤よりも上手のものは、掃いて捨てるほどいるのだ。というよりも、近藤などは、赤子同然といっていいだろう。

永井が近藤を選んだ本当の狙いは、警護役なのである。つまり、用心棒といっていい。永井の家中には、その役のつとまる腕達者はいない。広島に留まる限りは必要ないだろうが、交渉の成行き次第では、長州領内へ行かなければならないこともありうる。そんなとき、暗殺を企てるものがいるかもしれないのだ。それを考えたら、いざというときに身を守ってくれるものが欲しいのである。

とはいえ、永井は近藤に、

「用心棒になってくれ」

とはいえない。だから、いっしょに行って助力してくれ、と近藤の耳に快い言葉をいったのだ。

歳三はいった。

「命がけのお役目だな」

そういえば近藤にもわかるだろう、と思ったのだ。

「歳のいうとおりだ。身に余る大役、男子の本懐だ。もとより覚悟はできている」

と近藤は真剣な表情でいった。

よほど思ったままをいってやろうか、と思ったが、歳三は考え直した。おのれが信じているものの言葉を、素直に受け取るのが、近藤勇という男の、良《あ》かれ悪《さが》しかれ、性《さが》なのだ。ある意味でそれが将器といえるものであり、それが短所とならないように、そばにいるものが補佐してやればよいのだ。

「伊東はともかく、武田や尾形では、万一のときには、どうにもならんよ。やはり腕の立つものも連れて行った方がいい。総司は長旅は無理だから、新八や左之助も加えてもらいたい」

その二人なら、用心棒の役は立派に果たすはずだった。

「それはいかん」

「どうして？」

「二人とも組長じゃないか。斎藤もそうだ。だから、連れて行くとしても、組長以外から選びたい」

と近藤はいい、監察兼剣術師範の新井忠雄《あらいただお》、吉村貫一郎《よしむらかんいちろう》、監禁の芦谷昇《あしやのぼる》、山崎烝《すすむ》、それに平隊士のなかでは、抜群の服部武雄を選んだ。

永井と戸川は十一月二日に広島へ向けて出発した。

この日、赤根と淵上が釈放された。近藤らの一行とつかず離れずに広島まで行き、機を見て長州に入ったのち、必ず内報するという条件つきである。

近藤の出発は、十一月四日である。近藤はその前夜、醒ケ井《さめがい》の休息所に歳三を呼んだ。

休息所というのは、妾宅《しょうたく》のことである。島原で太夫《たゆう》をつとめた深雪《みゆき》という女に身辺の世話をさせていた。

近藤は、酒をのみながら、しんみりとした口調でいった。

「いろいろ調べてみたが、長州のやつらもこんどばかりは必死の思いらしい。歳のいったように、命がけということもあるとみた。そこでいい残しておきたいことがある」

「縁起でもない。せっかくの酒がまずくなるよ」

「本気なのだ。まず、理心流の道統《どうとう》のことだが、おれに万一のことがあったら、総司に継がしてもらいたい」

「総司は受けまいよ」

「どうして？」

歳三は沈黙した。近藤には養子の昌武（通称周平《しゅうへい》）がいる。剣技は沖田に及ぶべくもないが、近藤がその血筋にほれこんで、養子に迎えたのだ。

そのこと、と近藤は察したとみえ、

「周平のことは、気にすることはない。理心流の道統は、代々、血筋とは関わりなく承《う》け継がれてきたのだ。総司が何といおうと、このことだけは、必ず実行してもらいたい」

「承知した」

「つぎは、組のことだが、これはお前にやってもらうしかないし、異をとなえるものもいまい」

「何事も起こらんさ」

「そうは思わない。乱世なのだ。何が起きても決して不思議ではあるまいよ」

近藤は、もしかすると、自分にいい聞かせているのかもしれなかった。

4

近藤らが広島へ出発したのち、歳三は多忙をきわめた。

局長の近藤および参謀の伊東という幹部二人がいないために、隊務のすべてが歳三に集中してくる。もともと隊務は、歳三が独りで取りしきっていたようなものだったが、幕府や会津藩との折衝は近藤が扱っており、町奉行所や所司代との連絡は、伊東にゆだねていた。そうしたことの一切が、歳三にかかってくるのだ。

近藤がいるときは、二条城へ出仕していたから、そこで幕府や会津藩の公用方と接触し、あらかたの用はすませていた。しかし、近藤がいないとなると、歳三がいちいち出向かなければならない。相手に、屯所まできてほしい、とはいえなかった。

それはまだしも、城内における礼儀作法のやかましさには、うんざりする思いであった。町なかでは、新選組副長といえば、肩で風を切っていられるが、城内では、格式が第一である。新選組副長は、御目見《おめみえ》以下の存在にすぎない。御用部屋のなかに入ることは許されず、控えの間で用件を承るのである。

要するに、幕府内部は旧態依然たるものがあった。歳三は、

（こんなことでいいのか）

と思わざるをえない。

手紙でもすむような用件のために、半日がつぶれてしまうのである。一事が万事で、何か一つのことを処理するのに、ひどく時間がかかるのだ。

この時期、歳三は新しい屯所の建設でも忙しかった。

西本願寺は、集会所《しゅえしょ》を新選組に貸与していたものの、一日も早く出て行ってもらいたいのが本心である。しかし、ただ出て行ってくれといったところで、新選組が応ずるはずのないこともわかっている。

そこで、寺側は、堀川《ほりかわ》の不動堂《ふどうどう》村に所有している土地を提供し、そこに屯所を新築して移ってもらうことを考えた。

問題はその費用である。

政治の中心が京都に移り、各藩が兵力を常駐させ、人の出入りが激しくなって、物価は上昇する一方だった。規模にもよるが、安く見積っても、五万両はかかりそうである。

新選組にそのような大金のあろうはずがない。出すとすれば、会津藩ということになるが、会津藩の金庫もほとんど底をついていた。

京都守護職としての役料は幕府からもらっているが、もとよりそれで足りるわけはなく、じっさいには多額の持ち出しであった。藩も苦しいから、現実には、藩士各自が負担をしいられている。

寺側は朝廷に働きかけた。朝廷といっても、その中核をなしているのは公卿である。かれらに付け届けをして、

「聞くところによると、殺生禁断の場所である寺の境内で、会津藩預りの新選組とやらが勝手気ままに血を見るようなことをしているそうではないか。よしなに処理してたもれ」

と、藩主の松平容保《かたもり》に注意を与えさせたのだ。

公卿たちは、貪婪《どんらん》であった。つい一昔前まで、かれらの生活は貧窮をきわめていたのだが、朝廷が政治に権威をもつようになってからというもの、各藩の付け届けで、にわかに裕福になった。

それまでの公卿は、位階はあっても、金はなかった。天皇家自体が、せいぜい十万石の大名くらいの収入しかなかった。

それが一変したのである。政治に関わり合うことが金になる、と知ったのだ。

そうなったについては、幕府にも責任がある。むしろ、大いにある、といってもいいであろう。なぜなら、長い間、幕府自体が金によって動いてきたからだった。幕府内部で何か役職を得ようとすれば、賄賂が必要であった。

かつて近藤が講武所の教授方を望んだときに、まるで相手にされなかったのは、要所要所への付け届けをしなかったからだった。もちろん、それが唯一の理由ではないが、無名の天然理心流が他流を押しのけるには、それなしには不可能といってよかった。

賄賂は、幕府の体質化していた。もっとも、幕府の役人たちには、それが悪いことだと

いう感覚もなかった。その立場にあるものが、付け届けをし、あるいは受けるのは、至極当然のことにすぎなかった。

その点で、松平容保の感覚は、あまりにも真当《まっとう》であった。容保は天保六年（一八三五）美濃高須《みのたかす》藩主松平義建《よしたつ》の六男として生れ、弘化《こうか》三年（一八四六）十一歳のときに、会津藩主松平容敬《かたたか》の養子となった。容敬の死によってあとを継いだのが嘉永《かえい》五年（一八五二）だから十七歳のときである。京都守護職に任命されたのは文久二年だったが、それはみずから望んでのことではなかった。というよりも、強く辞退したのだが、認められず、やむなく引き受けた職なのである。一言でいえば律義な人物であり、公卿の背後に西本願寺があるとわかっていても、

「かしこまってござる」

としかいえなかった。

とはいえ、五万両の大金を調達するのは、容易ではなかった。寺側も会津藩の苦しい財政事情は承知である。そこで三分の一を提供する旨を申し出た。会津藩は、何とかやりくりし、それでも足りない分は大坂の富商から借金をして、その費用を捻出《ねんしゅつ》した。

こうして新しい屯所が堀川通り東の不動堂村に建設されることになり、その工事が九月ごろからはじまっていた。

その監督も歳三の仕事のうちである。

むろん、市中取締りという本来の隊務をゆるがせにするわけにはいかず、目のまわるような忙しさであった。

一方、内蔵助《くらのすけ》と仮称した近藤らは、十一月十六日に広島へ到着した。

長州藩を代表して広島へ出頭してきたのは、家老宍戸備前の養子と称する宍戸備後助である。じっさいは、藩士の山県半蔵をにわか養子にしたのだ。藩士といっても、十人扶持《ぶち》の軽輩である。長州藩としては、すでに戦争を覚悟してその準備をすすめており、使節が抑留されることを予期して、山県を送ってきたのだった。

幕府の方も、長州征討の勅許を得たのち、五方面の部署を定めて発令した。

芸州方面は、広島藩を第一陣とし、以下、彦根（井伊）、高田《たかだ》（榊原）、第二陣が津山《つやま》、明石の各藩である。そのほか、石州《せきしゆう》、上《うえ》ノ関《せき》、馬関、さらには長州の本拠の萩に対しては、第一陣に薩摩藩、第二陣に久留米藩を充当した。

しかし、ほとんどの藩が、この命令を無視した。

わずかに、譜代の井伊、榊原が申し訳程度に兵を広島へ出しただけである。

訊問使の永井主水正は、こういう状況を見て、訊問が形式だけのものになることを覚悟した。兵力の背景のない訊問などは無意味なのである。

永井は国泰寺《こくたいじ》で宍戸を引見し、八項目にわたって訊問した。

第一は、春ごろ長州藩内で紛争があったさいに、藩主父子が萩に謹慎の身でありながら山口まで出かけたというが、そのくわしい事実はどうか、というものである。

　これに対する宍戸の答弁は、藩主父子は、謹慎中なので、一切を家臣に任せておいたのだが、その家臣のやり方が残忍酷薄なので、士民の憤激をかい、争闘が起こった。放置しておいては、謹慎の趣旨にも背くことになるので、やむをえずに山口へ出張して鎮撫《ちんぶ》した、というものだった。

　第二は、

「その争いのすでに鎮撫に及びし上は、萩へ戻り慎しみおるべきに、いまもって山口にあり、さらには処々を巡行致しおるは、いかなる次第であるか」

　と永井はいう。宍戸は、

「その通りではございますが、じつは再討の風聞が伝わりまして士民に動揺するもの多く、それを鎮める必要が生じまして、領国の中央に位置し、何かと指揮に便利な山口にしばし滞在している次第であります。滞在と申しましても、茅屋《ぼうおく》の仮り住いでありまして、寺院の蟄居《ちっきょ》と同様であります」

　と宍戸は答えた。

「第三、取りこわしを命じた山口城を修理し、武器を配置しているではないか」

「そのような事実はありません」

「第四、馬関にきたイギリス人を懇親接待したではないか」

「外国船の通行にあたり、水、食料の供給について交渉をうけたにすぎません」

「第五、家臣村田蔵六《むらたぞうろく》の花押《かおう》のある証書で、アメリカ人に蒸気船を売却したではないか」

「それは初めて承りました。その蒸気船というのは、壬戌丸《じんじゅつまる》のことと思われますが、その船は三田尻《みたじり》に碇泊《ていはく》していたとき、何者かに盗まれてしまい、いまもって行方《ゆくえ》がわからなかったのです。きっと盗んだものが、村田の花押を偽作したのでしょう。まったく憎むべき所業であります」

「第六、銃火器を外人から買っているではないか」

「どうしてそんな噂《うわさ》が立ったのか、見当もつきません。決してそのようなことはしておりません」

「第七、筑前の三条卿らに贈りものをし、その答礼に、森寺大和介《もりでらやまとのすけ》が長州へ行ったというではないか」

森寺大和介は、三条実美の家令である。そのことは、筑前の黒田藩から報告があって、明白なのだが、答えは、

「そのようなことはありません」

というものだった。

最後に永井は、

「さきごろ、毛利淡路守《あわじのかみ》と吉川監物《けんもつ》に大坂へ出頭を命じたところ、病気だというので、ほかの支族と家老に九月二十七日までに出頭するようにいった。それに応じなかったのは、いかなるわけであるか」

「支族のものは病人ばかりでありました。わたしどもすぐに出頭するつもりでしたが、心配事もありまして、期限までに参れそうになかったので猶予をこい、こうして参上したところであります」

と宍戸は答えた。

永井は完全に舐《な》められていた。宍戸の答えは答えになっていないのである。たまりかねたとみえ、副使の戸川鉾三郎が口を切った。

「心配事を理由にしているが、どういうことなのか、申してみよ」

「武田耕雲斎《こううんさい》のような目にあわされるのではないか、と疑っているものが多いのです」

と宍戸はいった。

天狗党《てんぐとう》の武田が幕府によって斬罪に処せられたのは、慶応元年二月だったが、幕府の処断は恐ろしく酷であった。

耕雲斎と行動を共にした長男の武田彦衛門《ひこえもん》が同じく斬罪になったのはやむをえないとしても、水戸に居残っていた彦衛門の子の孫三郎《まごさぶろう》（十五歳）、金四郎《きんしろう》（十三歳）、熊五郎《くまごろう》（十歳）、耕雲斎の後妻の延子《のぶこ》、子の桃丸《ももまる》（十歳）、金吾《きんご》（三歳）ら女、子供六名が三月になって死罪になったのだ。

武田は水戸家の家臣だが、文久元年十二月から一年半ほど一橋慶喜に随従して上京していたことがある。その縁からいっても、慶喜は武田をかばってしかるべき立場にあったのだが、まったくそれをしなかった。ために、

「一橋公はじつに酷薄非情なお方である」

という非難がそのとき天下に渦巻いた。

その一橋慶喜が、将軍後見職として幕政の中枢にいるのだ。宍戸がそのようなことをいうのも、理由のないことではなかった。

永井は、それは誤解である、幕府においては、長州の使節に京都で旅宿や賄方《まかないかた》まで用意しておいたほどだ、といった。

宍戸はけろりとした表情で、

「わたしごときには、そのような京都の状況はまったくわかりませんので、同じように残酷な目にあわされるのではないか、と考えたのです」

と応じた。

近藤、伊東、武田、尾形の四名は、その席に永井の随員として出ている。近藤は、永井の煮え切らない訊問ぶりを歯ぎしりする思いで見ていたが、ついに意を決して永井に、

「ちょうどよい機会です。わたしどもを長州へ遣わし、その疑惑を解かしめよう、と仰せになっていただきたい」

と耳打ちした。

幕府の真意を長州藩の士民に説明すると同時に、人質になってもよい、との意味あいもある。

永井はうなずいて、そのことを宍戸にいったが、宍戸は、

「それではかえって、わが藩士どもの疑惑を増すばかりでしょう」

と拒否した。

このあと、宍戸は用意してきた陳情書を差し出した。

近藤は、宍戸備後助と称する使者の正体を、ひそかに赤根と淵上に首実検させて見抜いており、そのことは永井にも告げてあった。永井がいつそのことを指摘して、長州の誠意のなさを詰問するか、と期待していたのだが、この日は、永井はついにそれをしなかった。

もっとも、訊問は一回限りではない。長州側は、家老井原主計の代理として、木梨彦右衛門《きなしひこえもん》を送ってくることを通告していた。

木梨は、にわか養子の宍戸備後助とは違い、れっきとした藩士である。安政のころから世子の毛利定広《さだひろ》に随従して、江戸、京都の間を往来し、使者番、目付《めつけ》、側用人《そばようにん》をつとめたから、諸藩にもひろく知られていた。形の上では、副使となっているが、じっさいには、木梨が正使とみてよかった。

現に、木梨には、長州諸隊の代表として、河瀬安四郎《かわせやすしろう》（遊撃隊長）、井原小七郎《こしちろう》（彦右衛門の養子）、入江嘉伝次《いりえかでんじ》（野村靖《のむらやすし》）らがつきそってきたのだ。入江の長兄は、久坂玄瑞《げんずい》らとともに禁門の変で戦死した九一《くいち》である。

永井は、三十日に、木梨、河瀬らを訊問した。

永井の訊問も両者の答弁も、似たり寄ったりだった。それどころか、永井が、

「前に藩主父子より尾張大納言殿に差し出した謝罪状に、謹みてご沙汰を待ち奉る、とあ

ったが、このさい、長防二州の士民一同も同じである旨、書いて出すように」

といったところ、

「それはできませぬ。それでは臣下一同が主人父子譴責《けんせき》の沙汰を待ち望むようなことになり、納まりがつきかねます」

とハネつけた。

5

永井、戸川らは十二月十六日に広島を出発して大坂へ帰った。

しかし、近藤らはそのなかにいなかった。怪訝《けげん》に思った歳三が問い合わせると、長州入りを策して居残ったという。

(正気か)

と一瞬、歳三は思ったが、すぐに、伊東に乗せられたのだ、と悟った。

永井主水正の給人たる近藤内蔵助と称したところで、それがいつまで通用するか、怪しいものである。

もし新選組の近藤勇とわかった場合、長州の激徒連中が黙って見のがすはずはなかった。池田屋で蛤御門《はまぐりごもん》で天王山で、多くの長州人が新選組の刃《やいば》に斃《たお》れているのだ。それを思えば、近藤が無事に生還できる見込みはほとんどなかった。それに、近藤は幕府の家人《けにん》ではないし、会津藩士でもない。会津藩の支配下にある浪士集団の隊長にすぎない。暗殺したとしても、いかにも弁明できるのである。

おそらく、伊東は近藤の首を手みやげに、長州へ身を投ずるつもりだろう、と歳三は思った。

(おれとしたことが……)

歳三は身を灼《や》くような焦燥感にかり立てられた。近藤が何といっても、斎藤一らの腕きを同行させるべきであった。

出発前の近藤が、万一の事態を考えて、そのあとのことを言い遺《のこ》したことも、こうなってみると、不吉な感を倍加するのである。

口には出さなかったのだが、歳三の胸中は沖田にはわかったらしい。

「顔色が冴《さ》えませんね。何か心配事があるんですか」

「ないさ」

と歳三はぶっきらぼうにいった。

「西でしょう?」

「西?」

「先生や長州のことですよ」

「別に心配はしておらん」

「それならいいけれど……」

沖田はちょっと口ごもってから、

「ところで、土方さんは土佐の坂本竜馬という人を知っていますか」

「名前は聞いている。桶町《おけちょう》千葉で塾頭をしていた男だろう？　おれたちには声がかからなかったが、七、八年前、土佐藩邸で行われた武術大試合のおりに、練兵館の桂と引き分けたということで名前を挙げたやつだ」

「安政四年の秋でしたかね？」

「そうだ、そのころだったな」

「いまどうしているか、知っていますか」

「知らんよ。いったん土佐へ帰ったあと、あちこちうろついているらしいが、その坂本がどうかしたのか」

「本当に知らないんですか」

と沖田は、そのくりくりとした双眸《そうぼう》を動かしてみせ、

「驚いたな」

と呟いた。

「総司、何をいいたいんだ？」

「格別のことではありませんが、しかし、土方さんが坂本のその後のことを知らなかったとは意外でした」

「まったく知らぬわけではないさ。一度だけ探索書で名前を見たことがある。蛤御門の戦《いく》さのあとだったか、兵庫にあった海軍操練所で修行している諸国の塾生たちの生国や氏名

を内偵したことがある。長州に心を寄せる連中が集まっているという話があったから、大坂城代の手で調べたのだ」

「海軍奉行だった勝先生がそのことで罷免されたときですね？」

「そうさ。そのとき、坂本の名があったのを記憶しているよ。しかし、操練所は解散になった。あのとき、江戸に戻る前に勝が佐久間象山の倅《せがれ》だといって、三浦君を紹介してきたのだ。ちょうど局長は江戸へ行っていて留守だったが……それはともかく、坂本がそのあとどうしているのか、総司は知っているのか」

「玄朴《げんぼく》先生のところで噂《うわさ》を耳にしましたよ」

　と沖田はいった。

　玄朴というのは、三条通りにある町医者である。松本良順に紹介され、沖田は薬をもらいに十日に一度は行っているのだ。良順が紹介しただけあって、若いが、なかなかしっかりした人物であった。患者は、町方のものが多いが、諸国の浪士の出入りも少なくない。

「どんな噂だ？」

「九月ごろまでは、京都にいたらしいですよ」

「土佐藩邸にいたのか」

「薩摩のところにいることが多かったそうですが、西郷とか小松帯刀《こまつたてわき》とかと、兄弟同様のつきあいだそうです」

「ふうん」

歳三は、会ったことはないが、西郷や小松の名前は聞いている。薩摩藩を代表して、京都政界において重きをなしているのだ。

「それは知らなかったな。玄朴先生がいっていたのか」

「先生はそういう話はしませんよ。治療にきていた越前《えちぜん》浪人の話です。坂本というのは、なかなかの傑物で、越前の老公にもいつでもお目通りを許されるそうです」

越前の老公というのは、勅旨によって政事総裁をつとめたこともある松平慶永《よしなが》のことである。安政の大獄のときに隠居処分をうけてからは、雅号の春嶽《しゅんがく》を通称にしており、その名の方が知られている。越前の藩主は、養子の茂昭《もちあき》だが、茂昭は病気がちで、実権は春嶽にあった。賢侯として評判の高い大名で、歳三や沖田からすれば、雲の上の存在なのだ。

「総司、おかしなことをいうな。坂本がどれほど偉くなったかは知らんが、所詮は、土佐の軽輩だろう。春嶽公にそうやすやすとお目通りできるはずがあるまい」

と歳三は沖田をたしなめた。

二条城のなかで、新選組副長である自分がどういう処遇をうけているか、それを考えれば、沖田の話は夢物語のようなものだった。

「そりゃ、わたしもおかしな話だとは思いますがね。しかし、坂本は、薩摩だけではなくて、長州の桂あたりにも信頼されているので、いまや両藩和解の橋渡し役をしているそうです」

（まさか！）

と歳三は思った。

いま京都にあって政治の中枢を占めている雄藩は、会津と薩摩なのである。むろん、ほかの藩も京都に重役を送って周旋につとめているが、何といっても、この両藩の力が圧倒的だった。そしてこの両藩の上に乗った形で幕府があり、中川宮や関白二条斉敬《なりゆき》を中心とした朝廷と綱引きしているようなものだった。

会津と薩摩が手を結んだのは、文久三年の八月だった。それ以前は、長州や土佐がわがもの顔に闊歩《かっぽ》していたのである。

両藩に追い落された長州は、それを深く恨み、

「薩賊会奸《さつぞくかいかん》」

と呼称しているのだという。その事をもってしても明らかなように、長州にとって、薩摩は不倶戴天《ふぐたいてん》の仇敵《きゅうてき》にひとしいのである。

その両藩が仲直りをするという。

「総司、信じられんような話だな」

「たしかに」

「だが、ありえぬことだと断言はできないかもしれん」

と歳三はいった。

九月に幕府が長州再征の勅許を得ようとしたさい、薩摩は強硬に反対し、大久保一蔵が中川宮や二条関白を説いて、朝議を変えさせようとしたことがあった。

結局、その動きは一橋慶喜の政治力によって封じられたが、薩摩は、幕府の発した、萩方面への出陣令をまったく無視しているのである。

薩摩兵の精強ぶりには、定評があった。現に蛤御門の戦いで、それは証明されている。その薩摩が兵を動かさぬとあっては、幕府側の士気がふるわないのも当然だった。

歳三が聞いていた話では、会津藩の公用方の一人、外島機兵衛《としまきへえ》がわざわざ大久保をたずねて、

「天下危急のさい、貴藩の向背は諸藩に影響すること大なれば、天下のためにも尽力せられたい」

と申し入れたのに対し、大久保は、

「弊藩は事あるとき天朝を守護し奉ることを知るのみ。目下の形勢については、それぞれの見るところに従いて進退するのほかはござるまい」

といったという。

要するに、自分たちの好きなようにする、といっているのだ。

薩摩が会津との同盟を解消したがっていることは、大久保の答えによってもうかがわれる。とはいえ、薩摩一藩で天下を動かすことも難しい。

そのあと、薩摩は、大久保を越前へ、吉井幸輔《よしいこうすけ》を宇和島《うわじま》へ送っている。新しい同盟相手として、この両藩に目をつけたらしい、と思われていた。

会津としては、それならそれでよい、と見ていた。越前は親藩であり、宇和島の伊達

宗城《むねなり》は、公武合体派の有力大名の一人であり、もともとは三千石の旗本山口相模守《やまぐちさがみのかみ》の子で、十二歳のときに血縁関係にあった伊達家の養子になった人物なのだ。従って、両藩とも敵ではない。

しかし、長州は敵である。その敵と薩摩とが手を結んだとしたらどういうことになるか。息の根をとめられかけている長州は、たちどころに蘇生《そせい》するだろう。そして、その先にくるものは天下の土台を揺るがすような動乱である。

仇敵同士の薩摩と長州が手を結ぶなどとは、ふつうには考えられないことである。だが、考えられないことの起こるのが政治というものなのだ。そして、政治の流れは、ふとしたことで変る。

坂本というやつは、そのあたりの機微を心得ているのであろう。

（途方もないやつが現われたものだ）

と歳三は感じた。一言でいうなら、

「時勢」

というものであろう。

（もしかすると、おれたちはそういう時の流れから取り残されているのではないか）

と歳三は思った。

江戸にいたころは、小さな町道場の居候で、いつ一家の主《あるじ》になれるかもわからない身だった。剣を習いにきた福地などという小役人に無愛想にしていると、近藤から、小言をいわれたりしたものである。その福地から聞いた話がもとで、近藤以下が京都へくることになり、いまでは、天下の新選組の副長である。市中の巡察に出れば、多くのものが頭を下げて道をあける。祇園で芸妓《げいぎ》を侍《はべ》らせ、島原で太夫をあげて遊興する金にも困らない。それも、これも、時運に乗じたからだと思っていたが、じっさいには、時代の流れはもっと速い勢いで進んでいるのではないか。

坂本なる男も、身分でいえば、御目見以下だろう。いかに識見力量があろうとも、二条城内に入れば、溜《たま》りの間には入れない。ところが、城の外、つまり幕府外では、そういう男が雄藩の間を周旋する時代になっているとは。

歳三は、じっとしていられなかった。すぐさま馬をとばして会津藩邸へ行き、手代木《てしろぎ》直右衛門に会った。

手代木は、新選組、見廻《みまわり》組、町奉行をたばねているほか、このころ軍事奉行も兼ねている。

歳三の話を聞くと、

「信じ難いことだが、このところの薩摩の動きからみて、ありえぬことではない。一応、ご老中のお耳に入れておくが、新選組においても、坂本なる不逞《ふてい》の輩《やから》をきびしく詮議するように」

といった。

歳三は、島田を呼んで、町奉行所の手先の協力で坂本竜馬の人相書を作らせた。

色は浅黒く、面上に数点の黒子《ほくろ》があり、身の丈は五尺八寸の大男だという。最近では、六月の末から九月の中旬まで、京都にいたらしいこともわかったが、いまは行方知れずである。しかし、伏見の船宿の寺田屋伊助《いすけ》方には、京都に出入りするさい、しばしば泊るという。

伏見には奉行所があって、守護職の管轄下にあるが、新選組の担当の区域外であった。また、新選組としても市中巡察で手いっぱいの状態で、いつ現われるかわからぬ坂本一人のために、隊士を伏見に常駐させる余裕はなかった。

歳三は、伏見奉行所へ、坂本探索を入念に行うように申し入れ、必要とあらば、隊士を送る旨をいいつたえ、さらに大坂八軒家《はちけんや》の検問所（そこには新選組の隊士が常時詰めている）に、警戒をきびしくするように命じた。

こうした手配をしているうちに、慶応元年は暮れ、年があけると間もなく、近藤らの一行が帰京した。そして近藤は、驚くべき情報をもたらしたのである。

隊士非命

1

近藤らは京に着くと、まず二条城へ赴いて永井に帰京の挨拶をし、それから会津藩邸へ回ったのちに、夜になって不動堂村の本営に戻った。近藤が広島へ発《た》つときには、まだ棟上げがすんだばかりだったが、年の暮にはほぼ完成していた。中間《ちゅうげん》、小者《こもの》の部屋はまだ未完成だが、表門、式台玄関、使者の間、隊士たちの居室はできており、一部の隊士は西本願寺からすでに移っていた。

局長近藤の居間は二間《けん》の床の間つきの十二畳で、次の間は六畳間である。他の幹部、組長以上は個室をもっているが、歳三や伊東が八畳、他は六畳だった。

歳三は、式台の両わきに篝火《かがりび》をたかせ、雪洞《ぼんぼり》に火を入れさせた上、手あきの組長や隊士らを勢揃《せいぞろ》いさせた。中間、小者たちはすべて地面に膝をついての出迎えである。

近藤が表門にさしかかると、小者が、

「局長ご帰館にござります る」

と声を張る。

近藤は面喰《めんくら》ったようだった。二条城に歳三からの使いがきて、新本営に戻るように、と連絡はうけていたが、そういう形で迎えられるとは考えていなかったのだ。

近藤は、広間で組長、隊士らに帰着の挨拶をしたのち、居間に入った。

刀を手に立ったまま、近藤は部屋の中を眺めまわした。満足したふうでもあり、驚いたようでもある。

「どうもこれは……」

近藤は歳三の方を振り向いた。

「何かご不満かい？」

「いいや、そうではない。正直な話が、不満どころか、驚いている。会津藩の重役方のお部屋よりも数等上だろうな」

「立派すぎる、というのかね」

「そういわれても仕方あるまい」

「気にすることはないさ。それより、無事帰着の祝宴を用意させてある。旅の垢《あか》を落してから出てもらいたい」

「うむ」

近藤はうなずいてから、何かいいかけて口ごもった。

「何か……」

「じつは、いま、歳、といいかけて、口に出しにくかったのだ。何といったらいいか、そういう呼び方は、これからは似つかわしくないように思えてな」

近藤は、隊士たちのいるところでは、土方君と呼んでいたが、二人だけのときや、沖田、井上らのいるところでは、江戸時代そのままの「歳」を使っていた。沖田に対しては「総司」であり、井上に対しては「源さん」であった。

「おれは気にしないよ」

と歳三はいった。

「しかし、そうはいってもな。われわれもここまでくれば、江戸にいたころと同じ気分のままというわけにはいくまい。少しは行儀よくせんとな」

「行儀よく、か」

歳三は苦笑した。

「そうだ。われわれも、もはや巷《ちまた》の撃剣家ではない。時代は大きく変りつつある。こんど芸州へ赴いて、そのことを痛切に感じたぞ」

「芸州での話は、あとでゆるりと聞かしてもらうが、正直にいって、あんたが長州入りを策したというので心配していた。伊東の口車にのせられたのではないか、と思ってな」

「伊東の口車に？」

「そうとも。永井主水正の給人《きゅうにん》と称したところで、新選組の近藤とわかれば、無事にすむはずもなかろう」

そこへ、勘定方の河合耆三郎《かわいきさぶろう》がきて、祝宴の用意がととのったことを告げた。

近藤は手足を洗い清め、髷《まげ》を調えただけで広間へ出た。

近藤の挨拶は簡単なものだった。長州がどう出るかは予断を許さないものがあり、わが新選組の果たすべき役割は、いよいよもって重大になる故、諸君も心してもらいたい、というのである。

酒宴はすぐに終った。

「局長はお疲れだろうから」

といって、歳三が席を立たせたのである。近藤が醒ケ井《さめがい》の深雪《みゆき》のところへ行きたいだろう、と察したのだ。

歳三は、出張から戻った伊東らと組長の永倉らを島原へ送り出すと、頃合いをみて醒ケ井へ行った。

近藤は、湯から上がって、酒を飲んでいた。

「旅をしてみるとわかるが、京はいいところだとつくづく思ったよ」

と近藤はいった。

「広島はどうだった？」

「こちらよりも暖かいだけが取柄だな」

「長州の使者はどういっていたのか、ということさ」

「表向きは恭順を装っているが、じっさいは戦《いく》さを覚悟して、着々と準備を進めていることは間違いない。長州入りを考えたのも、赤根や淵上を使って、その様子を探りたかったからなのだ」

「あんたの考えでか」

「そうとも。伊東はむしろ反対だった。長州入りの必要は認めておったが、局長が行くことはない、参謀の自分で用は足りる、といった」

「それで？」

歳三が先をうながすと、近藤は、次のように説明した。

まず赤根と淵上の両名を解き放ち、赤根を周防《すおう》に、淵上を馬関に潜入させた。両名とも、近藤あるいは伊東が長州入りを果たした場合は、情勢を連絡することになっていた。

そのあと、近藤らは広島を発って、周防との国境《くにざかい》まで行った。

幕府方の先鋒《せんぽう》がすでに着陣していた。しかし、近藤の見るところでは、士気はまったく弛緩《しかん》していた。近藤らの、長州入りの希望を聞いても、

「さようか」

というだけだった。行きたければ、勝手にお通りなさい、という態度だった。

長州方の警戒はきびしかった。うろんな者は絶対に通さぬ態勢を固めていた。近藤は、芸州藩応接方の寺尾小八郎《てらおこはちろう》から長州藩の広沢兵助《ひろさわへいすけ》にあてた紹介状を持参していたが、

「山口へ問い合わせます故、しばらくお待ち下さい」

と止められた。

三日もあれば、山口との往復は可能なはずだったが、五日たっても十日たっても、返事がこない、というのである。

正式に入国を拒否すれば、紹介者の寺尾に対して礼を失することになるので、返事がこないという理由にしていることは明らかだった。

近藤は、じつは広島で広沢に会っている。永井が長州との交渉にさいして、芸州藩を通していたやり方を改めて、自分の給人である近藤をその担当にしたい、と申し入れたことがあった。

長州側は、それをことわった。これまでのように、芸州藩の寺尾を仲介者としたい、といった。近藤は、寺尾をわずらわす必要はないではないか、と広沢の旅宿へ行き、拒否する理由を問いただそうとした。広沢は、面会をことわった。翌日、近藤は再訪したが、広沢はまたもや拒否した。

どうして相手が会おうともしないのか、近藤は不思議でならなかったが、芸州藩士の一人がそっと教えてくれた。

広沢らは、近藤内蔵助という永井の給人がじつは新選組の近藤勇であることを知っているので、会うことさえ拒んだというのだ。歳三は不審に思い、

「どうして知られたのだ？」

「長州方に教えたものがいたのさ」

「怪《け》しからんことだ。誰が教えたんだ？」

「誰だと思う？」

「潜入した赤根あたりではないか。こちらのために働くといったところで、かつては長州を裏切った男だ。もう一度、寝返ったとしても不思議はない」

「赤根ではない」

「誰なんだ？」

「大目付《おおめつけ》その人さ」

と近藤は吐き棄《す》てるようにいった。

歳三は、二の句がつげなかった。近藤はなおもいった。

「そこでな、三度目に、近藤勇が会いにきた、と正面から名乗った。そしたらようやく出てきたよ。抜打ちを恐れたのか、一間以上の間合いをとってな」

近藤はそういって哄笑《こうしよう》した。

2

近藤らは十日間ほど待ったが、ついに長州入りを断念して、帰京の途についた。

しかし、その長期の滞在は必ずしも無駄ではなかった。監察の山崎らの働きで、馬関や九州方面と往来する商人たちから、ある程度の情報を得たからである。

柱島で潜伏していた赤根が捕えられたことがわかったのも、その収穫の一つである。赤根は山口へ送られ、慶応二年一月二十五日に斬罪梟首《きようしゆ》となった。

また、長州藩が馬関方面と柱島に兵力を増派し、幕府との再戦に備えている状況も、かなりつかめた。

「もっとも、玉石混淆《こんこう》というやつでな、なかには眉つばものもあった」

と近藤はいった。

「どんな？」

「長州の重役で木戸貫治《かんじ》という男が薩摩藩の連中といっしょに上京したという噂《うわさ》があった。調べてみたが、長州には木戸という重役はもとより、藩士もいない。薩摩藩の様子がおかしいことは承知だが、両藩は犬猿の仲だ。薩摩が長州を手なずけようとしても、長州の諸隊が応ずまい。なにしろ、会津と薩摩に対しては倶《とも》に天を戴《いただ》かずと思いつめているんだから」

歳三はどきりとした。

「木戸貫治という重役？」

「うむ。聞いたことがなかろう？」

「たしかに、そういう名前を耳にしたことはない。しかし、名前などはいくらも変えられる。それに薩長を結びつけようとして、画策している男もいる」

「まさか」

「そういうとんでもないことを考えたやつが現われたんだ。桶町千葉のところにいた土佐の坂本竜馬さ」

「坂本が？」

と近藤は首をかしげ、

「坂本については噂を聞いたな。長崎にいるという話だったが……」

「いまの話、石ではなくて玉かもしれない」

と歳三は立ち上がった。

「どこへ行く？」

「こうしてはおれん」

歳三は、近藤のところを出ると、急いで本営に戻り、大坂からの報告を調べた。

一月四日に、薩摩の藩船春日丸《かすがまる》が大坂の天保山《てんぽうざん》沖に着いていた。そこから小舟で薩摩屋敷に数名が移り、翌日に淀川《よどがわ》を上って伏見に向かっている。検問所に対しては、黒田了《くろだりよう》介《すけ》ほか五名、という届が出ていた。

黒田了介はたしかに実在している。西郷吉之助の弟分のような男なのだ。

つぎに歳三は、伏見奉行所の御船方から届いている報告に目を通した。どこの藩の何某《なにがし》がいつ乗船したか下船したかが書いてある。

一月五日、黒田了介ほか五名が下船している。そして、一行を迎えた薩摩藩士は、西郷吉之助、村田新八《しんぱち》ら四名で、騎馬で京へ向かったという。

（西郷が迎えに出た……）

歳三は愕然《がくぜん》とした。

西郷の薩摩藩における正式の役名は、大番頭である。京都に駐屯している薩摩藩兵の司令官という役職だが、じっさいには、それ以上の存在であり、各藩の在京政治家のなかでは、もっとも高い評価をうけている。

その西郷が供を連れて伏見まで迎えに出る相手といえば、藩内においては、藩公父子くらいしかいないであろう。つまり、黒田といっしょに大坂から着いた人物は、西郷がそれだけの敬意を表すべき人物だったことになる。

長州の重役が、薩長の仲直りの交渉をするために上京したのであれば、西郷が迎えに出たのも不思議ではない。むしろ、それ以外に西郷がわざわざ出てくることはありえない、と歳三は思った。

(木戸貫治とは何者であろう?)

と歳三は自問した。

長州藩において、幕府がその行動をもっとも注視しているのは、桂小五郎と高杉晋作である。元治元年の秋から暮にかけて長州征討が行われたとき、岩国《いわくに》藩主の吉川監物に永井主水正が、

「いまどうしているか」

と詰問したのは、この二人についてだった。

長州藩は、福原越後、国司信濃《くにししなの》、益田弾正ら三家老の首を持参して征討軍に降伏したが、幕府としては、生かしておいては危険な人物として、桂、高杉の行方《ゆくえ》を追及したのだった。

桂は、蛤御門《はまぐりごもん》の変以来、行方知れずになっており、そして高杉は、藩論が降伏に決すると、いち早く姿をくらましてしまった、というのが吉川の返答だった。

その当時は、たしかにそうであったらしい。だが、高杉は間もなく姿を現わし、奇兵隊を組織して、恭順派を打倒した。赤根武人が追われたのも、高杉と意見が合わぬことが原因だった。高杉がいまや長州藩の軍事を握っていることは、ほぼ確実であろう。

もう一人の桂も、半年くらい前に姿を現わし、藩政に復帰しているらしい。

西郷が迎えに出たのは、このどちらかだ、と歳三は思った。

(いったい、どちらか、高杉か桂か)

歳三は思案し、

(おそらく桂だろう)

と判断した。

長州藩は幕府との戦さを決意して、その準備を進めているという。その大事な時期に軍事をたばねている高杉を藩外へ出すとは考えられなかった。それに桂は、高杉より京都の事情に通じている。

歳三は翌朝、島田を呼んで、

「薩摩藩邸をきびしく監視したまえ。長州の桂小五郎が潜伏しているものと思われる」

と命じた。

歳三はその死に至るまで知ることがなかったのだが、ひそかに上洛《じょうらく》して西郷の迎えをうけたのはやはり桂であった。

　桂はこのとき西郷、小松帯刀らと薩長同盟の交渉を行い、一月二十日に到着した坂本を立会人として、六カ条の密約を結んだのである。


　一月二十四日、歳三は、伏見奉行所から、この日の払暁、寺田屋に止宿の薩摩藩士と自称せる浪士二名を召捕ろうとしたところ、手強《てごわ》い抵抗をうけ、そのうち一名の発した短銃によって捕吏《ほり》二名が死亡、一名が負傷し、浪士らにも傷を負わせたものの、伏見の薩摩屋敷に逃げこまれてしまった、という連絡をうけとった。

　伏見奉行は林昌之助《まさのすけ》である。寺田屋を見張らせていた部下から、かねて手配のあった坂本竜馬らしき大男が入ったという報告をうけて、午前三時、捕吏二十名を差し向けた。林は、上総請西《かずさじようざい》藩という一万石の小大名だが、いささか功に逸《はや》るところがあった。新選組や見廻《みまわり》組にも連絡せずに、捕吏を踏みこませてしまった。

　この大捕りものが失敗したのは、坂本および同宿の長州藩士三吉慎蔵《みよししんぞう》が、

「われらは薩摩藩のものである。無礼をするな」

と大声で抗弁したのに、捕吏がひるんだためだった。

　薩摩藩士というのが事実であれば、奉行所としてはにわかに手を出せない。無理に引っ立てたとなれば、大問題になる。

　捕吏にもそういう判断が働いたから、

「嘘《うそ》であろう」

といったが、両名が、

「疑うならば、当地の薩摩屋敷に問い合わせればわかることだ」

とやりかえしたために、いったん引き退《さが》るしかなかった。

その間に、坂本らは防戦の仕度をととのえることができた。捕吏が再び踏み込み、

「守護職肥後守様の上意である。神妙にいたせ」

と叫んだが、坂本らは、

「われらは薩摩藩士、上意をうけるべきものではない」

と、いきなり発砲した。

捕吏たちは、相手がまさか銃を持っているとは思っていなかったから、この一撃でいっそうたじろぎ、ひとまず階下へ退却した。

その前後の状況については、坂本の手紙や三吉の日記にくわしいが、二人はついに逃れてしまったのである。捕吏は、あとに遺棄された短銃、手槍《てやり》、手荷物などを押収して引き揚げた。


歳三は呆《あき》れた。

(何というざまだ)

と、怒るよりも情けなかった。そういうことの起こるのを予測して、必要とあれば、隊

士を送る旨を申し入れておいたのだ。

逃げたやつは大男だったというから、おそらく坂本であったろう。坂本は土佐人であるが、藩士ではない。捕えても斬りすてても、土佐藩から抗議のくる心配はない。

それにしても、桂が潜入し、坂本が現われたところをみると、薩長が手を結ぶという話はやはり事実なのかもしれない、と歳三は考えざるをえなかった。

3

一月二十八日、近藤は再び芸州へ出発した。随行者は、伊東、尾形、篠原の三名である。幕府は、小笠原壱岐守《いきのかみ》、永井主水正を起用して、長州処分に当らせることになった。近藤らは、永井に頼まれて、先乗りとして京を出発し、二月三日に広島へ到着した。

小笠原らは二月四日に大坂を発し、七日に広島へ着いた。

長州処分案は、藩主父子の蟄居《ちっきょ》、十万石の削封、三家老家の永世断絶および高杉晋作、桂小五郎、佐世八十郎《させやそろう》（のち前原一誠《まえばらいっせい》）ら十二名の藩士引渡しなどを主たる内容とするものである。

もしも長州藩がこの処分案を拒絶すればどうなるか。

処分案の決定までには何度も会議が重ねられたので、その内容は洩《も》れており、近藤らも知っていた。

小笠原は長州藩が拒否することはないだろう、という意見の持ち主だった。第一次征討のさい、長州藩は戦わずして降伏した。そのときの処分の原案は、三十六万九千四百石の所領を、半分にするというものだった。

長州藩は三十六万余石といっても、じっさいには百万石くらいの財力があった。それを考えれば、十万石の削減でも、「御」の字だろう、と小笠原はみなしていたのである。

また、小笠原だけではなく、もう一人の老中板倉伊賀守も、同じような意見だった。江戸から召喚されて、相談をうけた水野《みずの》癡雲《ちうん》や大久保一翁《いちおう》らは、寛大な処分を主張した。強硬派は一橋慶喜で、第一原案の半分削減を主張した。だから、十万石削減は政治的妥協の産物といってもいいのだが、幕府内部では、楽観論が多かった。

近藤は、出発する前日、歳三に、

「どう思う?」

と聞いた。

「長州は承服すまいな。以前の長州は、天下に孤立無援だった。十万石どころか半知でも受けざるをえなかったろうが、いまは違う。薩摩がうしろについているのだ」

「そうすると、どういうことになる?」

「戦さになるさ」

と歳三は断言した。

「わが新選組にとっては、望むところだな。こんどの芸州入りでは、戦場となるべきところをよく調べておくとしよう」

近藤は武者ぶるいをしていった。

歳三はあえていわなかったが、

（おれたちの出番はあるまい）

と考えている。

新選組は、会津藩の支配下にある。会津藩に出陣令が下されない限りは、新選組が動くことはないのだ。

京都の治安を一手に引き受けている会津藩を、長州との一戦に投入するはずはなかった。そんなことをすれば、京都は不逞《ふてい》の輩《やから》が横行し、蜂の巣をついたようになるだろう。

歳三は、新しい本営ができてから、近藤にも告げていない、壮大な計画を胸中にあたためていた。

それは、新選組を、会津藩支配の浪士集団から脱して、幕府直属の軍にしよう、というものであった。幕府には、江戸開府以来、旗本という直属軍がある。しかし、泰平に狎《な》れたかれらは、軍としてはほとんど役に立たなかった。

幕府もそのことに気がつき、フランス陸軍から士官を派遣してもらい、神奈川で伝習《でんしゅう》隊《たい》を組織した。旗本の次、三男を集めて、直属軍の養成にのり出したわけである。

その着想は悪くはないのだが、旗本の次、三男を兵として用いようとするところに、欠陥があった。

これからの戦さにおいては、刀槍《とうそう》は銃に敵し得ないことを、歳三らは実戦で体得している。だが、長い間、銃を扱うのは、足軽《あしがる》の仕事であった。旗本が銃を手にし、弾丸を発射する、ということは考えられないことだった。だから、伝習隊においても、銃の訓練はきらわれていた。

その点、新選組の隊士には、何のこだわりもなかった。当面の任務である市中取締りにおいては、銃よりも刀槍が主になるので、剣術槍術の錬磨はきびしく行われているが、銃や大砲の扱いについても、修得を怠っていなかった。歳三自身、小銃の訓練には、積極的に参加していた。

指揮官が大身の槍をこわきにかかえ、さっそうと馬に乗って陣頭に立つ、という戦場風景は、とうに過去のものになっていた。そんな悠長なことをしていれば、一発で撃ち倒されてしまう。

これからの戦いは、まず銃砲の斉射ではじまる。その火力に差があれば、勝敗は九分通り決してしまう。白兵戦になるのは、火力に優劣がなく、銃身が熱して使えなくなってからだろう。

ともあれ、新選組は、そうした新しい時代の実戦に使える組織なのだ。

しかし、幕府のお偉方には、それがまったくわかっていない。老中が威儀を正して命令を下せば、諸藩は平伏して従う、と思っている。

その錯誤にいつかは気がつくだろう。そしてそのときは、新選組を頼りにせざるをえなくなる。

二月に入ってすぐ、大坂の京屋忠兵衛《きょうやちゅうべえ》が本営にやってきて、近藤の手紙を歳三に渡した。近藤は広島へ行く途中、京屋で一泊し、そのとき、忠兵衛に、

「この手紙を土方副長に渡し、五百両を受けとったら、広島あてに送ってくれ」

といい残したという。

海運関係の商人たちの間では、すでに為替《かわせ》取引が行われていた。京屋が歳三から受け取った金を手形に組んで広島へ送れば、それを近藤は現金化できる。

近藤は、大坂で広島の情勢を聞いて、滞在が長びくことを予測し、また政治工作が主になると判断して、金を送れといってきたのだ。出発するときは、一カ月もあれば、長州藩との交渉はすむ、と思われていた。交渉というよりも、小笠原らが長州藩の代表を呼びつけ、処分決定を伝え、代表が、

「かしこまってお受けつかまつります」

と頭を下げるだけのことだ、と考えていた。

あるいは、そのようにあっさり頭を下げずに、寛大な処分を要請してくるかもしれない。また、いったんは拒否し、時間をかせごうとすることも考えられるが、いずれにせよ、大筋は、処分案受諾の方向で決るだろう、と一般にはみられていた。

近藤は、大坂で大久保一翁に会った。大久保は安政の大獄で免職されるまでは、外国奉行や大目付などをつとめた人物で、幕府内にあっては珍しく海外の情勢にも通じていた。松平春嶽《しゅんがく》なども高く評価し、勝海舟を通じて坂本や西郷にもつながりがあった。

大久保は近藤に、小笠原らの考えは甘すぎる、といい、

「どうなるかは予測がつかぬが、一カ月ですむことはありえない。わたしの見るところでは、おそらく五月まではかかる。そのつもりで事にのぞまれるがよい」

と予言した。

歳三は、近藤の手紙を読み終ると、すぐに河合を呼んだ。

「河合君、いま手もとに五百両程度はあるはずだが……」

「はい」

「すぐにここへ持参したまえ」

「はッ……」

「河合君、どうした？」

「いま勘定方首席の岸島さんが外出されておりまして」

「岸島君には、わたしからいっておく」

河合はうつむいたままだった。

忠兵衛は河合の様子で何かを察したらしく、

「土方先生、わたしは、この近くにもう一軒用たしするところがございますので、そこへ行きましてから戻って参ります」

といって姿を消した。

「どういうことなのか、わけをいいたまえ」

「じつは……」

河合は吃《ども》り吃り説明した。

手もとの公金は、月末に調べたところ、帳簿上は五百二十五両あるべきにもかかわらず、四百七十五両しかなかった。

五十両が消えてしまったのだ。どうしてそうなったかは、わからないが、保管の任にあたるものとしては失策である。すぐに報告すればよかったが、それを公にすると、隊内で盗んだものがいることになり、きびしい詮議がはじまる。

勘定方の不注意のために、隊士たちが迷惑することになるし、自分も責任を問われることになる。

それより、五十両程度の金ならば、実家へいえばすぐに用立ててくれる。このさい、補塡して、何事もなかったことにするのが、もっとも賢明である。そこで、きょう実家に急飛脚を立てたところだった。

「そういう次第でございます。すぐに申し上げなかったことは、わたしの過ちでございますが、どうかお察し下さいまして、お許しをいただきとうございます」

河合はしどろもどろにいい、涙をこぼした。

河合の実家は、播州《ばんしゅう》の塩問屋である。本人のいうように、五十両や百両の金には困らない。また、河合が使いこんだ、とも考えられない。

だが、不始末であることは確かだった。

「困ったことをしてくれたな。なくなったから穴うめしておけばすむ、というものではない」

「申し訳ございませぬ」

「追って沙汰する。それまで謹慎しておるように」

歳三はそういったものの、幽霊のようになって退出する河合を見ると、気持が沈みこんでいくのをどうすることもできなかった。

4

河合は裏門に近い三畳間にとじこめられた。歳三は、監察に命じて、隊士を廊下に配置したが、河合の脇差《わきざし》は取り上げなかった。もし河合が自決するならばそれでよい、と考えたのである。

間もなく、勘定方首席の岸島芳太郎《よしたろう》が外出から戻ってきた。歳三は、すぐに公金を入れてある手文庫を調べさせた。四百七十五両があった。岸島は首をかしげて歳三にいった。

「月末にはたしか五百二十五両あったように聞いていたのですが、五十両不足しております。その後、どこへも支払いをしていないはずですが……」

「五百二十五両あったのは、きみが確認しているのか」

「河合君に確認してもらったのです」

「きみは、この手文庫の中を見なかったのか」

「見ておりません」

「どうして見ない？」

歳三の口調はひとりでに鋭くなった。

「河合君を信用しておりますから、いちいちわたしが数えることもないと思いまして」

と岸島は不服そうにいった。

「注意が足りなかったな。そのときさみが河合君ともども確認して、五十両の不足を見つけて届けていれば、河合君が処分をうけるようなことにはならなかった」

「河合君が処分を？」

「そうだ」

歳三は、事情を説明した。岸島はうなだれた。

「副長、まことに申し訳ございません。河合君の落度は首席であるわたしの落度でもあります。どうして五十両もの大金が不足したか、すぐに調べまして……」

「まア、待て。それは監察に任せるとして、はどなく京屋忠兵衛がくるから、四百五十両を渡し、不足の五十両を一時立て替え、計五百両にして広島へ送金せよ、といってくれ」

「承知しました。しかし、河合君はどうなります？」

「すべては監察の調べが終ってからだ」

と歳三はいった。

河合の調べは、山崎、新井、吉村の三人で行われた。

しかし、五十両がどうして不足したかは、わからなかった。手文庫の鍵は、岸島と河合がそれぞれ持っている。ふだん、現金を出し入れするときは、河合が自分の鍵を使う。岸島は、京や大坂の商人たちとの取引や用談のために外出することが多いので、そうした実務は河合に一任されていた。

これまでは、そのやり方で一度も事故はなかった。月末に帳面を締めるときは二人で行い、手文庫の現金残高と照合する。一月の末もその通りの手続きをふんだのだが、岸島としては、河合が、

「たしかに五百二十五両、間違いなくあります」

といえば、信用するのは当然である。

また、河合にしても、実家が富裕な商人だから、五十両の金に困ったとは考えられない。その場で紛失を報告して、隊士たちに迷惑をかけるようなことは、何とかして避けたかったという申し立ても理にかなっている。

こうした事実を踏まえ、監察三名の合議は、河合が実家に飛脚を立てたのであれば、十日以内に金が届くであろうから、河合の申し立てを認めて、保管に手落ちのあった咎《とが》で、除名か、それとも戒告をあたえる程度の処分にしたらどうか——というものだった。

歳三も河合が費消したとは思っていない。

「よろしい。ともかく五日ほど待つことにしよう。どう処分するかは、そのときに決める」

といった。

五日間というと、期限は二月七日までである。この日は、二月二日だったから、飛脚は遅くとも四日には播州高砂《たかさご》の河合の実家へ着くはずであり、すぐに出発すれば六日の夕刻には大坂へ着き、伏見には七日の朝に着く。

河合の実父の信兵衛《しんべえ》には、歳三も前に会ったことがある。塩問屋の主人で、六十歳はこえていた。近藤をはじめ、幹部たちに手みやげを持参して挨拶したのだが、ちょうどそのとき、歳三は外出する間ぎわで、二言三言、口をきいただけだった。だから、じかに見たわけではないが、あとで居合わせた沖田から聞いた話によると、信兵衛は近藤に、

「局長様、お金でできますことなら、何なりとお申しつけいただきとうございます。その代りと申しては失礼でございますが、どうか耆三郎をお引き立て下さい」

と頼んだというのである。沖田は、

「ああいうのを西国流というのですかね、先生も、返事に困って苦笑いしていましたよ」

といった。

歳三は、不快であった。金を出すから息子を出世させてくれ、というにひとしい。商人の感覚ならば、それは異とするほどのことではないとしても、それを新選組に持ちこまれては堪《たま》ったものではない。新選組のなかでは、どれほど働いたかが重要なのだ。

付け届けの大小で役職を左右する幕府内部の悪《あ》しきしきたりは、新選組には通用させない、と歳三は決心している。が、それをいって河合の老父を叱ったところで仕方がない。

近藤としても苦笑いするしかなかったのであろう。

（ちょうどいい。五十両を補塡させて、これを機会に河合を追放しよう）

と歳三は思った。

だが、七日の夜になっても、播州から何の音沙汰もなかった。

歳三は山崎を呼んだ。

「きょうが期限だ。河合君は、公用金費消の罪は免れない。よって……」

斬首、といいかけたとき、山崎が、

「お待ち下さい。差し出がましいのは承知ですが、わたしの話を聞いていただけませんか」

「山崎君、助命嘆願ならば、聞く耳をもたんぞ」

「そうではありません。もし、何らかの手段によって、手文庫の中から五十両を持ち出したものがわかった場合は、どうされますか。つまり、持ち出したものがきびしい処分を受けるのは当然としても、河合君も斬首が致し方のないことなのかどうか……」

と山崎はいった。

隊士たちのことに通じている点にかけては、山崎の右に出るものはいなかった。といって、知っているからといって、むやみに喋《しゃべ》るわけではなかった。

この場合、何か知っているなら話せ、というのは無意味であった。山崎は、単なる噂をそのまま事実であるかのように口にする男ではなかった。

「そうだな。もし五十両を持ち出したものがわかれば、河合君は職務に手落ちがあったにしても、重い処分ということにはなるまい」

「わかりました。では、あと五日間、猶予をいただけますか」

「五十両を持ち出したものをつきとめる自信があるのか」

「自信はありません」

「きみらしくないことをいうな。それとも、あと五日間のうちに、播州から金が届くのを待つというのか」

「かりに届いたとしても、五十両を持ち出した下手人がわからねば、どうにもなりますまい」

「よろしい。では、十二日の夕刻まで待とう」

と歳三は決断を下した。

おそらく山崎には、下手人の見当がついているのだ。しかし、証拠をつかまない限りは、どうすることもできない。

誰が下手人であるにしても、歳三にとっては不快きわまる出来事であった。

文久三年三月に壬生《みぶ》村で浪士組として出発したころは、近藤をはじめ誰もが無一文に近かった。江戸を出たときの袷《あわせ》を単衣《ひとえ》にかえる余裕もなかった。あえていうなら、歳三らにあるものは、燃えるような情熱だけであった。

それがいまはどうであろう。平隊士でも月に十両の手当をもらえるのである。そして、組長以上の幹部は、隊外に休息所を持つことまでも認められている。近藤などは、醒ケ井のほかに、大坂にも持っているのだ。

近藤以外の幹部の多くは、京都市内に休息所を有して、そこに女を住まわせている。幹部のなかでそういうことをしていないのは、歳三のほかに、伊東と沖田くらいのものだろう。もっとも、沖田は休息所は構えていないが、非番のときは、例の労咳《ろうがい》の女のところを訪れて一日をいっしょに過している。沖田の病気もこのところは症状が落ち着いていて、ほとんど治ったかのように見える。それもあって、歳三は、沖田にはもう何もいわなかった。別れろといったところで、沖田がその一件だけは決して歳三のいうことをきかないことは、よくわかっていた。

歳三自身は、近藤の真似《まね》をするつもりは、まったくなかった。

それは、何も苦労した時代のことを忘れないためではない。それ以外の理由があってのことなのだが……。

5

河合にとっては、おそらく瞬く間に過ぎた五日間であったろう。十二日になっても、信兵衛からの使いは現われなかった。

歳三は山崎にいった。

「何も起こらなかったな」

「お手間をとらせまして申し訳ありませんでした」

「念のために聞いておこう。五十両を持ち出した下手人の目星はついていたのか」

「ある人が、ある女のために祇園に小さな店を買ってやったという話があります。正しくは、買ってやる約束をして、売り主との話をつめているところで、まだ代金の支払いはすんでいないようです。そして、その代金が五十両だということなのですが……」

「それだけのことかね？」

「残念ながらそれだけのことです」

「代金の決済はいつ行われるのか、調べられなかったのか」

「調べました。はじめは二月四日の節分がちょうど大安でもあるので、その日に行われる手筈《てはず》になっていたようです」

「延びたのか」

「そのようです」

五十両の紛失が明らかになったのが、二月二日であった。むろんそのことは、すぐに知れわたった。

河合が紛失に気がついたのは、一月の晦日《みそか》であるという。近藤らはその二日前に再び芸州へ向けて出発した。その前後は、勘定方としては多忙をきわめていた。つい手文庫の鍵をかけずに、部屋を留守にしたこともあったろう。

河合は、前から隊士たちに頼まれると、こづかい銭を融通している。五両や十両ならば、河合自身の金を貸してやるくらいの余裕はある。郷里から送られてくる金があるので、その程度の金には不自由しないのだ。歳三もそれは知っている。好ましいことではないが、公金に手をつけるわけではないので、見て見ぬふりをしていた。

河合に金を借りようとして勘定方の部屋に入ったものが、誰もいないのを幸い、あいていた手文庫から五十両を盗んだことは、大いにありうる。河合の性質を知っていれば、決して表沙汰にせず、自分の金で穴埋めするであろうことも、予測のできることである。そして、近藤から京屋を通じて送金の指示がこなかったならば、下手人の考えた通りに事が運んだであろう。

それにしても、河合の出した飛脚に、いまもって何の音沙汰もないのは、解《げ》せないことである。息子思いのあの信兵衛が放っておくはずがないのだ。

信兵衛が急病で身動きできないのであろうか。いや、そうであるとしても、代理のものを送ってくるはずではないのか。

その疑問は解けなかったが、近藤に五百両を送金する事態が起こらなければ、こうした騒ぎにはならなかった。下手人にとっても、これは困ったことなのだ。五十両もの大金を女に出してやったことが明らかになれば、時が時だけに、その出所を詮議されかねない。いいかえれば、河合が何事もなかったかのように五十両を穴埋めしていたならば、女に金を出してやったことも、さして問題にならずにすんだろう。

代金の決済が延期になったのは、そのせいだ、と歳三は思った。

「山崎君、もはや致し方あるまい。河合君に対しては、公用金費消により斬首だ」

「わたしからいい渡しますか」

「そうしたまえ」

と歳三はいった。

その夜、河合は斬首になった。山崎の報告によると、その寸前まで河合は、

「播州からまだ飛脚はきませんか」

とくどく質問し続けたという。

じっさい、どうして信兵衛が息子の頼みを無視したのか不可解だったが、その三日後に信兵衛が上京してきて、理由が判明した。信兵衛は、商用で十日間ほど四国へ行っており、戻ってから息子の手紙を読んだのだ。

信兵衛は門の前に坐《すわ》りこんだまま、泣き喚《わめ》いた。

それだけならまだしも、やがて、息子の助命に役の立たなかった金を高くかかげ持って、

「金ですむことなら、いくらだって出したのに！　ほれ、このとおり……」

と叫びはじめた。

「警告して立ち去らせろ。あくまでも叫び続けるなら、斬り棄ててよい」

歳三は山崎にいった。

さすがに信兵衛は立ち去った。しかし、よほど腹に据えかねたのか、馬の背に千両箱を乗せ、門前を練り歩いた。

斬首にしたときは、歳三も、不憫《ふびん》なことをした、と感じていたのだが、この信兵衛の当てつけがましい行為によって、かえってすっきりした気持になった。河合のような男は、もともと武士には適《む》かなかったのだ。髷を結い、両刀を帯びたからといって、武士になれるものではない。

新選組は、士分の出身であることを、必ずしも必要としない。もしそれをきびしくいいはじめたら、資格のあるものは三割にもみたないだろう。

大切なのは、身分ではなくて、志なのだ。いかなる武士よりも武士らしくあらねばならない。

武士とは何か。

一言でいうならば、志があるかないかである。両刀を腰に帯びていることや、剣をたくみに扱えるか否か、それは形だけのことにすぎない。

河合には、志がなかったのだ。金ですむことなら何なりと申しつけてくれといった父親の考え方が、やはり河合にも受け継がれていたのであろう。自分が穴埋めしておけばそれで何事もなく納まるという河合の考え方そのものが、お店者《たなもの》のそれだったのだ。

もちろん、五十両を盗んだものを、そのままにしておくつもりはなかった。そいつは、河合以下の人間ということになる。

しかし、その下手人の詮議に、山崎を使うことはしなかった。

そういうやつは、きっと山崎の動きに気を配っているに違いない。だから山崎が探索をはじめれば、じっとして目立たぬようにするであろう。

歳三は監察のものたちには、何も指示しなかった。五十両で女に小さな店を買ってやろうとしたものが誰かを、山崎にたずねることもしなかった。放っておけば、ひとりでに動き出すはずだ、と考えた。

それに、女にそういう約束をするものが、平隊士であるとは思えなかった。平隊士は、屯営内での居住が定められている。非番は月に二回である。その非番のときも、外泊は認められていない。

また、平隊士の受ける手当では、非番だからといっても、祇園あたりでは遊ぶことはできない。せいぜい島原あたりで娼妓《しょうぎ》を抱くくらいである。

祇園に小さな店を欲しがるからには、女は祇園のものなのだ。

役付の隊士のしわざであろう、と歳三は見当をつけた。山崎が名前をあかさなかったのは、確証がないこともあっただろうが、やはり役付の幹部に対する遠慮もあったに違いなかった。

伊東ではない。

歳三は、特定の女をつくってはいないが、祇園や島原の妓《おんな》たちと何ら交渉をもたないわけではない。むしろ、その逆であった。

祇園でも島原でも、馴染《なじみ》の客となると、妓を変えるのは、野暮の骨頂ということになるが、歳三は、そういうしきたりにとらわれなかった。二度までは寝ても、三度は寝ることはしなかった。

そのために、色街での評判のよくないことは知っている。伊東の場合は、そういう場所で開かれる集まりには出ても、酒を飲むだけで、決して妓と寝ることはしなかった。

伊東の妻は、うめ、という。彼の師であり、義父である伊東精一の娘である。伊東は江戸に残してきたその妻女に、十日に一度は手紙を出している。要するに、色街の女に貢ぐという人物ではないのだ。

では、十名の組長はどうか。

歳三は、試衛館から行動を共にしている五名は除外した。

沖田以外の四名についていえば、永倉と原田はすでに休息所を構えており、そこにいてかれらのくるのを待っている女のことも、歳三は知っている。

もし、永倉や原田が、ほかに女をつくろうとしているならば、ほとんど行動を共にしている歳三にもわかるはずだった。

藤堂と井上は休息所を持っていないが、祇園に馴染の妓はいる。しかし、二人とも五十両を盗むような男ではない。

残る五名は、斎藤一、松原忠司《まつばらちゆうじ》、武田観柳斎、谷三十郎、鈴木三樹三郎である。

伊東の実弟である鈴木のしわざとは、考えられなかった。よく似た兄弟なのである。鈴木は妻帯していないが、女のために五十両を盗むような大それたことはしない男である。

しないというよりも、できないといった方がいい。

残る四名のうち、もっとも疑わしいのは、松原と武田であった。松原はこのところ、壬生の天神横丁に住む安西という浪人の後家に惹《ひ》かれて、非番になると、そこへ行っていた。

歳三はそのことで松原に、

「女をつくることに、とやかくいう気はないが、武士の後家というのは、どうかと思うな」

といったことがある。

「わたしは別に悪いことはしていない」

と松原はつっぱねた。

松原は思いつめる性質のようだった。その女のためには、命を投げ出してもいいくらいに思っているらしい。

武田は、まだ休息所を持っていなかった。だが、持ちたがっている。また祇園に気に入った妓もいる。店を持たせてやるくらいのことはいいかねない。

6

広島へ行っていた近藤が予告なしに戻ってきたのは、三月二十八日だった。二十七日に大坂に着き、翌日には伏見に上り、そのまま、二条城へ出た。

歳三は、近藤が出した使いで帰京を知り、すぐに、各組長を召集した。近藤は夕方には帰ってくるはずである。広島で何があったのかを、各組長にも聞いてもらうつもりであった。

斎藤、井上、永倉、藤堂、鈴木、原田らは巡察に出ていた。沖田は部屋にいたし、武田は、手あきの隊士に、軍学の講義をしていた。

この日の非番は、松原と谷であった。二人とも朝から外出している。

松原の行先が天神横丁であることは、わかっていた。歳三は、隊士の一人に、

「迎えに行ってこい」

と命じた。

谷がどこへ行ったかは、わからなかった。歳三は、谷が組長をしている七番隊の隊士を呼び、

「局長が広島から帰京された。ついては、夕刻から会合をひらく。どこへ行っているか、知っているものはいないか」

と聞いた。

「たぶん、祇園下のお染《そめ》という小さな料亭ではないかと存じます」

「聞いたことのない店だな。きみは、行ったことがあるのか」

「この前いつでしたか、一度だけ連れて行っていただき、ご馳走《ちそう》になったことがあります。料亭といっても、ちっぽけな店でしたが……」

「前からあった店か」

「くわしいことは知りませんが、この一、二カ月のうちに開いたような話を、そのとき聞きました」

「女がそういったのか」

「さようです」

「いるかいないか、きみが行ってみてくれ。局長の帰京で、各組長に集まってもらうことになった」

と歳三はいった。

日の暮れたころには、全員が顔を揃えたが、近藤が戻ってきたのは、五ツ時（午後八時）を過ぎてからだった。ただし、伊東、尾形、篠原らの同行者三名は、伏見からじかに帰営していた。

伊東の説明では、広島における長州藩との交渉は、二月初めにはじまったが、二カ月近くたっても、何一つとして結実しなかったという。

訊問使《じんもんし》首席の小笠原壱岐守は、長州藩の引き延ばし戦術に苛立《いらだ》ち、再征のさいは、長州藩攻撃の正面口となる芸州藩に対して、食糧や物資の徴発を命じた。

ところが、芸州藩は、戦費不足を理由に、それをことわったらしい、というのである。

伊東は、そうした情報をかいつまんで説明したのち、

「これは私見ですが、再征については、もう一度、幕閣において協議なさるべきだと思います」

といった。

組長たちは、それぞれに意見をいった。歳三は黙って聞いていた。

「会津藩へ願い出て、われわれが芸州へ赴いたらどうか」

といったのは、武田だった。

「そりゃいい」

と原田が賛成した。

「芸州へ新選組が出張したら、京はどうなる？　不逞の浪人たちがこれ幸いと暴れ出すに違いない」

と井上がいった。

「おれもそう思うな」

永倉が井上に同調した。

甲論乙駁《おつばく》であった。歳三はそっと席をはずして、山崎を呼んだ。

「聞きたいことがある。前に、河合君の一件が起きたときに、五十両を出して、女に店を買ってやろうとした者がいるということだったが……」

山崎はうなずいた。

「代金の決済は終ったのか」

「そのようです」

「きみは、その店に行ったことはあるのかね？」

「ありません」

「谷三十郎君は、近ごろお染という小さな料亭を贔屓《ひいき》にしているらしいが……」

山崎は黙っている。歳三はなおも質問した。

「代金の決済云々《うんぬん》の店は、お染という店のことだろうな？」

「そうです。お染の前は京駒《きょうこま》という名前でした」

「そうだったか」

と歳三はいった。京駒ならば、前に、二、三度行ったことがあったのだ。

「山崎君、これは監察としてのきみに聞くのではない。そのつもりで返事をしてもらいたい」

「何でしょう？」

「局長の養子の昌武君と谷兄弟とは、あいかわらずいっしょに遊んでいるらしいが、昌武君は、お染のことについて、どれくらい知っているのだろうか」

「おそらく何も聞いていないでしょう」

「わかった。いまの話は、きみの胸に納めておいてくれ」

山崎はうなずいた。

歳三が広間に戻ると前後して、近藤が戻った。

近藤は、自分は小笠原から、長州再征のために必要な軍費として、七百万両を京、大坂、堺、西宮《にしのみや》の商人たちから調達するように、との内命をうけた、といった。

「いいか、七百万両だぞ」

と近藤はいって、組長たちを見まわした。

声を発するものはいなかった。七百万両は途方もない金額であった。近藤は、

「それがきわめて難しいことは、わたしの口からいうまでもあるまい。しかし、どうしても必要である。さきほど、ご老中にも申し上げて、新選組もそのためにお役に立ちたいと思い、あすから、大坂へ何人かの組長に隊士とともに出張してもらう」

といった。

大坂の商人たちが、いい顔をしないであろうことは、予測のつくことだった。新選組の力でかれらを承知させようというのであろう。

「では、誰に行ってもらうか。土方君と相談してから決定する」

と近藤はいった。

近藤が局長の部屋へ入ると、歳三はすぐに追って行った。

「はっきりいうが、七百万両というのは無理だろうね」

と歳三はいった。

「無理は承知だ。とりあえず、永倉、斎藤、井上、原田、それに谷は地元だから、その五名に行ってもらおう」

「斎藤と谷は使えない」

「どうして？」

「谷を斬ることにした。総司が元気ならば任せてもいいが、いまの体調では万一ということもある。谷も一応の遣い手だから、斎藤にやらせるしかない」

「待て。どうして谷を斬る？　谷は昌武の兄になるんだ」

「じつは……」

歳三は、河合の一件を説明した。近藤は吐息をもらし、

「やむを得んな」

といって目を閉ざした。

「谷、斎藤の代りに、武田、藤堂を出張させよう。それでいいね？」

「うむ」

近藤はふきげんそうにうなずいた。

谷三十郎が、お染の近くの路地で何者かに胸を刺されて死亡したのは、四月一日のことである。

町方の報告で、篠原が部下を連れて急行した。

篠原は、谷の死体を駕籠《かご》に入れて引き揚げてきた。それを検視しているさいちゅうに、斎藤が外出先から戻ってきた。篠原は、斎藤を呼びとめ、

「誰か知らんが、谷君を斬ったやつは、相当の遣い手だな」

といい、にやりと笑った。

新将軍

1

慶応二年五月一日、広島にあった長州訊問使《じんもんし》の老中小笠原壱岐守は、大目付《おおめつけ》の永井主水正らを従えて、国泰寺に長州代表毛利伊織《いおり》ら四名を呼び出して、幕府の処分案を申し渡した。

長州藩の首席代表は、宍戸備後助であるが、宍戸はこの日急病で出席できなかった。壱岐守は、はじめ仮病ではないかと疑い、医師を送って検証させようとしたが、長州側が、

「どうぞお調べ下さい」

といって拒まなかったので、

「それなら本当に病気なのだろう」

と医師の派遣をやめたという。

処分案は、厳罰論と寛容論の中間をとったようなものであった。

藩主の毛利敬親《たかちか》は蟄居《ちっきょ》隠居、世子定広は永蟄居、封土十万石を削り、残る二十六万九千

余石を幼君興丸《おきまる》によって相続させる、というものである。また、蛤御門《はまぐりごもん》の変に責任のあった三家老の家名は永世断絶。さらに藩士のうち、高杉晋作、桂小五郎、佐世八十郎（のち前原一誠）、広沢真臣《さねおみ》、山県半蔵らの激派一二名は、尋問の儀これあり、よって広島へ差し出すこと、という付帯条項がついていた。山県半蔵というのは、いうまでもなく宍戸備後助のことである。

長州側は、

「このような重大な決定は、どうか宍戸の病気の治るのを待ってお申し渡し下さい」

といったが、小笠原はそれを許さず、

「ただちに帰国して主人に伝えよ」

といった。

長州側は、十二名の藩士については、

「高杉、佐世らは脱走、桂は行方不明、広沢は死亡いたしております。山県は宍戸備後助のことであります」

と答えた。高杉はすでに帰藩して藩の実権を握っていたし、桂は、長州と薩摩の同盟を結んで帰国していた。正直に答えたのは、山県の一件くらいのもので、これは本人が広島におり、隠しても無駄であることがわかっていたからであろう。幕府は、すぐさま宍戸と副使の小田村文助《おだむらぶんすけ》を拘束した。

これに対して、長州側は時間かせぎの策をとった。

幕府の示した処分案を受けるか否かの回答期限は五月二十日までというものだったが、協議に時間がかかるから二十九日まで延期してもらいたい、というのである。

幕府の威権が強大であったころには、このようなやりとりは考えられないことだった。決定を申し渡せば、それで終りである。受けるか否かを協議することなど、許されることではなかった。いかに苛酷なものであろうとも、

「謹んでお受け仕《つかまつ》ります」

というしかなかったのだ。

ところが、小笠原は、これを許した。ただし、

「万一、二十九日の期限までに回答しなければ、すみやかに問罪の使を差し向けるであろう」

とつけ加えた。要するに、実力を行使するぞ、というのである。

長州藩は、とうに決戦の覚悟を固めていた。この度の戦争は、薩摩が味方に回っているので、前のように孤立無援ということはない。それに、武器弾薬の準備もじゅうぶんであり、自信はあったのだ。

期限よりも早く、五月二十五日に長州藩は回答した。その要旨は、

「正当の処置をもって長防二州の生民を救助していただきたい。どうか天地広大のご沙汰を仰《いだ》せ出されたく、さきのご決定については、お受けすることは困難である」

というものだった。

幕府の処分案は、正当の処置ではない、というにひとしく、陳情の形式をとっているが、事実上の拒否であった。

小笠原は大いに怒り、この陳情を却下した。長州処分を現実のものとするには、もはや武力行使しかないことになる。

五月二十八日、老中松平伯耆守《ほうきのかみ》が広島入りした。小笠原は、芸州口の指揮権を松平にゆだね、自分は九州方面の指揮官として、六月二日に小倉《こくら》へ出発した。

六月七日、一橋慶喜は、松平越中守を従えて参内し、長州征討を奏聞した。朝廷はこれを許し、

「すみやかに追討の功を奏し、宸襟《しんきん》を安んじ奉るべし」

というご沙汰書を慶喜に授けた。

戦闘はこの日にはじまっていた。幕府の軍艦四隻が周防の大島《おおしま》を攻撃し、占領した。長州藩の海軍総督高杉晋作は、機を見るに敏であった。そのまま大島を幕軍の手にゆだねてしまっては、以後の戦闘の士気にかかわると判断し、捨て身の反撃に出た。買い入れたばかりの丙寅丸《へいいんまる》一隻で十二日の夜になぐりこみをかけ、幕府艦一隻に損傷をあたえ、十五日には奇兵隊を上陸させて、たった一日の戦闘で幕軍を追い払ってしまった。

陸戦は十三日から芸州方面ではじまった。幕府方は陸軍奉行竹中丹後守《たけなかたんごのかみ》が指揮し、彦根、高田の両藩の兵がこれに従った。竹中は、遠く戦国時代、豊臣《とよとみ》秀吉の謀将として知られた竹中半兵衛《はんべえ》の子孫である。

幕府軍は、藩境の小瀬川《おぜがわ》を渡って、岩国領の大竹村《おおたけ》に進出したものの、その装備は、昔ながらの刀槍甲冑《とうそうかっちゅう》だったために、洋式装備の長州兵の反撃をくらうと一たまりもなかった。長州兵は勢いに乗じて芸州領の小方《おがた》に攻めこんできたが、竹中は大垣藩、紀州《きしゅう》藩の応援を得て、どうにかくいとめた。

石州方面の戦闘は十六日にはじまったが、幕府方の浜田《はまだ》藩と福山《ふくやま》藩の軍勢は、最初の戦闘で、幕府の軍《いくさ》目付三枝刑部《さえぐさぎょうぶ》を討たれ、浜田城に後退した。そして因州《いんしゅう》、雲州《うんしゅう》の両藩に援兵を要請したが、一兵もこなかった。長州兵は浜田城を包囲した。藩主の松平右近将監《うこんしょうげん》は、松江藩の汽船で逃げ出した。藩士たちは見棄《みす》てられた形である。屋敷を焼いて自刃するものも少なくなかった。

馬関方面の戦闘は十七日からであった。幕府方は、肥後、久留米、小倉の三藩で、総指揮は小笠原壱岐守がとった。

長州兵は、まず海戦で機先を制し、門司《もじ》に上陸した。幕府方の三藩は、合計すると二万名の大軍で、かつまた精強であった。長州兵は、高杉の指揮で、わずか一千名。だから、上陸して一戦すると、すぐに馬関へ撤退した。幕府方の三藩は、その気があれば、長州へ逆襲できる兵力をもっていたが、意思統一ができていなかった。

肥後兵の指揮をとっている家老の長岡監物《ながおかけんもつ》は、もともと再征に不賛成だったから、小笠原に、

「天下の諸大名を集めてまず公議をつくし、長州を討つべき理由が明白になった上で進撃すべきではありませんか」

と意見を申しのべた。

すでに戦いが開始されているのに、そのようなことをいったところで、小笠原が聞き入れるはずがない。激論数刻で、喧嘩《けんか》別れとなった。

肥後兵は、小倉の手前にある赤坂《あかさか》を守ったが、小倉を目ざしてそこを強攻してきた長州兵と、七月二十六日から二十七日にかけて、大激戦をくりひろげた。長岡は、小倉の城下を流れる紫川《むらさきがわ》の河口にいる幕府軍艦の富士山丸《ふじやままる》の出動を小笠原に要請した。富士山丸は新造の鋼鉄艦で、百四十ポンドの大砲を装備している。これが出動して長州兵を砲撃すれば、戦況が有利になることは、目に見えている。

しかし、小笠原は出動させなかった。じつは、出動させたかったのだが、自慢の巨砲が破損していて、ものの役に立たなかった。

長岡の方には、そういう事情がわからない。肥後兵は、長州兵百十四名を殺傷してこれを撃退したが、武士の意地を見せるのはこれでじゅうぶんと判断し、二十八日に赤坂から兵を引いてしまった。

これを聞いて、久留米兵も撤兵したため、幕府軍は小倉藩だけになってしまった。

そこへ、大坂から密使がきて、将軍家茂の死を伝えた。小笠原は二十九日、富士山丸に乗って小倉を去った。

悪いことは重なるもので、これに先立って小倉藩主の小笠原左京大夫《さきょうのだいぶ》が病没していた。家老の小宮民部《こみやみんぶ》は幼主豊千代丸《とよちよまる》と、左京大夫の棺《ひつぎ》を奉じて香春《かわら》に走り、城には火を放った。

2

家茂の死は、七月二十日であった。もともと蒲柳《ほりゅう》の質だったが、六月の下旬から両足が腫《む》んで立てなくなった。重症の脚気《かっけ》という診断であるが、胃腸障害も併発して、食べたものをすべて吐くようになった。

そうなっては体力も衰弱する一方である。典医は百方手をつくし、江戸からも、天璋院《てんしょういん》、和宮の派した奥医師がかけつけたが、家茂はついに回復しなかった。

幕府はこれを極秘とした。なにしろ、長州との戦いが終っていない上に、形勢は各方面で非である。これを公表すれば、士気にもかかわってくる。

それだけではない。

家茂はこのとき数え年で二十一歳、四年前の文久二年二月に和宮を迎えているが、子がなかった。つまり、誰が後を継いで十五代将軍になるか、定まっていないのである。それが決定しないうちに、公表することはできない状況でもあったのだ。

ただ、家茂自身は、後継ぎを指名していた。

前年五月、征長のために江戸を発《た》つ前夜に側近のものに、

「出陣するとなれば、戦死病没のこと、なしともいい難いが、予にはまだ子がない。よっ

て万一のことあらば、田安亀之助《たやすかめのすけ》を立てたいと思う。このことは、出発したのち、和宮および天璋院殿に申し上げよ」

と命じた。田安亀之助は、御三卿《ごさんきょう》の一つである田安家の当主慶頼《よしより》の子であるが、家茂の死んだときは、わずか三歳の幼児だった。

幕府が安泰のときならば、誰が将軍になろうとも、適当な後見職を配することによって、天下の事は行える。しかし、内憂外患こもごもに至るこの時代に、三歳の幼児をして後継者とすることの無理は、誰の目にも明らかであった。

大坂にあって、幕政をあずかっているのは、板倉伊賀守と稲葉《いなば》美濃守の両名である。かれらは相談して、一橋慶喜を立てるしかないという結論に達した。しかし、家茂の遺命もあるので、和宮と天璋院の了解を得なければならない。そこで、慶喜の養子に田安亀之助を入れるという案を考え出し、江戸へ使いを急派して了解を求める一方、朝廷にも内奏し、慶喜には板倉が会って、説得した。

「断じて受け難し」

と慶喜は拒絶した。

理由は、自分は前から天下に野心があるように噂《うわさ》されている。それをいかにも残念に思っているが、ここで後を継いだりすれば、その噂が真《まこと》であったことになってしまう、というものだった。

前年秋に、兵庫開港問題で窮地に立った家茂が、とつぜん将軍職を辞職する、といい出したことがあった。そして、後は一橋殿が継ぐことになろう、といって、江戸へ帰ろうとした。

この話が江戸に伝わると、大奥の女たちのなかには、井戸に飛び込んで自殺しようとするものまで現われた。というのは、慶喜は、前に十四代の将軍職を家茂と争って敗れたことになっている。家茂を将軍にしたのは、井伊大老であり、慶喜が自分の意思で争ったわけではなかったが、第三者には、そう見える。そのため、将軍職に野心を抱いている人物、というふうに世間からは見られていたのだ。

大奥に嫌われたのは、それだけの理由ではない。慶喜は新しがり屋であった。洋服を着たり、肉を食べたりした。大奥の女たちからみれば、外国人と同じであった。

また、慶喜が将軍になりたがっているという噂は、徳川家全体にひろく伝わっていた。家茂の家来のなかには、もし慶喜が将軍になれば、

「斬る」

と公言するものまでいた。

こういう不人気を慶喜自身がよく心得ている。だから、板倉の要請をきっぱりとことわったのだが、ほかにも理由があった。

頭のいい慶喜は、徳川の屋台骨が揺らいでいることを、幕府内の誰よりもよく認識していた。慶喜は側近の原市之進《はらいちのしん》に、

「幕府などというものをなくして、王政に戻した方がいいと自分は考えている」

といった。原はびっくりして、

「そのようなことを、ゆめゆめ他人におっしゃってはなりませぬ」

とうろたえていった。

朝廷も、誰が後継者になるか、当然のことながら関心をもった。そして、徳川家の内部問題であるとしながらも、慶喜を好ましい、とする内意を示唆した。というよりも、板倉らが、二条関白、近衛《このえ》前関白らを説いて、朝廷もそれを望んでいるという形にもっていったというべきだろう。

松平春嶽も板倉に請われて、慶喜の説得にあたった。春嶽は、朝廷の内意を持ち出して、将軍職を継ぐようにとすすめたが、慶喜は、

「朝廷より仰せ出されたならば、予は割腹するか、江戸へ逃げて帰るかの、二つに一つである」

といい放った。その上、二十四日には二条関白や賀陽宮朝彦親王《かやのみやあさひこしんのう》をたずね、

「老中や春嶽殿がわたしに後を継ぐようにひたすら迫っておりますが、不才非力、その任にたえられません。この上、朝廷よりご沙汰を賜わるようなことがあれば、引退するしかありません。そういうことのないよう、前もってお願いしておきます」

といった。

そこで板倉らが採った策は、慶喜の謀臣である原市之進を説くことであった。原は慶喜の相談相手になっている男である。慶喜が信用している唯一の家来といっていい。その原

は、主人の慶喜が後継者になることを、じつはもっとも望んでいる。原は元来は水戸藩士だが、慶喜が一橋家を継いだのに従って、一橋家の家臣となった。要するに陪臣《ばいしん》の身分にすぎない。だから、主人の慶喜が徳川家の当主になれば、原もまた格上げされて幕臣というこ とになり、天下の枢機に参画できるようになるのだ。

原は、

「何はともあれ、徳川家をお継ぎなされませ。それをも辞退なさるのは、ご先祖様に対して不孝を致すことになります」

と進言した。

宗家の相続と将軍宣下《せんげ》とを分けて考えたらどうか、というのである。いかにも謀臣らしい論理の立て方であった。

慶喜はそれに乗った。二十六日に板倉らに対して、

「将軍職は継がないが、宗家を相続することは承諾する」

といった。

慶喜の考えでは、幕府の力はすっかり衰えており、何をするにもいちいち朝廷や有力大名の意見を聞いてからでなければ、できない状態である。将軍といっても、名前だけのものになっている。だから、ここはしばらくの間、将軍職を空席にしておき、諸大名や朝廷がどう出るか、やはり慶喜に将軍になってもらわなければ困るという意見が出てくるかどうか、形勢を観望しよう、という考えだった。

幕府は、七月二十八日、形式的にはまだ死んだことになっていない家茂の名で、朝廷に対し、

「臣が病患危うきに至らば、家族慶喜をして相続せしめ、征長の軍務は慶喜に代行させたいと存じます」

という上奏文を提出した。

翌日、勅許があった。

このあと、八月十九日に、幕府は、将軍家茂の危篤を公式に奏上し、二十日に喪を発し、慶喜の相続をも公布した。そして、慶喜は慣例により、

「上様《うえさま》」

と呼ばれることになった。

だが、七月下旬に宗家相続が決してからの慶喜の言動は、変転をきわめた。

七月二十九日、慶喜は板倉に、最初の仕事として、長州へ出陣する、といった。去る六月七日に、朝廷からすみやかに追討せよというご沙汰書を受けているが、それが実現できないでいる。戦況は芳しくないが、ここで幕府の権威を回復するためには、領外に侵出してきている長州勢を叩《たた》きつぶすしかない。将軍の喪を秘し、自分が名代として出陣すれば士気も大いに高まるだろう、というのである。

板倉らの閣老に反対はなかった。

これを聞いた松平容保《かたもり》は、かねてから幕府方の非勢を心配し、かつ憤っていたから、

「こんどは、わが藩を石州方面へ派すことをお命じ下さい。京都のことは、所司代の越中守定敬に任せればよいと思います」

と申し入れた。

「それは許されぬ。京はその方がいなければ治まるまい。それに、自分が出て行くからには、考えがある」

と慶喜は自信ありげにいった。

幕府方が負けるのは、諸藩の兵を使うからである。幕府は、文久二年以来、神奈川に洋式装備の、歩、騎、砲の三兵伝習隊を組織して、訓練してきた。

十三大隊約五千人である。こんどは、この直属軍を自ら率いて行く。かつ、フランスから軍艦、兵器も買い入れる。

「だから心配はない。勝つ」

と慶喜はいうのである。さらに彼は、旗本を集めて、

「毛利父子は君父の讐《あだ》である。たとえ千騎が一騎になろうとも、山口城まで進む覚悟である。その方ども、同じ決心なれば随従せよ。覚悟なきものは、従わずとも苦しゅうないぞ」

といった。

このことが洩《も》れると、京都政界は騒然となった。

3

薩摩藩は、元来が第二次長州征討に反対であった。

幕府の出兵要求に対しても、これを拒否してきたし、朝廷にも働きかけている。

このころ物価の上昇は目に余るものがあった。ことに米価は甚だしかった。

五月八日に、兵庫の湊川《みなとがわ》では暴動が起こり、米屋や富豪の家を襲った。西宮、伊丹《いたみ》、池田《いけだ》にも波及した。いずれも大量の米を消費する造り酒屋の中心地である。

鎮圧の役人は、ついに鉄砲を発射した。威嚇のつもりが、結果的には射殺となった。住吉、堺、難波《なにわ》の住民たちがいっせいに蜂起し、捕えられても、

「ご牢内《ろうない》ならば、食わしてもらえるだけありがたい」

とうそぶくものが多かった。

薩摩の主張は、こうした物価騰貴の主たる原因は、幕府の軍費調達にある、というのである。

幕府には、自前で戦費をまかなう力がなかった。そこで、大坂、兵庫の富商に、総額七百万両のご用金を賦課し、それを躊躇《ちゅうちょ》するものには、新選組を派遣した。

商人たちは、巨額の金を調達するために、おりから端境期《はざかいき》にある米の買占め投機に走った。自分たちの金には手をつけず、その利益でご用金を調達しようというのである。

薩摩だけではなく、ほかの藩も反対するところが多かった。それどころか、幕府と一体

であるはずの親藩、譜代の藩も、京、大坂に近いところは、反対であった。幕府の命令のままに大軍を送るとなると、食糧、軍夫を徴発しなければならない。

そうなると、もっとも苦しむのは領内の民衆である。各大名にしてみれば、大坂、兵庫の暴発がいつ自領内に飛び火してくるかわからないという不安をかかえこんでいるのだ。

松平春嶽が代表して、慶喜をいさめた。

「諸藩の反対をかえりみず、しいて兵力をもって長州を屈服せしめんとするのは、いまの情勢では策を得たものとは思えませぬ。ここは、まず諸大名をお召しになって、将来の国是を議定し、公論の帰するところに従って、長州の処分をご決定なさるべきでございましょう」

「諸大名を会して国是を議定するのはよいが、それは長州を威圧し、徳川の威権を回復してからのことである」

と慶喜はいった。

春嶽は大いに落胆し、板倉に、わたしの意見が採用されないなら帰国する、と申し入れた。

朝廷内でも、山階宮《やましなのみや》、正親町《おおぎまち》三条卿が反対論をくりひろげた。

慶喜は屈しない。

八月八日に参内し、小御所で孝明帝を拝し、天盃《てんぱい》を賜わり、さらに場所を移して、御学問所で、

「朝家の御為《おんため》に、力をつくし、速やかに追討の功を奏し、いよいよ誠忠を励むべし」

という勅語と剣一振《ひとふり》を賜わった。いわゆる節刀《せつとう》の儀式である。

この儀式は、中古の時代、出征する将軍に任命のしるしとして下賜《かし》された故事に基づいているが、儀式そのものは、平安末期には廃止となっていた。それを復活し、さらに、豊臣秀吉の出陣の故事にならって、七社七寺に戦勝祈願をする旨のお言葉があった。

すべては、慶喜の希望と幕府の工作によって実現した盛大な示威である。出兵が、徳川対長州の私戦ではなく、朝廷の命によって賊敵を討つという名分を天下に明らかにしようというのである。

しかし、そのことは、幕府自体の衰えを告白するようなものであった。

鎌倉《かまくら》に頼朝《よりとも》が幕府を開いて以来、将軍が兵を用いるにさいして、朝廷から節刀を賜わったことはない。頼朝は、そのような権威を借りなくても、自分の思うままに兵を用いることができた。それが、武家政治というものであり、将軍が主権の実体を把握していることの証明だった。

いま、慶喜は節刀を下賜され、それを征討のしるしとしている。中古の時代、武家が朝廷に頤使《いし》されていたころに逆戻りしたことにほかならない。

慶喜がそのことを意識していたか否かは、わからない。おそらく気がついていたであろうが、慶喜としては、朝廷の威光を必要としていた。

出陣の日は、八月十二日と決定した。この日、慶喜は京を発し、大坂へ向かい、さらに広島へ行くことになる。

この間、新選組は多忙をきわめた。

近藤が家茂の死を知ったのは、板倉が松平容保らといっしょに、慶喜に相続の説得をこころみていたころだった。

近藤は歳三を呼び、

「じつは城中で、一大秘事を永井殿から教えていただいた」

と声をひそめていった。

歳三は、うすうす察していた。家茂の側《そば》にいなければならない二人の老中が京にきて、春嶽の居所をたずねたり、公卿《くぎょう》の間をまわったりしているのだ。

そういう動きは、手にとるように入ってきている。

「喪《な》くなられた公方《くぼう》様の後継ぎを誰にしようか、というのだろう？」

「歳、どうしてそれを……」

と近藤は絶句した。

「注意していれば、おのずとわかることさ。町なかでも、何かあったらしいという噂が立っているよ」

「そうか」

「で、永井はどういっている？」

と歳三は、呼びすてにした。

近藤はちょっと眉をひそめたが、

「永井殿は一橋卿が結局はお継ぎになられるだろう、といっている」

「二心《にしん》殿が……」

と歳三はいった。二心殿というのは、幕臣たちが、慶喜につけた仇名《あだな》であった。家茂が将軍職を辞退しようとした騒ぎのときに、つけられたものである。

「歳、口をつつしめ」

「わかっている」

「永井殿の話では、一橋卿は、われわれの芸州下りについても、よくご存知で、徳川家のために頼もしい限りである、と仰せになっていたそうだ」

と近藤はいった。

(嘘《うそ》だろう)

と歳三は思った。

一橋慶喜という、歳三からすると、目もくらむような貴人のことは、理解の外にあった。世人は、酷薄なお方、というし、幕臣の間の評価は、下の下といっていい。二心殿、という仇名自体、慶喜がいかなる性格であるかをいいあらわしているのではないか。

近藤は素直であった。

慶喜が相続し、出兵をいい出したときは、大いに興奮し、

「会津藩は京都の固めとして動けないとしても、新選組はさほど拘束されることはない。ぜひとも軍列に加えていただくよう、お願いしてみるつもりだ。全員というわけにはいくまいが、半数は出動できるように、手配してくれ」

と命じた。

歳三も、出兵には賛成であった。すぐに、派遣するものの選抜にかかった。

近藤は、会津藩に了解を求め、永井を通じて、慶喜の率いる直属軍に新選組隊士を編入するように工作した。

直属軍は、神奈川から船便でくることになるが、慶喜の進発には、間に合いそうになかった。

会津藩は必ずしも賛成ではなかった。新選組が減れば、治安の維持が困難になるであろうことを熟知しているのだ。しかし、直属軍なしの進発はありえない。一橋家というのは、元来が家来のいない家なのである。水戸、尾張、紀伊《きい》の御三家とは、そこが決定的に違っている。

会津藩は、やむを得ずに、一部隊士の出陣を認めた。

近藤は、歳三の選抜した五十名を率いて行くことになった。総員の約三分の一の人数である。

だが、出発前日の十一日になって、下城してきた近藤は、歳三を呼び、

「おい、中止になった」

といった。

「まさか」

「本当だよ。正しくは、中止ではなくて、延期だそうだが……」

「どうして？」

「この前の大洪水で、兵器の運送ができないから、明日の進発はしばらく見合わせる、と仰せ出されたそうだ」

たしかに、八月初めに、台風が襲ってきて豪雨を降らし、河川は氾濫し、民家の流失、庶民の死傷が多かった。

だが、戦争をしようというのである。そのような被害があろうとも、出陣を中止するというのは理由にならない。

「呆《あき》れた！」

と歳三は短くいった。

近藤は沈痛な表情で、腕を組んだままである。

(きっと怖気《おじけ》づいたのだ)

と歳三は直感した。

じじつ、慶喜の変心は、歳三の直感したとおりだったが、慶喜の心を萎えさせるだけの出来事があることはあったのだ。

4

歳三や近藤は、のちになって知ったのだが、この日（八月十一日）、大坂に先発していた板倉伊賀守があわただしく帰京してきて、慶喜の耳に、重大な情報を入れた。

小倉にあって、長州勢に拮抗《きっこう》していた小倉藩が城に火を放って退却し、総指揮官だった老中の小笠原壱岐守が富士山丸で兵庫へ引き揚げてきた、というのである。

幕府方は、石州方面では敗れ、芸州方面では、攻めるよりも守る方に回っている状態だったが、唯《ただ》一つ、小倉方面の戦況だけは、互角以上であった。肥後、久留米両藩が、幕府の指示に従って出兵してきており、かつ精強だったせいもある。

だが、内輪もめで、はじめに肥後、続いて久留米が撤兵し、小倉藩内の事情も重なって、形勢は一変してしまったのだ。

小笠原は、七月二十九日に小倉を去り、いったん長崎へ寄った。彼には、戦場を離脱する口実があった。家茂の死を聞いたことと、それによって目付の平山謙次郎《けんじろう》が帰京をうながしたことである。そして、まっすぐに帰らずに長崎に寄ったのは、出身の唐津《からつ》が近いことと破損した砲を修理するためだった。

小倉の落城は八月二日である。小笠原はそれを長崎で聞いた。小笠原は、秀才肌の人物である。このころの大名には、どちらかといえば、世間知らずの愚者が多いが、彼は明敏であった。文久二年に、部屋住みの身をもって奏者番として出仕したが、二カ月たらずで、若年寄から老中格に昇進し、外国御用掛《ごようがかり》を命ぜられた。幕府の二百七十年の歴史で、これだけの短期間に二階級の特進をはたしたのは、彼だけである。

だが、時代は彼には適《む》いていなかった。総指揮官である小笠原は、いうまでもないことながら陣羽織を着用するが、それがいっぷう変っている。

表地は、目にも鮮やかな朱色であるのは当然だとしても、裏地が黒無地のラシャで、表と同じ拵《こしら》えだった。ある人が、

「不思議な陣羽織ですな」

というと、小笠原は、

「わたしは大名だから、戦《いく》さになると大将になると定められている。敵は必ずわたしを狙うに違いない。しかし、戦さは勝つとは決っていない。そこで敗軍となったら、この朱色の陣羽織では狙われるから、そのときは裏がえして黒い陣羽織で逃げるのです」

と平然として答えた。

冗談にしろ、こういうことを公言できた人物である。その明敏さは、行政官としてはいいが、戦場では役に立たなかった。

小笠原は、板倉に、

「再征は失敗です。この戦さには、勝てませせぬ」

といって、その理由を列挙した。

最大の理由は、何といっても、幕府軍のまとまりの悪さである。あえていうなら、肥後、

久留米の撤兵で明らかなように、幕府自体に、諸藩に対する命令権が、事実上は喪失していることである。だから、慶喜が出陣したとしても、その事態が変るとは思われない。それどころか、かえって悪化する恐れさえある。

板倉は、小笠原の考えを、ありのまま慶喜に告げた。

「壱岐守が勝てぬと申したか」

と慶喜は念を押した。

板倉は、小笠原が逃げ戻ってきたことに、腹を立てている。

「恐れながら、確かに」

と答えながら、慶喜は怒りを爆発させるだろう、と思った。

予期に反して、慶喜は怒らなかった。

明敏さにおいては、慶喜は小笠原にひけをとらない。というよりも、むしろ上であろう。勝てないとわかっている戦さに出陣するのは、愚直な人間のすることである。その愚直さが、ときとしては奇跡を招くこともあるのだが、小笠原と同じように、慶喜のような秀才は、奇跡などは当てにしない。で、彼は板倉に、

「万事休すである。なまじ出陣して瓦解を早めるよりは、休戦の令を発し、諸大名の心を収攬《しゅうらん》したるのち、おもむろに威権を回復すべし」

といった。

さすがに板倉は仰天した。

出陣はそもそも慶喜の発案であり、すでに勅許を得ているのだ。しかし、

「そんな掌《てのひら》を返すようなことはいけません」

とはいえない。だから、

「肥後守をお召しになり、その存念をお聞きなされますよう」

と進言した。会津藩は何といっても精強であり、実戦経験も豊かである。その意見を傾聴したらどうか、という意味である。

すぐに松平容保が呼ばれた。

「この期に及んで出陣中止はなりません。むしろ一日も早くご進発なされて諸軍を指揮することこそ肝要に存じます」

と容保は申し立てた。

だが、慶喜はすっかり戦意を喪失している。

「理窟はそうかもしれないが、九州の形勢からいって、いまさら出陣する意味はない。ここは諸大名を集めて、その考えを聞いてみよ。あくまでも出陣すべしという衆論なれば、出陣することにする」

と慶喜はいった。有力諸大名の多くが、再征に反対していることは、周知のことなのである。

容保はなおも説得をこころみたが、慶喜はきかなかった。

しかし、すでに勅命が出ている。それをどうするかである。慶喜の謀臣原市之進が関白

二条斉敬《なりゆき》のもとへ行き、ありのままをうちあけた。

関白はこれを孝明帝に奏上した。帝《みかど》はきわめて不機嫌に、

「すでに沙汰せるごとく追討の功を奏すべきである」

と、慶喜の、いわば尻を叩いた。

はじめに出陣をいい出し、さらには節刀を賜わるという演出まで考えたのは、慶喜本人なのである。それが、ころりと変心してしまったのだから、帝が怒るのも当然であった。そうまでいわれれば、武門の意地にかけても出陣すべきだったろう。じじつ、容保がそれを見こして、朝廷に出陣強行をふきこんだふしがある。

慶喜は恥も外聞もなく、

「反覆の言辞は慙懼《ざんく》の至りながら、皇国のために、長征を中止し、故家茂の喪を発し、大小名を召集して、天下公論の帰するところによって進退せんとするのであります」

といった。

出陣奏請も天下のため、中止もまた天下のため、というのである。

やむなく、帝は、中止を認めた。それが八月十六日のことである。

そのあとの慶喜の行動は、じつにてきぱきとしていた。それまで冷やめしを食わせておいた勝海舟を召し出して芸州へ使いさせ、長州との和平交渉にあたらせた。勝は、厳島《いつくしま》の本願寺書院で、長州代表の広沢兵助、井上聞多《もんた》らに会い、話をつけてきた。朝廷のご意向によって幕府は兵を引くが、長州勢は、その機に乗じて追撃しないように、というので

ある。

広沢は、勝の申し入れを受諾した。

5

慶喜の評判は、いまや最低である。会津、桑名の藩士のなかには、

「やはり二心殿でござった」

と公言するものが多かった。心が二つある、というのだから、反覆つねなき嘘つき、ということであり、かつ徳川家の一員でありながら徳川を裏切るものという意味もこめられていたであろう。

本来なら、公言をはばかる侮言であり、藩士は処罰されるべきだが、処罰されなかった。同感するものが多かったからであり、容保の耳にも入ったが、容保は不問に付した。

新選組の屯営内では、さすがに、そのような露骨な言葉は出なかった。一つには、近藤が、慶喜好きだったせいもある。慶喜が、

「新選組はよくやっている」

といったということを永井あたりから聞いて、感激していたのだ。

歳三は近藤に、

「これで京は騒がしくなる。またおれたちの出番がきそうだが、このままでは人手不足に

なりそうだ」

「騒がしくなる？」

「そうとも。これから勤王を称する輩《やから》がふえて京に入りこんでくるだろうな。また乱暴をはたらくに違いない」

「そうはさせんぞ。人手が足りなければ、新しく徴募したらどうだ？」

「京では無理だ。兵はやっぱり関東に限る。江戸へ行って集めてこずばなるまい」

と歳三はいった。

近藤は黙っていた。

江戸を発った文久三年以来、歳三はまだ一度も帰っていない。行くとすれば、こんどは歳三の番である。

だが、いま歳三に京都を離れられては困る、と近藤は思ったのだ。

歳三もそれ以上は主張しなかった。員数としては、さほど不足しているわけではなかった。ただ、伊東の一派は、表向きの隊務しかつとめないのである。命ぜられたことはこなすが、それ以上は何もしない。

（いまに脱隊するだろう）

と歳三は予感していた。

局中法度は、それを認めていない。伊東もそれは承知のはずであるが、策の深い男のことだから、何か手をうってくるに違いない。脱退を認めずに斬るにせよ、あるいは、伊東らが無断で退去しようと、そのぶんが欠けるのである。

歳三にしては、その補充を考えておかねばならなかった。しかし、昨今の情勢では、京ではもうろくなものが集まるまい、と思っている。兵は東国に限る、と近藤にはいったが、理由は決してそれだけではなかった。

政治情勢が如実にひびいてくるだろう、と歳三は見ている。

慶喜の変心で、彼を支持していた二条斉敬や賀陽宮は、朝廷内でもすっかり勢いを失ってしまい、逆に、長州派だった大原三位《おおはらさんみ》らが発言力をましてきていた。

そういう廟堂《びょうどう》での変化が、市井にも現われてきている。

八月の末には、賀陽宮邸、二条邸の塀に、張り紙をするものがあった。

「会橋二賊に結びて正義勤王の徒を陥れ、奸曲《かんきょく》の輩を用いて朝廷の方針を誤る。もし悔悟せずんば、刑戮《けいりく》を加えん」

という脅迫文である。

会橋というのは、会津と一橋のことをいっている。長州派はかつては、

「会薩両賊」

といったものだが、薩摩はもはや指弾されなくなった。

脅迫されたことが理由ではなかったろうが、二条関白と国事御用掛の賀陽宮は辞表を呈出した。

また、ほぼ同じころ、三条大橋の掲示場の高札《こうさつ》が引き抜かれて、川原に棄てられる事件

が起きた。

その高札は、第一回の長州征討のさいに町奉行所が立てたもので、長州の罪状をのべ、潜伏している同藩士や同調者を見つけて届けたものには褒美を与えるし、逆にかくまったものは処罰する旨を明らかにしていた。

町奉行所は、高札を新しくして再び立てた。

翌朝、高札はこわされていた。

長州再征は敗北に終ったのだから、高札の意味はなくなっているにひとしいが、町奉行所としては、役目柄、何度でも新調しなければならない。破壊しにくるものを捕えるのも奉行所の仕事だが、会津藩を通じて、新選組に依頼してきた。

歳三は、原田左之助を呼んだ。

「三条の高札場を固めてくれ。必ずこわしにくるやつが現われると思うから、引っ捕えてこい」

「長州のやつらのしわざかな」

と、すでに事情を聞き知っている原田がいった。

「わからん。ことによると、薩摩かもしれんぞ」

「まさか！」

と原田は声をあげた。

「いや、ありうることだ」

「もし薩摩藩士だと称したら、どうする?」

「何藩の士であろうと、高札をこわすのが不届《ふとどき》であることに変りはない。もし抵抗すれば、容赦なく斬ってこい」

原田は目を瞠《みは》った。

「本気でそういっているのじゃないだろうな」

「本気だとも。それから十番隊のほかに、服部君を連れて行けよ」

「おれの隊のものだけで足りるよ」

と原田は憤然としていった。服部武雄は剣術教授方であり、その技には定評がある。だが、原田にとっては、はじめから助力が必要だろうといわれたようで、おもしろくなかったのだ。

「それは承知さ。だが、不審なやつが現われたときにどうするか、しっかりと見届けてもらいたいのだ」

原田は何か納得しかねるようだったが、それ以上は何もいわなかった。

奉行所が依頼にきた九月十日から、十番隊は高札の周囲を固めた。先斗町の町会所を本拠に、近くの商家を借りて、隊士をひそませた。

原田は町会所に詰めきりである。

十日、十一日とも何事もなかった。

十二日の真夜中になって、十名近い武士が詩を吟じながら橋を渡り、高札の前で足をとめた。

橋のわきにいた菰《こも》かぶりがそれを遠くから見ている。

武士たちが高札に手をかけて引き抜きはじめるのを確かめると、菰かぶりは静かに動いて町会所へ知らせにきた。新選組の密偵だった。

原田はすぐさま出動した。新選組の戦法といっていいが、こういう捕りもののときは、本隊のほかに必ず後詰《ごづめ》の隊と、退路を断つ隊を配置してある。

武士たちは、原田らの接近を知ると、いっせいに刀を抜いた。

「新選組である。高札に狼藉《ろうぜき》をはたらくとは不届千万、神妙にしろ」

と原田はどなった。

「こなくそッ」

と叫んで斬りこんできたものがある。原田は横になぎ払ってかわしながら、意外の感に打たれた。それは、四国の方言だったからである。

戦闘は、すぐ片付いた。原田が一名を斬り倒し、新井忠雄が一名に重傷を負わせて捕虜にした。他のものはからくも逃亡したが、すべて土佐藩士だった。

捕えられたのは宮川助五郎《みやがわすけごろう》、かつては、山内容堂の警護の任にあたった五十人組の総頭をつとめたことのある人物である。勤王党には珍しい、上士出身だった。

そうとわかっては、新選組も宮川を処分するわけにはいかず、手当てを加えてから奉行所へ引き渡した。

奉行所は、一応は、土佐藩に通知した。事実上の藩主といっていい山内容堂は、公武合体派の大名である。幕府としては、うかつに宮川を処分できなかった。

土佐藩としても大弱りであった。宮川が下士ならば、そのようなものは当藩にはいない、といえるが、宮川家は代々の馬廻役《うままわり》である。れっきとした藩士を、知らぬ、とはいえない。

宮川はそのまま一年以上も奉行所の牢内に放置された。

宮川が獄中でつくった和歌が残っている。

風吹けば西へ東へとなびきぬる
人の心はたのまざりけり

宮川の心境はこの通りであったろう。

この人物には、後日譚《たん》がある。慶喜が大政奉還後、奉行所は宮川を無条件で土佐へ引き渡すことにした。

藩の重役は、宮川の身柄をどうするかで協議し、陸援隊《りくえんたい》の中岡慎太郎《なかおかしんたろう》にゆだねることにした。藩邸に置いておいては何をするかわからぬ厄介者を、かつて五十人組で宮川の配下だった中岡に押しつけたのだ。

白川《しらかわ》村の陸援隊本部にいた中岡は、十一月十五日の朝に藩邸から呼び出された。そして、宮川の引き取りを承諾してから、河原町《かわらまち》の藩邸に近い四条の醬油《しょうゆ》商近江屋新助《おうみやしんすけ》宅にいる坂本竜馬をたずねた。

そのために、中岡は、坂本を襲った刺客に斬られてしまった。

刺客が狙ったのは坂本だったから、中岡は巻きぞえをくったわけである。

（下巻につづく）

初出誌：「歴史と旅」一九八四年十一月号〜一九八八年三月号
単行本：秋田書店　一九八八年四月刊

本書は一九九三年二月、集英社文庫として刊行されたものを改訂しました。

集英社文庫

戦士《せんし》の賦《ふ》 土方歳三《ひじかたとしぞう》の生《せい》と死《し》 上《じょう》

2022年3月25日 第1刷 定価はカバーに表示してあります。

著 者 三好《みよし》 徹《とおる》
発行者 徳永 真
発行所 株式会社 集英社
東京都千代田区一ツ橋2-5-10 〒101-8050
電話 【編集部】03-3230-6095
【読者係】03-3230-6080
【販売部】03-3230-6393(書店専用)

印 刷 中央精版印刷株式会社 株式会社美松堂
製 本 中央精版印刷株式会社

フォーマットデザイン アリヤマデザインストア マークデザイン 居山浩二

ISBN978-4-08-744367-7 C0193